상속자들

The Inheritors

THE INHERITORS
by William Golding

세계문학전집 347

상속자들

The Inheritors

윌리엄 골딩

안지현 옮김

민음사

앤에게

"……우리는 네안데르탈인이 어떻게 생겼는지에 대해 아는 바가 거의 없다. 하지만 털이 과다하게 많고 추하며 아래로 처진 이마와 돌출한 눈썹과 유인원 같은 목과 작은 키 때문에 추하거나 역겹고 낯선 모습을 띠었을 것으로 여겨진다……. 근대 인간의 부상을 조사한 해리 존스턴 경은 자신의 저서 『시각과 검토』에서 이렇게 말한다. '교활한 뇌, 느릿한 걸음걸이, 털로 덮인 몸, 튼튼한 이빨 그리고 식인종의 성향을 지닌 고릴라와 유사한 괴물들에 대한 어렴풋한 인종적 기억이 민담에 등장하는 거인의 기원일 수 있다…….'"

— H. G. 웰스, 『세계사 대계』

차례

상속자들   11

1

로크는 최대한 빨리 달리고 있었다. 머리를 수그리고 균형을 잡기 위해 가시덤불을 수평으로 들고 빈손으로는 선명한 싹들을 옆으로 쳐 날렸다. 라이쿠는 한 손으로는 로크의 목덜미와 등에 난 곱슬곱슬한 갈색 털을 움켜잡고 다른 손으로는 그의 턱 아래로 오아 인형을 쥐고 웃으며 로크의 등에 타고 있었다. 로크의 발은 영리했다. 발에 눈이 달렸다. 발은 너도밤나무의 뿌리가 보이면 피해 가고 길 중간에 물웅덩이가 보이면 위로 펄쩍 뛰었다. 라이쿠가 로크의 배를 발로 찼다.

"더 빨리! 더 빨리!"

그의 발이 땅을 찌르고 휙 돌아 속도를 늦추었다. 이제 그들은 보이진 않지만 왼쪽에서 평행으로 흐르는 강의 물소리를 들을 수 있었다. 너도밤나무가 보이고 덤불이 사라졌으며 그들은 통나무가 있던 평평한 진흙땅에 도착했다.

"자, 라이쿠."

칠흑의 습지 물이 그들 앞에서 뻗어 나가 넓은 강으로 흘러 들었다. 강가의 길이 건너편 땅에서 다시 시작돼서는 오르막 길로 이어져 나무 사이로 사라졌다. 행복한 듯 미소 띤 로크가 물을 향해 두 발자국 걸어가 멈춰 섰다. 미소가 사라지고 아랫 입술이 축 처질 때까지 입이 벌어졌다. 라이쿠가 그의 무릎 아래로 미끄러져 땅으로 내려갔다. 아이가 오아 인형의 머리를 입에 넣고 인형 위를 바라보았다.

로크가 머뭇거리며 미소를 지었다.

"통나무가 없어졌어."

그는 눈을 감고 통나무 그림을 보고는 얼굴을 찌푸렸다. 썩은 회색빛 통나무가 이쪽에서 저쪽까지 온통 물속에 잠겨 있었다. 중간 부분을 밟으면 물이 씻겨 내려가는 것을 느낄 수 있었다. 무시무시한 물은 어떤 곳에서는 남자의 어깨 높이만큼 깊었다. 그 물은 강이나 폭포처럼 깨어 있지 않고 잠들어 있었다. 강 쪽으로 흐르기도 하고 깨어날 때는 오른쪽으로 지나갈 수 없는 늪지와 덤불로 무성한 황야까지 닿았다. 그는 사람들이 항상 사용하던 이 통나무에 대한 강한 확신이 있었고 눈을 다시 떴을 때는 마치 꿈에서 깨어난 듯 미소 짓기 시작했다. 하지만 통나무는 없었다.

파가 빠른 걸음으로 길을 따라왔다. 새 아기는 등 뒤에서 잠들어 있었다. 아기가 떨어질까 봐 걱정하지는 않았다. 아이가 손으로 목덜미에 난 털을 꼭 잡고 발로 허리 아래쪽의 털을 잡고 있는 것을 느꼈기 때문이다. 하지만 그녀는 아이가 깨지 않도록 사뿐사뿐 걸었다. 로크는 그녀가 너도밤나무 아래 나타나기 전에 그녀가 오는 소리를 들었다.

"파! 통나무가 없어졌어!"

그녀가 물가로 곧장 와서 보고 냄새를 맡더니 로크를 비난하는 듯 쳐다보았다. 그녀는 말할 필요가 없었다. 로크가 그녀를 향해 고개를 흔들기 시작했다.

"아니야, 아니야. 사람들을 웃기려고 통나무를 옮기지 않았어. 그게 없어졌어."

그는 통나무가 없어졌다는 것을 나타내기 위해 팔을 크게 벌렸고, 그녀가 이해했다는 것을 알고는 다시 팔을 내렸다.

라이쿠가 그를 불렀다.

"흔들어 줘."

아이가 긴 목처럼 늘어져 빛을 머금고 초록색, 밤색 싹을 틔운 너도밤나무 가지를 잡으려 했다. 로크는 그곳에 없는 통나무를 잊어버리고 아이를 갈고리 모양 가지에 올려 주었다. 그가 아이를 옆으로 끌어 올렸다. 그가 한 발자국씩 뒤로 물러날 때마다 가지가 삐걱댔다.

"호!"

그가 가지를 놓고 팔을 넓적다리 뒤쪽으로 펄썩 내렸다. 가지가 멀어지고 라이쿠가 신나는 듯 소리 질렀다.

"안 돼! 안 돼!"

하지만 로크는 되풀이해서 끌어당겼고 한 아름의 잎들이 물가를 따라 소리 지르고 웃고 안 된다고 하는 라이쿠를 안았다. 파는 로크와 물을 번갈아 보았다. 그녀가 다시 얼굴을 찌푸렸다.

하는 급했지만 뛰지 않고 길을 따라왔다. 그는 로크보다 사려 깊고 응급 상황에 잘 대처했다. 파가 그를 부르기 시작했을 때 그는 즉시 답하지 않았지만 빈 물을 보고 너도밤나무 아치 너머 왼쪽으로 보이는 강을 쳐다보았다. 그리고 그는 귀와 코로 숲에 침입자가 있는지 찾아보고 안전하다는 확신이 들고야 가시덤불을 내려놓고 물가에 무릎을 꿇었다.

"저기 봐!"

그가 통나무가 움직일 때 생긴 물 아래 고랑을 손가락으로 가리켰다. 가장자리는 여전히 날카로웠고 떨어져 나간 흙 조각들이 물살에 부서지지 않은 채 고랑에 놓여 있었다. 그는 물 아래 굽은 고랑이 없어지는 지점까지 눈으로 따라가 보았다. 파는 끊어진 길이 다시 시작되는 건너편을 바라보았다. 통나무의 저쪽 끝이 있던 땅도 파헤쳐져 있었다. 그녀가 하에게 질문하고 그가 그녀에게 답했다.

"하루. 어쩌면 이틀. 사흘은 아니고."

라이쿠는 여전히 웃으며 소리 지르고 있었다.

닐이 길을 따라 나타났다. 그녀는 피곤하거나 배고플 때 늘 그러듯 부드러운 신음 소리를 냈다. 무거운 몸에 피부가 늘어져 있었지만 가슴은 팽팽하고 가득 차 젖꼭지에 하얀 젖이 매달려 있었다. 다른 사람들은 몰라도 새 아기는 배고프지 않을 것이다. 그녀가 파의 털을 붙잡고 있는 아이가 잠든 것을 보고는 하에게 다가가 팔을 만졌다.

"왜 나를 두고 갔어? 네 머릿속에는 로크보다 많은 그림이 있잖아."

그가 물을 가리켰다.

"통나무를 보려고 빨리 왔어."

"하지만 통나무는 없어졌어."

세 사람이 서서 서로를 바라보았다. 그리고 가끔 사람들 사이에서 그랬듯 그들 사이에 감정이 생겼다. 파와 닐은 하가 생각하는 그림을 공유했다. 그는 통나무가 아직 제자리에 있는지 확인해야 한다고 생각했었다. 만약 물이 통나무를 데려가거나 통나무가 저절로 기어갔다면 사람들이 늪 주위를 하루종일 돌아다녀야 하고 그것은 평소보다 불편하고 위험하다는 의미였기 때문이다.

로크가 온몸으로 가지를 막아 가지가 빠져나가지 못하도록 했다. 그가 라이쿠를 다독였고 아이가 내려와 로크 옆에 섰다. 늙은 여자가 길을 따라왔고, 그들은 그녀의 발소리와 숨소리를 들을 수 있었다. 그녀가 마지막 나무들 사이로 나타났다. 그녀는 늙고 체구가 작았고, 쪼그라든 젖가슴 사이에 두 손으로 든 잎사귀로 싼 짐을 응시하며 몸을 숙이고 있는 왜소한 모습이었다. 사람들이 함께 서 있었고 그들의 침묵이 그녀를 맞았다. 그녀는 아무 말도 하지 않았지만 다가올 무엇을 일종의 겸손한 인내심을 가지고 기다렸다. 무거운 짐만 그녀의 손에서 주저앉았고 그녀가 다시 짐을 들어 올리자 사람들은 그 짐이 얼마나 무거운지 기억했다.

로크가 제일 먼저 입을 열었다. 그가 그들 모두에게 웃으며 말했는데 입에서 웃음소리는 나지 않고 말만 들려왔다. 닐이 다시 신음 소리를 내기 시작했다.

이제 길을 따라오는 마지막 사람의 소리를 들을 수 있었다. 말이었다. 그가 가끔 기침 소리를 내며 천천히 다가왔다. 그가 마지막 나무를 지나 열린 공간의 초입에 서서 자신의 꺾인 가시덤불 끝에 기대 다시 기침을 하기 시작했다. 그가 몸을 숙이자 그의 눈썹 뒤쪽에서 어깨로 이어지는 털 사이에 흰색 털이 빠진 자국이 보였다. 사람들은 그가 기침을 하는 동안 아무 말도 하지 않고 기다렸다. 응시하는 사슴처럼 고요했다. 그들의 발가락 사이로 진흙 덩어리가 네모나게 솟아올라 길게 늘어지며 뒤집어졌다. 날카롭게 조각된 구름이 태양에서 멀어지자 쌀쌀한 햇볕이 나무 사이로 걸러져 내려와 그들의 벗은 몸을 비추었다.

드디어 말이 기침을 멈췄다. 그는 가시덤불에 기대 두 손으로 막대기를 번갈아 잡으며 올라가 몸을 똑바로 세우기 시작했다. 그가 물을 바라보고 나서 한 사람씩 돌아가면서 쳐다보았고 그들은 기다렸다.

"나에게 그림이 있어."

그가 머릿속을 스쳐 가는 그림들을 잡으려는 듯 손을 들어 머리에 납작하게 올려놓았다.

"말은 늙지 않았고 어머니 등에 매달려 있어. 물이 여기에만 있지 않고 우리가 온 길을 따라서도 있어. 사람은 지혜로워. 떨어진 나무를 가지고 사람들에게……."

그의 움푹 파인 눈이 자신과 그림을 공유해 달라고 애원하는 듯 사람들을 향했다. 그가 다시 한 번 조용히 기침을 했다.

늙은 여자가 조심스럽게 자신의 짐을 들었다.

드디어 하가 입을 열었다.

"나는 이 그림이 보이지 않아."

늙은 남자가 한숨을 쉬며 머리에서 손을 뗐다.

"쓰러진 나무를 찾아."

사람들이 순종하며 흩어져 물가로 갔다. 늙은 여자는 라이쿠가 매달렸던 가지로 가 동그랗게 모아 쥔 두 손을 그 위에 올렸다. 하가 제일 먼저 그들을 불렀다. 그들은 서둘러 그에게 달려가 발목까지 올라오는 진흙탕 물을 보고 얼굴을 찌푸렸다. 라이쿠가 열매가 맺혀 까맣게 될 때까지 그대로 있던 산딸기를 발견했다. 말이 다가와 서더니 통나무를 보며 얼굴을 찌푸렸다. 그것은 사람의 허벅지 두께 정도 되는 자작나무 몸통이었고, 진흙과 물에 반쯤 잠겨 있었다. 나무껍질이 여기저기 벗겨져 있었고 로크가 색깔이 있는 버섯을 나무에서 잡아당기기 시작했다. 버섯의 일부는 먹을 수 있었고 로크가 그것을 라이쿠에게 주었다. 하와 닐과 파가 서투르게 나무 몸통을 잡아당겼다. 말이 다시 한숨을 쉬었다.

"기다려. 하는 저기. 파는 저기. 닐도. 로크!"

그들은 통나무를 쉽게 들어 올렸다. 남아 있는 가지들이 덤불에 걸리고 진흙에 질질 끌리며 무거운 통나무를 다시 깊은 물로 옮겨 갈 장애물이 되었다. 해가 다시 숨었다.

그들이 물가로 가자 늙은 남자가 건너편의 울퉁불퉁한 땅을 보고 얼굴을 찌푸렸다.

"통나무가 헤엄치게 해."

이 일은 미묘하고도 어려웠다. 흠뻑 젖은 나무를 어떻게 들든 그들의 발이 물에 닿을 수밖에 없었다. 결국 나무 몸통이 물 위에 떴고 하가 몸을 뻗어 끝을 잡고 있었다. 한쪽 끝이 살짝 가라앉았다. 하가 한 손으로 통나무를 지탱하며 다른 손으로 잡아당겼다. 가지가 달린 쪽의 통나무가 천천히 떠서 건너편 진흙 위에 놓였다. 로크가 머리를 뒤로 젖히고 아무 말이나 하면서 존경심을 가지고 행복하게 떠들어 댔다. 아무도 로크에게 신경 쓰지 않았다. 하지만 늙은 남자는 얼굴을 찌푸리고 두 손으로 머리를 눌렀다. 나무 몸통의 반대쪽 끝에 어쩌면 사람 키의 두 배 정도 되는 길이가 물 아래 가라앉아 있었는데 그 부분이 가장 가늘었다. 하가 고개를 내리고 기침을 하는 늙은 남자를 보며 자신의 질문을 바라보았다. 하가 한숨을 쉬며 천천히 물에 발을 넣었다. 사람들이 이 모습을 보고 동정심 섞인 신음 소리를 냈다. 하가 조심스럽게 물속에 몸을 밀어 넣었고, 그가 얼굴을 찌푸리자 사람들이 따라서 얼굴을 찌푸렸다. 그가 숨을 헐떡이며 물이 무릎에 올 때까지 자신을 억지로 밀어 넣었고 그의 손은 나무 몸통의 썩은 껍질에 주름이 생길 정도로 그것을 꽉 잡았다. 이제 그가 한 손으로 내리누르고 다른 손으로 몸통을 들었다. 나무 몸통이 굴러 가지들이 갈색과 노란색 진흙을 휘젓고 낙엽 한 뭉치가 소용돌이치면서 몸통의 머리가 휘청거리며 건너편 둑에 놓였다. 하가 온 힘을 다해 밀었지만 벌어진 가지들을 밀기에는 힘에 부쳤다. 건너편 물속으로 나무 몸통이 구부러져 있는 곳에 아직도 틈이 있었다. 그가 마른 땅으로 돌아왔고 사람들이 근심 어린 얼굴로 그를 바라보았다. 말이 다시 두 손으로 가시덤불을 들고 기대하는 눈빛으로 그를 쳐다보았다. 하가 열린 공간으로 이어진 길 쪽으로 갔다. 그가 자신의 가시덤불을 들고 웅크리고 앉았다. 순간 그가 몸을 숙이고 달리기 시작해 열린 공간을 쏜살같이 가로질렀다. 그는 통나무 위에서 네 번 발을 딛고 머리가 무릎에 닿을 정도로 몸을 숙였다. 통나무가 물을 뿌렸고 하는 발을 위로 들고 팔을 활짝 펴고 공중으로 날아가고 있었다. 그가 잎사귀와 땅에 발을 쾅 하고 디뎠다. 그는 건너갔다. 그가 돌아서서 나무 몸통의 머리를 잡고 끌었다. 길이 물을 가로질러 이어졌다.

사람들이 안도하고 기뻐하며 소리 질렀다. 해가 이 순간 다시 나타났고 온 세상이 그들과 함께 즐거워하는 것처럼 보였다. 그들은 손의 평평한 부분으로 허벅지를 때리며 하에게 박수를 보냈고 로크는 그들의 승리를 라이쿠와 공유했다.

"라이쿠, 보여? 통나무가 물을 가로질렀어. 하에게는 그림이 많아!"

그들이 다시 잠잠해지자 말이 가시덤불로 파를 가리켰다.

"파와 새 아기."

파가 손으로 새 아기를 만져 보았다. 그녀의 목 근처에 뭉쳐 있는 털이 그를 덮었고 그들은 털을 꽉 잡고 있는 그의 손과 발 말고는 거의 아무것도 볼 수 없었다. 그녀가 물가로 가서 팔을 양쪽으로 뻗고 통나무를 깔끔하게 가로질러 가서 마지막 부분에서 뛰어넘어 하 옆에 섰다. 새 아기가 깨어나 그녀의 어깨 너머로 바라보고 한쪽 발의 위치를 조정하고는 다시 잠이 들었다.

"이제 널."

닐이 눈썹 위의 피부를 한데 모으면서 찌푸렸다. 그녀가 곱슬머리를 눈썹 위로 넘기고는 고통스러운 듯 얼굴을 찌푸리며 통나무를 향해 달렸다. 그녀는 손을 머리 위로 들고 있었고 통나무 중간에 도달했을 즈음 소리를 질렀다.

"아이! 아이! 아이!"

통나무가 눌리며 가라앉기 시작했다. 닐은 통나무의 가장 얇은 부분에 도달해 젖이 찬 가슴을 덜렁거리며 높이 뛰어올랐고 무릎까지 오는 물에 착지했다. 그녀는 소리를 지르고 진흙에서 발을 질질 끌어내며 하가 뻗친 손을 잡고 올라가 숨을 몰아쉬며 단단한 땅 위에서 몸서리쳤다.

말이 늙은 여자에게 걸어가 부드럽게 말했다.

"이제 그걸 들고 건너갈까?"

늙은 여자는 내면의 사색에서 일부만 빠져나왔다. 그녀가 가슴 높이에 두 손 가득 짐을 들고 물가로 걸어갔다. 그녀의 앙상한 몸에는 뼈와 피부와 얼마 남지 않은 하얀 털밖에 없었다. 그녀가 빠른 걸음으로 가로질러 갈 때 통나무는 물속에서 거의 움직이지 않았다.

말이 몸을 숙여 라이쿠에게 말했다.

"건너갈까?"

라이쿠가 입에서 오아 인형을 꺼내고 로크의 허벅지에 숱이 많은 빨간 머리카락을 비벼 댔다.

"난 로크랑 갈 거야."

이 말을 듣자 로크의 머릿속에서 빛이 빛났다. 그가 입을 크게 벌리고 웃었고 스쳐 지나가는 그림들과 입 밖으로 나오는 말이 거의 연결되지 않은 채 사람들에게 말을 했다. 그는 파가 자신을 향해 미소로 답하고 하가 심각한 미소를 짓는 것을 보았다.

닐이 그들을 향해 말했다.

"라이쿠, 조심해. 꽉 잡아."

로크가 라이쿠의 머리카락을 잡아당겼다.

"위로."

라이쿠가 로크의 손을 잡고 한 발로 그의 무릎을 잡고 곱슬곱슬한 털이 난 그의 등으로 기어올랐다. 오아 인형이 아이의 따뜻한 손에 쥐어진 채 로크의 턱 아래 놓여 있었다. 그녀가 그에게 소리쳤다.

"지금!"

로크가 자작나무 아래 길로 돌아갔다. 그가 물을 노려보고 물을 향해 돌진하더니 미끄러지며 멈췄다. 건너편 사람들이 웃기 시작했다. 로크는 재빨리 뒤로 갔다가 앞으로 달리다 매번 통나무 끝 근처에서 멈칫했다. 그가 소리쳤다.

"높이 뛰는 강자 로크를 봐!"

그는 자랑스럽고 맹렬하게 앞으로 뛰어가다가 자신감을 잃고 웅크린 채 허둥지둥 뒤로 돌아갔다. 라이쿠가 통통 뛰며 소리 질렀다.

"뛰어! 뛰어!"

그녀의 머리가 그의 머리 근처에서 무기력하게 빙글빙글

돌았다. 그가 닐처럼 손을 높이 들고 물가로 내려갔다.

"아이! 아이!"

그 소리에 말조차 미소를 지었다. 라이쿠의 웃음은 숨조차 쉴 수 없이 고요한 지경에 이르렀고 그녀의 눈에서 물이 흘렀다. 로크는 너도밤나무 뒤에 숨었고 닐이 웃으며 젖가슴을 잡았다. 그때 갑자기 로크가 다시 나타났다. 그가 머리를 숙이고 앞으로 솟으며 달렸다. 그가 아주 큰 소리를 내며 통나무를 순식간에 가로질렀다. 그가 높이 뛰어 마른 땅에 착지했고, 땅 위로 계속 뛰며 패배한 물을 조롱했다. 라이쿠가 그의 목 근처에서 딸꾹질을 하기 시작했고 사람들은 서로를 붙잡았다.

드디어 그들이 조용해졌고 말이 발을 앞으로 디뎠다. 그가 약하게 기침을 하고 그들을 보며 얼굴을 찌푸렸다.

"이제, 말."

그는 균형을 잡기 위해 가시덤불을 가로로 들었다. 그가 늙은 발을 쥐었다가 풀며 통나무를 향해 달렸다. 그가 가시덤불을 흔들며 건너기 시작했다. 그는 안전하게 건널 만큼 속도를 내지 못했다. 그들은 그의 얼굴에 근심이 커지는 것을 보고 그의 이가 드러난 것을 보았다. 그러자 뒤쪽에 있는 발이 통나무 껍질을 벗겨 내면서 미끄러운 부분이 생겼고 그는 재빨리 행동하지 못했다. 다른 발이 미끄러져 그가 앞으로 넘어졌다. 그는 옆으로 뛰다가 더러운 물결 속으로 사라졌다.

로크가 최대한 큰 소리로 외치며 분주하게 쏘다녔다.

"말이 물속에 있어!"

"아이! 아이!"

이상하고도 차가운 물의 촉감에 고통스러운 듯 웃으며 하가 헤엄쳐 들어갔다. 그가 가시덤불을 붙잡았고 말이 다른 쪽을 잡고 있었다. 이제 그가 말의 손목을 잡았고 그들은 마치 몸싸움을 하는 것처럼 보였다. 말이 하에게서 벗어나 좀 더 단단한 땅 위에서 팔다리를 모두 써서 기어가기 시작했다. 그는 물과 자신 사이에 있는 너도밤나무를 잡고 부르르 떨며 몸을 웅크리고 있었다. 그들이 모두 가까이 모여 섰다. 쭈그리고 앉아 몸을 그의 몸에 비비고, 그를 보호하고 편안하게 해 주기 위해 팔을 격자 모양으로 걸었다. 그의 몸에서 물이 흘러내리고 그의 머리가 쭈뼛해졌다. 라이쿠가 무리를 뚫고 들어가 그의 종아리에 배를 갖다 댔다. 늙은 여자만 움직이지 않고 가만히 기다렸다. 사람들이 말 주위에 쭈그리고 앉아 그의 떨림을 공유했다.

라이쿠가 입을 열었다.

"배고파."

말이 자신을 둘러싼 사람들의 고리를 끊고 일어났다. 그는 아직 떨고 있었다. 피부와 털의 표면이 아니라 몸속 깊은 곳에서 떨려 왔고 가시덤불도 같이 떨렸다.

"가자!"

그가 길을 앞장서 갔다. 이곳 나무들 사이에 더 큰 공간이 있고 그 공간에는 더 많은 덤불이 있었다. 그들은 곧 거대한 나무가 죽기 전에 만들어 놓은 넓은 공터에 도착했다. 그곳은 강가였고 죽은 나무의 시체가 아직도 서 있었다. 담쟁이덩굴 줄기들이 오래된 나무 몸통에 얼기설기 엉켜 나무 몸통이 여러 개의 가지로 갈라져 짙은 초록 잎들이 거대한 둥지를 이룬 곳까지 이어졌다. 버섯들도 왕성하고 크게 자라 빗물이 고여 있고 빨갛고 노란 젤리처럼 생긴 작은 버섯들도 있어 고목이 먼지와 걸쭉한 하얀 덩어리로 변하고 있었다. 닐이 라이쿠에게 줄 음식을 가져갔고 로크가 손가락으로 그녀의 손을 벌려 하얀색 애벌레들을 넘겨받았다. 말이 그들을 기다렸다. 그의 몸은 이제 계속 떨지는 않고 가끔 추위에 부르르 떨었다. 이 떨림이 지나가면 그는 미끄러져 내릴 듯 가시덤불에 기대곤 했다.

강가에 새로운 요소가 있었다. 줄곧 소리가 나서 사람들은 서로에게 그 소리를 환기시킬 필요가 없었다. 공터 너머로 땅이 가파르게 솟아오르고 작은 나무들이 줄지어 있었다. 그리고 이곳에 땅의 뼈가 드러나며 매끄러운 회색 바위들이 돌출해 있었다. 이 언덕 너머로 산 사이에 틈이 있고 이 틈새의 가장자리에는 키가 가장 큰 나무들보다 두 배나 높은 폭포가 있었다. 이제 조용해지자 사람들은 저 멀리에서 들리는 웅웅거리는 물소리에 귀를 기울였다. 그들이 서로 쳐다보며 웃고 떠들기 시작했다. 로크가 라이쿠에게 설명했다.

"너는 오늘 밤 폭포 근처에서 잘 거야. 그게 없어지지 않았어. 기억나?"

"나에게 물과 동굴 그림이 있어."

로크가 죽은 나무를 다정하게 토닥거렸고 말이 그들을 위쪽으로 이끌었다. 그들은 말이 얼마나 허약한지는 몰랐지만 기쁨 속에서도 이에 주의를 기울이기 시작했다. 말은 다리를 마치 진흙에서 꺼내듯 들었고 그의 발은 더 이상 영리하지 않았다. 말의 두 다리가 서투르게 자리를 찾았지만 말은 막대기를 짚고 무언가가 옆으로 끌어당기는 것처럼 휘청거리며 발을 디뎠다. 몸이 온전한 사람들은 그의 뒤에서 쉽사리 그를 따라 했다. 사람들은 그가 고군분투하는 모습에 집중하며 의식하지 못한 채 다정한 마음으로 그를 따라 했다. 그가 앞으로 몸을 기울이고 숨을 가쁘게 쉬면 그들 역시 입을 벌리고 휘청댔으며 그들의 발은 의도적으로 우둔했다. 그들은 회색 바위와 돌 사이로 휘휘 저으며 올라갔고 드디어 나무들이 사라지고 열린 공간에 이르렀다.

이곳에서 말이 멈추어 서서 기침을 했고 그들은 이제 그를 기다려야 한다는 것을 알았다. 로크가 라이쿠의 손을 잡았다.

"봐!"

비탈이 틈으로 이어졌고 그들 앞에 산이 솟아올랐다. 왼쪽으로는 비탈이 끝나고 절벽에서 강으로 떨어졌다. 강에 섬이 있었는데 마치 한쪽이 물구나무를 선 것처럼 위로 뻗어 폭포 쪽으로 기울어 있었다. 강은 섬 양쪽으로 흘렀다. 이쪽으로는 가늘게, 저쪽으로는 넓고 매우 세차게 흘렀다. 그리고 그 강이 어디로 흐르는지는 안개가 자욱해서 아무도 볼 수 없었다. 섬에는 나무와 덤불이 무성하게 자랐지만 폭포 쪽은 짙은 안개 때문에 보이지 않고 강 양쪽은 미세하게 빛날 뿐이었다.

말이 다시 출발했다. 폭포 가장자리에 이르는 길은 두 가지

밖에 없었다. 하나는 오른쪽으로 꼬불꼬불 이어진 바위 사이로 오르는 길이었다. 그 길이 더 쉬웠겠지만 말은 무엇보다 빨리 편안한 곳에 이르고 싶다는 듯 그 길을 무시했다. 그리고 왼쪽 길을 택했다. 이곳 절벽 가장자리에는 작은 덤불들이 있었고 그 길을 가며 라이쿠가 다시 로크에게 말을 걸었다. 폭포 소리 때문에 말 소리가 들리지 않아 희미한 그림만 남았다.

"배고파."

로크가 가슴을 두드렸다. 그가 모든 사람에게 들리도록 소리쳤다.

"나에게 로크가 열매가 많이 달린 나무를 찾는 그림이 있어……."

"먹어, 라이쿠."

하가 손에 산딸기를 들고 옆에 섰다. 그가 라이쿠에게 산딸기를 쏟아 주었고 아이는 음식에 입을 박고 먹었고 오아 인형은 팔 아래 어정쩡하게 걸려 있었다. 음식을 보자 로크는 허기가 돌았다. 이제 그들은 바닷가의 습한 겨울 동굴과 해변과 소금 습지의 부자연스럽고 쓴맛 나는 음식을 떠났고 그는 갑자기 꿀과 여린 새싹과 알뿌리와 애벌레와 달콤하고 사악한 고기 등 좋은 것들의 그림을 떠올렸다. 그가 돌을 하나 들어 그의 머리 옆에 있는 황량한 바위를 두드렸고 적당한 나무가 보이면 또 그럴 참이었다.

닐이 덤불에서 메마른 산딸기를 떼어 입에 넣었다.

"로크가 바위 두드리는 거 봐!"

그들이 로크를 보고 웃자 그가 바위에 귀를 기울이는 척하며 소리치며 장난을 쳤다.

"애벌레들아, 일어나! 깨어 있니?"

하지만 말은 앞으로 계속 나아가며 그들을 이끌었다.

절벽의 꼭대기는 뒤쪽으로 조금 기울었다. 그래서 그들은 울퉁불퉁한 꼭대기를 넘는 대신 강이 폭포의 아래쪽에서 혼돈 속으로 흩어지는 가파른 부분을 둘러 갈 수 있었다. 한 걸음 앞으로 내딛을 때마다 길이 높아졌고, 길은 어지럽게 기울어지기도 하고 삐죽 나오기도 하며 이어졌고 틈새와 험준한 바위도 있었다. 발에 힘을 주는 것이 유일한 안전책이었고 돌들이 아래로 떨어지며 그들과 연기와 섬 사이에 빈 공간을 만들었다. 이곳에서 까마귀가 불에 타오르는 검은 재처럼 밑에서 날아다녔고, 수초는 물이 어디 있는지 보여 주며 희미하게 물 위에서 번쩍이며 흔들릴 뿐이었다. 섬은 폭포를 등지고 떨어지는 물방울을 방해하며 달처럼 홀로 떨어져 있었다. 절벽은 마치 물에서 자기 발을 찾는 것처럼 앞으로 구부리고 있었다. 수초는 대부분 남자들보다 훨씬 키가 컸고 심장이 뛰는 소리나 파도가 부서지는 바닷소리보다 규칙적으로 오르는 사람들 아래쪽에서 움직이고 있었다.

로크는 까마귀가 어떤 소리를 내는지 기억했다. 그가 까마귀를 향해 팔로 날갯짓을 했다.

"까악!"

새 아기가 파의 등에서 손과 발로 잡은 것을 다시 꽉 잡으며 뒤척였다. 하는 자신의 무게 때문에 조심스럽게 매우 천천히 걸었다. 그는 가파른 바위 위로 팔다리를 조였다 풀었다 하며 기어갔다. 말이 다시 입을 열었다.

"기다려."

그들은 말이 자신들에게 말하자 입술을 읽고 곁으로 모여들었다. 그들이 모두 모일 수 있을 만큼 길이 넓어졌다. 늙은 여자가 가파른 바위 위에 손을 놓고 쉬며 짐의 무게를 덜었다. 말이 몸을 숙이고 어깨가 접지를 정도로 기침을 했다. 닐이 그의 곁에 쭈그리고 앉아 한 손을 그의 배에 놓고 다른 손을 어깨에 놓았다.

로크는 허기를 잊기 위해 강 너머를 바라보았다. 그가 코를 벌름거리자 즉시 온갖 것이 섞인 냄새가 코를 찌르며 보답해 주었다. 비가 오면 들판의 꽃 색깔이 짙어지고 선명해지듯이 폭포의 엷은 안개가 모든 냄새를 더 진하게 만들었기 때문이다. 사람들의 냄새도 났다. 저마다의 냄새가 났지만 모두 진흙길 냄새가 배어 있었다.

냄새가 너무나 구체적으로 이곳이 그들의 여름 거처라는 사실을 알려 주었기 때문에 로크는 기뻐 웃으며 배가 아무리 고파도 그녀와 함께 눕고 싶다는 생각에 파를 향해 몸을 돌렸다. 그녀의 목둘레와 새 아기의 머리를 덮고 있는 그녀의 곱슬머리는 빗물이 다 말라 윤기 나는 붉은색이 되었다. 그가 손을 내밀어 그녀의 가슴을 만졌고 그녀 또한 웃으며 귀 뒤로 머리카락을 쓸어 넘겼다.

"우리는 음식을 찾을 거야." 그가 긴 입을 움직이며 말했다. "우리는 사랑을 할 거야."

음식을 언급하자 그의 배고픔이 냄새만큼이나 생생해졌다. 그가 늙은 여자의 짐 냄새가 나는 밖을 향해 몸을 돌렸다. 그런데 그곳에는 텅 빈 공간과 섬에서 자신을 향해 다가오는 폭포 연기 외에 아무것도 없었다. 그는 발가락과 손으로 삿갓조개처럼 거친 바위를 꽉 움켜쥐고 대자로 엎드렸다. 겨드랑이 아래로 움직이는 수초가 아니라 극단적인 인식의 순간에 정지해 있는 수초가 보였다. 라이쿠가 평평한 바위 위에서 깩깩거렸고 파는 아기가 머리카락 속에서 징징거리며 몸부림치는 동안 라이쿠의 손목을 잡고 가장자리에서 몸을 낮추었다. 다른 사람들이 돌아오고 있었다. 하가 조심스럽지만 재빨리 허리 위 모습을 드러냈고 이제 다른 손을 짚고 있었다. 그는 손바닥에 공포의 땀이 흐르는 것을 느꼈다. 그는 한 번에 한 발이나 한 손만 짚고 올라가 평평한 바위 위에 쭈그리고 앉았다. 그가 허둥지둥하며 다시 움직이는 수초를 향해 횡설수설했다. 라이쿠가 소리를 질렀다. 닐이 허리를 굽혀 아이의 머리를 가슴 사이에 놓고 등에 난 곱슬곱슬한 털을 쓰다듬으며 진정시켰다. 파가 로크를 끌어당겨 자신을 보도록 했다.

"왜?"

로크가 입 아래 털을 긁적거리며 잠시 무릎을 꿇었다. 그리고 섬을 가로질러 자신들을 향해 표류하는 젖은 물보라를 가리켰다.

"늙은 여자. 그녀가 저기 있었어. 그리고 그것도."

공기가 절벽 위로 흐르자 까마귀들이 그의 손 아래로 날아올랐다. 파는 로크가 남자의 목소리로 늙은 여자에 관해 이야기하자 그의 몸에서 손을 뗐다. 하지만 로크의 눈은 그녀의 얼굴에 머물러 있었다.

"그녀가 저기 있었어……."

그들은 전혀 이해할 수 없었고 이내 침묵했다. 파가 다시 얼굴을 찡그렸다. 그녀는 거짓말을 받아들이는 여자가 아니었다. 늙은 여자의 한 부분이 그녀의 머리 주위에 보이지는 않지만 존재하고 있었다. 로크가 그녀에게 간청했다.

"내가 그녀를 향해 돌았고 떨어졌어."

파가 눈을 감고 엄숙하게 말했다.

"나는 이 그림이 보이지 않아."

닐이 라이쿠를 데리고 다른 이들을 따라갔다. 파가 마치 로크가 존재하지 않는 듯 그들을 따라갔다. 그는 자신의 실수를 인지하고 무안해하며 그녀를 쫓아 기어갔다. 하지만 그는 가면서 중얼거렸다.

"내가 그녀를 향해 돌았고……."

다른 이들은 길을 한참 더 가 무리 지어 모여 있었다. 파가 그들을 향해 소리쳤다.

"우리가 간다!"

하가 소리쳐 답했다.

"얼음 여인이 있어."

말이 서 있는 곳 위 높은 곳에 태양이 닿지 않은 오래된 눈이 쌓인 골짜기가 절벽 안쪽에 있었다. 무게와 추위와 늦겨울의 세찬 비가 눈을 단단하고 위험하게 걸린 얼음으로 만들었고 더 따뜻한 바위와 녹는 가장자리 사이에서 물이 흘러내렸다. 그들은 바닷가의 겨울 동굴에서 돌아왔을 때 이 골짜기에 얼음 여인이 남아 있는 것을 본 적이 없었지만 말이 그들을 너무 일찍 산으로 데려왔다는 생각은 하지 못했다. 로크는 그가 탈출한 사실과 물보라 냄새 같은 뭐라 말하기 어려운 이상한 새로움을 잊고 앞으로 달렸다. 그가 하 옆에 서서 소리쳤다.

"오아! 오아! 오아!"

하와 다른 이들이 그와 함께 소리쳤다.

"오아! 오아! 오아!"

폭포수가 계속 쏟아져 그들의 목소리는 울림이 없고 미미했지만 까마귀들이 듣고 머뭇거리더니 한 번 더 유연하게 활공했다. 라이쿠는 이유도 모르는 채 소리 지르며 오아 인형을 흔들었다. 새 아기가 다시 깨어 새끼 고양이처럼 분홍색 혓바닥으로 입술을 적시고 파의 귓가에 난 곱슬머리 사이로 응시했다. 얼음 여인은 그들 너머 저 위에 걸려 있었다. 그녀의 배꼽에서 치명적인 물이 흘러내렸지만 그녀는 꿈쩍하지 않았다. 사람들이 침묵하며 그녀가 바위에 가려질 때까지 재빨리 지나갔다. 그들은 하얀 물의 숨 막힐 것 같은 난류(亂流) 속에서 발을 찾기 위해 내려다보는 거대한 절벽이 있는 폭포 옆의 바위까지 아무 말 없이 갔다. 그들의 눈높이에서 물이 굽이치며 꺾여 내렸다. 물이 하도 맑아 속이 다 보일 지경이었다. 그곳에는 수초도 있었는데 느리게 움직이지 않고 마치 사라지기를 바라는 듯 마구 떨고 있었다. 폭포 근처에는 바위가 물보라 때문에 젖어 있고 그 위로는 양치식물이 걸려 있었다.

사람들은 폭포를 거의 바라보지 않고 재빨리 지나갔다.

폭포 위쪽으로는 산맥의 틈새로 강이 흘렀다.

하루가 다 지나자 태양이 틈새에 놓여 물 위에서 반짝였다. 물 건너편에는 해가 가려 캄캄해진 가파른 산 옆으로 급류가 흘렀지만 틈의 반대쪽은 더 만만하지 않았다. 점차 절벽이 되는 경사진 선반 모양의 단구가 있었다. 로크는 가 보지 않은 섬과 그 너머 틈 반대쪽에 있는 산을 무시했다. 그는 단구가 얼마나 안전한지 기억하면서 서둘러 사람들을 따라가기 시작했다. 아무도 물 밖으로 나와 그들을 공격할 수 없었다. 급류가 그것을 덮쳐 폭포 너머로 떨어뜨릴 것이기 때문이었다. 그리고 단구 위 절벽은 여우, 염소, 사람, 하이에나와 새를 위한 곳이었다. 심지어 단구에서 숲으로 이어지는 길 입구는 아주 좁아서 가시덤불을 들고 혼자서도 지킬 수 있었다. 물보라 기둥과 물이 어지럽게 흐르는 곳 위의 가파른 절벽에 있는 이 길에도 사람들의 발자취 말고는 없었다.

로크가 길 끝의 모퉁이를 돌아섰을 때 숲은 이미 그의 뒤에서 어둑해졌고 그림자들이 단구를 향해 틈새를 지나 달려갔다. 사람들이 단구 위에서 시끄러운 소리를 내며 쉬고 있었지만 하는 앞에 있는 땅 위로 가시덤불을 휘두르고 뾰족한 부분을 위로 세웠다. 그가 무릎을 굽히고 공기 냄새를 맡았다. 사람들이 즉시 돌출부 앞에서 반원을 그리며 모여 조용해졌다. 말과 하가 가시덤불을 준비하고 앞으로 나아가 돌출부가 내려다보이는 약간 언덕진 곳으로 올라갔다.

하지만 하이에나들은 이미 사라졌다. 지붕에서 떨어져 흩어진 돌과 수세대 내려온 땅에서 듬성듬성 자라난 풀에 그들의 자취가 배어 있었지만 하루 전의 것이었다. 사람들은 하가 가시덤불을 들어 올리는 것을 보았다. 그것은 더 이상 무기가 아니었고 사람들은 긴장을 풀었다. 그들은 언덕 위로 몇 발자국 올라가 돌출부 앞에 섰고 햇빛이 양쪽으로 그림자를 드리웠다. 말은 가슴에서 올라오는 기침을 가라앉히고 늙은 여자를 향해 돌아 기다렸다. 그녀가 돌출부에서 무릎을 꿇고 그 중간에 찰흙 덩어리를 놓았다. 그녀가 덩어리를 열고 이미 그곳에 있던 오래된 찰흙 위에 그것을 펴고 두드렸다. 그녀가 찰흙에 얼굴을 대고 숨을 불어넣었다. 돌출부의 가장 깊은 곳에 바위기둥 양쪽에 있는 오목한 공간에 잔가지와 굵은 나뭇가지가 가득 차 있었다. 그녀가 빨리 그 더미로 가서 잔가지와 나뭇잎과 통나무를 가져와 부스러질 듯 세게 떨어뜨렸다. 그녀가 이것들을 열린 찰흙 위에 이리저리 놓고는 한 줄기 가느다란 연기가 나타나고 공기로 불꽃이 튈 때까지 숨을 불어넣었다. 가지가 부서지면서 자수정 빛과 빨간색 불꽃이 휘감겨 쭉 올라가 태양으로부터 멀리 있는 그녀의 얼굴이 발개지고 빛났다. 그녀가 다시 오목한 공간으로 갔다 와서 나무를 더 얹자 불이 활활 타오르며 불꽃이 튀고 빛이 났다. 그녀가 손가락으로 젖은 찰흙을 만지기 시작했고 가장자리를 정리하자 이제 불이 얕은 그릇 한복판에 놓이게 되었다. 그러고 나서 그녀가 일어서서 입을 열고 그들에게 말했다.

 "불이 다시 깨어났소."

2

그 말에 사람들이 다시 흥분해서 말하기 시작했다. 그들은
서둘러 구멍 속으로 들어갔다. 말은 파와 닐이 나무를 더 가져
와 옆에 준비해 두는 동안 불과 오목한 공간 사이에 쭈그리고
앉아 손을 폈다. 라이쿠가 가지를 가져다 늙은 여자에게 주었
다. 하는 바위에 기대고 쭈그리고 앉아 편안해질 때까지 등을
뒤척였다. 그의 오른손이 돌을 찾아 들었다. 그가 그것을 사람
들에게 보여 주었다.

"나에게 이 돌에 대한 그림이 있어. 말이 이 돌로 가지를 잘
랐어. 봐! 여기가 자르는 부분이야."

말이 하에게 돌을 받아 얼마나 묵직한지 보고 잠시 얼굴을
찌푸리고는 그들을 향해 미소 지었다.

"이것은 내가 쓴 돌이야." 그가 말했다. "봐! 여기 내 엄지
를 놓고 여기 내 손이 이것을 감싸지."

그가 돌을 들어 올리고 말이 가지를 자르는 시늉을 했다.

"그 돌은 좋은 돌이야." 로크가 말했다. "돌이 없어지지 않았어. 말이 돌에게 돌아올 때까지 불 옆에 남아 있었어."

그가 일어나서 땅과 언덕 아래의 돌들을 바라보았다. 강이 사라지지 않았고 산도 마찬가지였다. 돌출부가 그들을 기다렸다. 갑자기 그는 행복과 기쁨에 휩싸였다. 온 세상이 그들을 기다려 주었다. 오아가 그들을 기다렸다. 심지어 지금도 오아는 알뿌리의 싹을 땅 위로 밀어 올리고 애벌레를 살찌우며 땅 위로 냄새를 풍기고 모든 틈과 나뭇가지에서 통통한 싹을 키우고 있었다. 그는 팔을 활짝 펴고 춤을 추며 강가의 단구로 갔다.

"오아!"

말이 불에서 조금 떨어져 돌출부의 뒤쪽을 조사했다. 그가 표면을 찬찬히 보고 기둥의 밑동에 떨어져 있는 마른 나뭇잎 몇 개와 짐승의 배설물을 쓸었다. 그는 쭈그리고 앉아 어깨를 움직이며 자리로 들어갔다.

"이곳이 말이 앉는 곳이야."

그가 로크나 하가 파를 만지듯 부드럽게 바위를 만졌다.

"우리는 고향에 왔어!"

로크가 단구에서 돌아왔다. 그가 늙은 여자를 바라보았다. 짐스러운 불에서 벗어난 그녀는 조금 덜 낯설고 그들과 조금 더 비슷해 보였다. 그는 이제 그녀의 눈을 보며 말을 걸 수 있고, 심지어 답도 얻을 수 있었다. 게다가 그는 늘 그렇듯 불길을 보자 불편하게 느껴져 뭔가 말을 해야겠다고 느꼈다.

"이제 불이 난로 위에 있어. 따뜻하니, 라이쿠?"

라이쿠가 입에서 오아 인형을 뺐다.

"배고파."

"내일 모든 사람이 먹을 음식을 찾을 거야."

라이쿠가 오아 인형을 들었다.

"얘도 배고파."

"얘도 너랑 같이 가서 먹을 거야."

그가 다른 사람들을 향해 돌며 웃었다.

"나에게 그림이 있어……."

그러자 사람들도 웃었다. 왜냐하면 로크에게는 그림이 거의 하나뿐이었고, 사람들은 로크만큼이나 그것이 무엇인지 잘 알았기 때문이다.

"……오아 인형을 찾는 그림."

기이하게도 오래된 뿌리는 세월이 가면서 뒤틀리고 불뚝 튀어나오고 매끄러워져 임신한 여자를 닮아 갔다.

"……나는 나무 사이에 서 있어. 나는 느껴. 이 발로 나는 느껴……." 그가 그들을 위해 몸짓을 했다. 무게가 왼발에 실리고 그의 오른발은 땅속에서 찾고 있었다. "……나는 느껴. 내가 무엇을 느끼지? 알뿌리? 가지? 뼈?" 그의 오른발이 무엇인가를 잡아 왼손으로 넘겨주었다. 그가 보았다. "오아 인형이야!" 그가 의기양양하게 그들 앞에서 자신을 드러냈다. "라이쿠가 있는 곳에는 오아 인형이 있어."

사람들이 반은 로크를 보고 반은 이야기를 듣고 웃으며 그에게 박수를 보냈다. 사람들의 갈채에 안심하며 로크가 불 옆에 자리를 잡았고 사람들은 불꽃을 응시하며 침묵했다.

태양이 강 속으로 빠지고 빛이 돌출부를 떠났다. 이제 하얀 재와 빨간 자국 하나와 위로 흔들리는 하나의 불꽃이 어느 때보다 중요했다. 늙은 여자가 빨간 자국이 불을 삼켜 불꽃이 더 강해지도록 나무를 더 밀어 넣으며 조용히 움직였다. 사람들이 떨리는 빛에 흔들리는 듯한 얼굴로 그 모습을 바라보았다. 주근깨가 난 피부는 혈색이 좋았고 눈썹 아래의 깊은 동굴에는 각각 불과 똑같은 것이 담겨 있고 그들의 눈 속의 불들이 함께 어우러져 춤을 추었다. 그들은 따뜻하다고 스스로를 설득하며 팔다리의 긴장을 풀고 감사하는 마음으로 연기를 콧구멍으로 빨아들였다. 심지어 불의 바깥쪽으로 몸을 기울이며 발가락을 풀고 팔을 늘어뜨렸다. 깊은 침묵이 그들 사이에 자리 잡았다. 언어보다 훨씬 자연스러운 그 영원한 침묵 속에 처음에는 수많은 마음이 돌출부에 모여 있다가 무의 상태가 되었을지 모른다. 물의 함성조차 들리지 않고 바위 위의 부드러운 바람 소리가 들릴 정도였다. 그들의 귀는 마치 별개의 생명을 타고난 것처럼 숨 쉬는 소리, 젖은 찰흙이 떨어지는 소리와 재가 무너지는 소리가 미세하게 엉킨 갈래를 찾아내고 받아들였다.

말이 평상시와 다르게 소심한 목소리로 말했다.

"추워?"

사람들이 각자의 두개골로 돌아와 그를 향했다. 그는 더 이

상 젖은 상태가 아니었고 그의 털은 곱슬곱슬했다. 그가 단호
하게 앞으로 움직여 팔을 양쪽에 놓고 열이 가슴으로 온전히
들어오도록 찰흙 위에 무릎을 꿇었다. 봄바람에 불길이 흔들
리는 바람에 그는 가느다란 연기 기둥을 입으로 들이마셨다.
그는 숨이 막혀 기침을 했다. 그의 기침이 계속되었다. 아무런
경고도 상의도 없이 그의 가슴에서 계속 기침이 나오는 것 같
았다. 그들은 그의 몸을 이렇게도 하고 저렇게도 해 보았지만
그러는 내내 그는 숨이 차 허덕거렸다. 그가 옆으로 누워 떨기
시작했다. 그들은 그의 눈에 깃든 공포와 혀를 볼 수 있었다.

　늙은 여자가 입을 열었다.

　"통나무에서 찬기가 들어온 거야."

　그녀가 와서 그의 곁에 무릎을 꿇고 손으로 가슴을 문지르
고 목의 근육을 주물렀다. 그녀는 그의 머리를 무릎에 놓고 기
침이 멈출 때까지 바람으로부터 그를 보호했다. 그는 미세하
게 떨며 가만히 누워 있었다. 새 아기가 깨어나 파의 등에서
내려왔다. 그가 빛 속에서 빨간 머리카락을 빛내며 뻗은 다리
사이로 기어갔다. 새 아기가 불을 보고 로크의 세운 무릎 아래
로 들어가 말의 발목을 잡고 일어섰다. 그의 눈 속에 작은 불
이 두 개 켜졌고 그는 흔들리는 다리를 붙잡고 몸을 앞으로 숙
인 채 그대로 서 있었다. 사람들이 아기와 말을 지켜보았다.
그때 나뭇가지가 터져 로크가 벌떡 일어났고 어둠 속으로 불
꽃이 튀었다. 불꽃이 땅에 닿기 전에 아기는 다시 엎드려 있었
다. 아기가 다리 사이로 기어가 닐의 팔에 기어올라 그녀의 등
과 목에 난 털 사이로 숨었다. 그녀의 왼쪽 귀 옆으로 작은 불

하나가 나타나 깜박이지 않고 조심스레 내다보았다. 닐이 얼굴을 돌려 아기의 머리에 위아래로 뺨을 부드럽게 비볐다. 새 아기는 다시 보이지 않았다. 아기의 머리카락과 엄마의 곱슬머리가 아기에게 동굴이 되었다. 그녀의 긴 머리카락이 아기를 밑으로 감쌌다. 곧 그녀의 귓가의 작은 불이 꺼졌다.

말이 늙은 여자의 몸에 기대앉으려고 몸을 일으켰다. 그가 사람들을 하나하나 차례로 바라보았다. 라이쿠가 말하려고 입을 열었지만 파가 재빨리 아이를 조용히 시켰다.

이제 말이 입을 열었다.

"위대한 오아가 있었어. 그녀가 배에서 땅을 낳았어. 그녀가 젖을 주었어. 땅이 여자를 낳았고 여자가 배에서 최초의 남자를 낳았어."

그들은 침묵 속에서 귀를 기울였다. 그들은 더 듣기를 원했다. 말이 아는 모든 것을 듣기를 원했다. 많은 사람이 있었던 시간의 그림이 있었다. 일 년 내내 여름이고 과일과 꽃이 한 가지에 달려 있던 시간의 이야기인데 그들 모두 그 이야기를 아주 좋아했다. 그리고 말에서 시작해 항상 당시 가장 나이가 많은 사람을 고르는 것으로 돌아가는 긴 이름의 목록이 있었다. 하지만 지금 그는 더 이상 아무 말도 하지 않았다.

로크가 말과 바람 사이에 앉았다.

"당신은 배가 고파요, 말. 배고픈 사람은 추운 사람이에요."

하가 입을 들어 올렸다.

"태양이 돌아오면 우리는 음식을 구할 거예요. 말, 불 곁에 있어요. 우리가 음식을 가져올게요. 그러면 따뜻해지고 강해질 거예요.”

파가 와서 말에게 기댔고 세 사람이 그를 불 속에 가두었다. 그가 간간이 기침을 하며 그들에게 말했다.

“나에게 무엇을 해야 할지에 대한 그림이 있어.”

그가 머리를 숙이고 재를 바라보았다. 사람들이 기다렸다. 그들은 삶이 그를 어떻게 소진시켰는지 볼 수 있었다. 눈썹 위의 긴 털은 듬성듬성해졌고, 그의 두개골의 곡선 위로 쏟아져 내려야 할 곱슬머리가 빠져 눈썹 위에 손가락 넓이만큼 쭈글쭈글한 맨살이 보였다. 그 아래 움푹 파인 구멍은 깊고 어두웠고 그 안의 눈은 흐릿하고 고통으로 가득 차 있었다. 이제 그가 손을 들어 손가락을 자세히 들여다보았다.

“사람들은 음식을 찾아야 해. 사람들은 음식을 찾아야 해.”

그가 다른 손으로 왼쪽 손가락들을 잡았다. 마치 손가락을 꽉 잡으면 그 속의 생각을 붙잡아 통제할 수 있기라도 할 것처럼 꽉 잡았다.

“나무를 위한 손가락. 나무를 위한 손가락.”

그가 머리를 흔들고 다시 시작했다.

“하를 위한 손가락. 파를 위한 것. 닐을 위한 것. 라이쿠를 위한 것…….”

그가 마지막 손가락에 이르렀고, 가볍게 기침을 하며 다른 손을 쳐다보았다. 하가 앉아 있는 곳에서 뒤척였지만 아무 말도 하지 않았다. 말이 눈썹의 긴장을 풀고 포기했다. 그는 머리를 숙이고 목 뒤의 회색 털을 두 손으로 감쌌다. 그의 목소리에 피곤이 묻어났다.

"하가 숲에서 나무를 가져올 거야. 닐이 하와 새 아기와 함께 갈 거야." 하가 다시 뒤척였고 파가 늙은 남자의 어깨에서 팔을 뗐다. 하지만 말은 계속 말했다.

"로크는 파와 라이쿠와 음식을 구하러 갈 거야."

하가 말했다.

"라이쿠는 산과 저 초원에 가기엔 너무 어려!"

라이쿠가 외쳤다.

"내가 로크와 갈게!"

말이 무릎 아래에서 중얼거렸다.

"내가 선언했어."

이제 결정이 내려지자 사람들이 들썩이기 시작했다. 그들은 무언가가 잘못되었음을 온몸으로 느낄 수 있었지만 그 말을 입 밖에 내지 않았다. 이제 말이 입 밖으로 나오자 그 말이 생명을 얻어 행동으로 옮겨지는 것 같았고, 그들은 걱정되었다. 하가 아무 목적 없이 돌출부의 바위를 향해 돌을 던져 소리를 냈고, 닐은 다시 나직하게 신음 소리를 냈다. 그림을 가장 조금 가진 로크만 오아와 그를 단구에서 춤추게 한 오아의 눈부신 풍요로움의 그림들을 기억했다. 그가 벌떡 일어나 사람들을 바라보았고 밤공기에 그의 곱슬머리가 흔들렸다.

"내가 음식을 팔에 안아 가져올게." 그가 몸짓을 크게 했다. "음식이 너무 많아 휘청거리게, 이렇게!"

파가 그를 보고 웃었다.

"세상에 그렇게 많은 음식은 없어."

그가 쭈그리고 앉았다.

"이제 내 머릿속에 그림이 있어. 로크가 폭포로 돌아오고 있어. 그가 산기슭을 따라 뛰어. 사슴을 들고 있어. 고양이가 사슴을 죽이고 피를 빨아 먹어서 잘못은 없어. 그래서. 이 왼 팔 밑에. 그리고 이 오른팔 밑에⋯⋯." 그가 팔을 내보이며 말했다. "암사슴의 엉덩이 살이."

로크가 돌출부 앞에서 고기의 무게에 밀려 위아래로 휘청 거렸다. 사람들이 그와 함께 웃고 그를 보고 웃었다. 오로지 하만 조용히 앉아 사람들이 그를 알아차리고 그를 봤다가 로 크를 볼 때까지 미소 지었다.

로크가 고함쳤다.

"그건 진짜 그림이야!"

하는 아무 말도 하지 않고 계속 미소 지었다. 그들이 그를 보고 있을 때 마치 말로 표현한 것처럼 선명하게 그가 로크를 향해 천천히 엄숙하게 귀를 돌렸다. 네 말을 듣고 있어! 로크 가 입을 열었고 머리카락이 위로 섰다. 그가 냉소적인 귀와 반 쯤 미소 지은 얼굴을 향해 말없이 횡설수설하기 시작했다.

파가 끼어들었다.

"가만히 놔둬. 하에겐 그림이 많지만 말을 거의 하지 않아. 로크에겐 그림이 없고 말이 넘치도록 많아."

그 말에 하가 웃으며 소리치고 로크를 향해 발을 흔들었고 라이쿠는 이유도 모르고 웃었다. 로크는 갑자기 조화로운 무 넘의 평화를 간절히 원했다. 그는 욱하는 성격을 한쪽으로 접 어 두고 매우 비참한 척하며 사람들에게 위로를 받으려고 불 을 향해 살금살금 다가갔다. 그러자 다시 침묵이 찾아왔고 돌출부에는 하나의 마음 혹은 무념이 도래했다.

아무 경고도 없이 모든 사람이 머릿속에서 한 가지 그림을 공유했다. 이것은 말의 그림이었는데, 그들로부터 조금 떨어져 있고 빛이 비쳐 수척한 몸의 고통이 선명히 보이는 모습이었다. 그들은 말의 몸뿐 아니라 그의 머릿속에서 가물거리며 천천히 움직이는 그림들까지 보았다. 특히 하나의 그림이 다른 모든 그림을 대체했다. 모호한 논쟁이나 의심이나 추측 사이로 떠올라 말이 흐릿한 확신을 가지고 무슨 생각을 하는지 알게 되었다.

"내일이나 내일모레 나는 죽을 거야."

사람들이 다시 분리되었다. 로크가 손을 내밀어 말을 만졌다. 하지만 말은 고통스럽기도 하고 늙은 여자의 털 아래 보호받고 있어서 그 손을 느끼지 못했다. 늙은 여자가 파를 쳐다보았다.

"물의 찬기 때문이야."

그녀가 몸을 숙이고 말의 귀에 속삭였다.

"내일 음식이 있을 거예요. 이제 자요."

하가 일어났다.

"나무도 더 많이 생길 거예요. 불에게 먹이를 더 주지 않을 건가요?"

늙은 여자가 오목한 공간에서 나무를 선택했다. 그녀는 불꽃이 솟아오를 때마다 씹어 먹을 마른 나무를 찾을 때까지 나뭇조각들을 정교하게 잘 맞췄다. 곧 불꽃이 공기를 향해 파다닥 탔고 사람들은 돌출부로 돌아갔다. 반원이 더 커졌고, 라이쿠가 그 안으로 들어갔다. 머리카락이 경고하며 쭈그러들었고 사람들은 환희에 차 서로를 보며 미소 지었다. 그리고 그들은 크게 하품하기 시작했다. 그들이 말 주위에 자리를 잡고 그의 앞에 있는 불로 따뜻해진 살갗의 요람 안에 그를 품었다. 그들이 몸을 뒤척이며 중얼거렸다. 말도 기침을 조금 하고 잠이 들었다.

로크가 한쪽에 쭈그리고 앉아 어두운 물가를 쳐다보았다. 의식적인 결정을 한 것은 아니었지만 그가 지켰다. 그 역시 하품을 하며 배 속의 고통을 살폈다. 그는 좋은 음식에 대한 생각을 떠올렸고 침을 조금 흘리고 말을 하려 했지만 모두 잠이 들었다는 사실을 기억했다. 대신 그는 일어나 입술 아래 곱슬곱슬한 털을 긁었다. 파는 닿을 수 있는 곳에 있었고 그는 그녀를 다시 욕망했지만 그의 생각의 대부분이 음식에 집중하기를 원했기 때문에 이 욕망은 쉽게 잊혔다. 그는 하이에나들을 생각하며 언덕 아래에 자리 잡은 숲 쪽을 바라볼 수 있을 때까지 강가의 단구를 따라 쿵쿵 걸었다. 수 킬로미터의 어둠과 거무스름한 얼룩이 회색 막대기로 보이는 바다까지 뻗어 있었다. 더 가까이에는 강이 늪과 곡류 사이로 간간이 빛났다. 그는 하늘을 바라보았고 겹겹의 양털 같은 구름 말고는 맑은 것을 보았다. 불의 잔상이 사라지자 그는 별 하나가 반짝뜬 것을 보았다. 그러고는 지평선에서 지평선까지 떨면서 빛나는 수많은 별이 떴다. 그의 코가 하이에나를 찾다가 그 근처 어디에도 없다는 것을 알리는 동안 그의 눈은 깜박도 하지 않고 별을 응시했다. 그는 바위 위로 기어 올라가 폭포를 내려다보았다. 물이 강의 유역으로 흘러들 때는 늘 밝았다. 연기를 자욱이 뿌리는 물보라가 존재하는 모든 빛을 빨아들여 아주 조금씩 내놓는 듯했다. 하지만 이 빛은 물보라만 밝혀 섬은 완전한 어둠 속에 있었다. 로크가 흐릿한 빛 사이로 떠오르는 검은 나무와 바위를 아무 생각 없이 쳐다보았다. 섬은 앉아 있는 거인의 다리 한 짝이 통째로 놓여 있는 것과도 같았다. 나무와 덤불로 촘촘한 거인의 무릎이 빛나는 폭포를 방해했고 볼품없는 발은 쫙 편 채 다른 모습으로 어둠 속 황야의 일부가 되었다. 산 같은 몸을 지탱했어야 할 거인의 허벅지는 틈새의 미끄러지는 물속에 놓여 있고 조각난 바위 속으로 굽어 이어지며 단구에 거의 닿을 때까지 줄어들다가 사라졌다. 로크는 달을 생각하듯 거인의 허벅지를 생각했다. 그것은 그에게 너무 생소해서 그가 아는 삶과 무관한 것이었다. 섬에 이르기 위해 사람들은 폭포 너머로 사람들을 잡아채려 하는, 바위 사이의 물이 흐르는 틈새를 뛰어넘어야 할 것이다. 더 민첩하고 겁을 먹은 존재만 감히 그 위를 뛰어넘으려 할 것이다. 그래서 섬은 사람의 자취 없이 남아 있었다.

바닷가 동굴에서 쉬고 있는 그에게 하나의 그림이 나타났고 그는 강 아래를 바라보기 위해 몸을 돌렸다. 그에게 곡류는 어둠 속에서 희미하게 반짝이는 물웅덩이처럼 보였다. 바다로부터 단구에 이르는 길에 대한 이상한 그림들이 아래 놓인 어둠 사이로 다가왔다. 그는 바라보았고 그가 보는 그곳에 정말 길이 있다는 생각에 혼란스러워졌다. 소용돌이가 가장 세

찬 순간에 멈춰진 듯했던 바위들이 혼란스럽게 놓여 있는 이곳과 숲 사이로 흐르는 저 강 사이에 있는 길은 감각으로는 찾을 수 있었지만 그의 머리가 이해하기에는 너무 복잡했다. 그는 안도하며 생각을 포기했다. 그 대신 그는 콧구멍을 벌름거려 하이에나를 찾았으나 하이에나는 없었다. 그는 바위 끄트머리까지 타닥타닥 걸어가 강물에 물을 만들었다. 그러고 나서 그는 조용히 돌아가 불가 한쪽에 쭈그리고 앉았다. 그는 하품을 한 번 하고 다시 파를 욕망하며 머리를 긁적였다. 절벽과 심지어 섬에도 그를 바라보는 눈들이 있었으나 불의 재가 계속 타는 동안은 아무것도 가까이 오지 않았다. 그의 생각을 의식한 듯 늙은 여자가 깨어 나무를 조금 더 태우고 납작한 돌로 재를 긁어모으기 시작했다. 말이 자면서 마른기침을 했고 사람들이 뒤척였다. 늙은 여자가 다시 조용해졌고 로크는 눈구멍에 손바닥을 대고 졸린 듯 문질렀다. 눌러서 생긴 초록색 자국들이 강을 가로질러 떠다녔다. 그는 폭포의 고함 소리가 너무 단조로운 나머지 더 이상 들리지 않는 왼쪽을 향해 눈을 깜박거렸다. 바람이 물 위에서 움직이며 맴돌았다. 그러고 나서 숲에서 위로, 그리고 틈새로 강하게 불어왔다. 수평선의 선명한 선이 흐려지고 숲이 밝아졌다. 폭포 위로 구름이 떠올랐는데 그것은 조각 같은 강의 유역에서 슬그머니 올라오는 엷은 안개이기도 하고 바람에 뒤집혀 부서진 강물이기도 했다. 섬은 희미해지고, 축축한 안개가 단구를 향해 슬그머니 몰려와 돌출부의 아치 아래 매달리고 하도 미미해 느껴지지 않고 모였을 때나 보일 만한 방울이 돼 사람들을 에워쌌다. 로크의 코가 저절로 열리며 안개와 함께 온 복합적인 냄새를 맡았다.

그가 곤혹스러워하며 떨면서 쭈그리고 앉았다. 손을 코 위에 모아 갇힌 공기를 조사했다. 눈을 감고 정신을 모으려 애쓰면서 그는 따뜻해지는 공기의 촉감에 집중하고 계시를 받을 찰나인 것처럼 보였다. 그러다가 그 향기가 물처럼 말라 버리고 애써 노력해도 사라지고 마는 멀리 있는 작은 물체와 같이 흐려졌다. 그는 공기를 놓아 버리고 눈을 떴다. 폭포의 물보라가 방향이 바뀐 바람을 따라 흘러가 버리고 일상적인 밤의 냄새가 났다.

그는 섬과 섬의 가장자리를 향해 흐르는 어두운 물을 보고 얼굴을 찌푸렸다. 그는 위험이 도사리지 않는 한 새로운 생각을 계속할 수 없었다. 불은 자신만 밝히는 빨간 눈으로 사그라졌고 사람들은 고요하고 바위 색깔이었다. 그는 자리를 잡고 차가운 공기의 흐름이 줄어들도록 한 손으로 콧구멍을 누르며 잠을 청하기 위해 몸을 앞으로 기울였다. 그는 무릎을 가슴까지 올려 밤공기에 노출되는 표면을 최소한으로 줄였다. 그의 왼팔이 슬그머니 올라가 목 뒤의 털에 손가락을 살며시 넣었다. 그의 입은 무릎에 묻혔다.

구름이 낮게 깔린 바다 위에서 칙칙한 주황색 불빛이 점점 커졌다. 구름의 팔들이 금색으로 변하고 거의 꽉 찬 달의 가장자리가 그 사이로 올라갔다. 폭포가 빛났고 가장자리에 빛이 흐르거나 갑작스럽게 반짝이며 튀어 올랐다. 섬에 있는 나무들의 윤곽이 드러나며 가장 높이 솟은 자작나무의 몸통이 갑자기 은빛과 흰색으로 변했다. 물 건너편, 틈새의 다른 쪽 절벽은 아직 어둠에 싸여 있었지만 나머지 산들은 눈과 얼음에 덮인 꼭대기를 드러냈다. 로크는 허벅지로 균형을 잡고 잠들어 있었다. 위험의 조짐이 조금이라도 보이면 그는 출발선에 선 단거리 주자처럼 단구를 향해 날아갔을 것이다. 눈 속에서 반짝이는 얼음처럼 그의 몸에서 서리가 반짝였다. 불은 한 줌의 붉은빛을 담은 무딘 원뿔처럼 되었고 그 속의 파란 불길이 타지 않은 가지와 통나무 끝을 서성이며 흐물거렸다.

달이 구름 몇 조각의 자취만 남은 하늘 위로 천천히, 거의 수직으로 떠올랐다. 빛이 섬 아래로 기어 내려가 물보라 기둥을 환히 비추었다. 초록색 눈이 빛을 주시했고 빛은 회색 형태들을 발견했다. 그것들은 빛에서 그림자로 미끄러지고 휘거나 산의 옆쪽에 있는 열린 공간을 가로질러 달렸다. 숲의 나무에 빛이 내려앉아 드문드문 흩어져 있는 희미한 상아색 조각들이 썩어 가는 나뭇잎과 땅 위에서 움직였다. 빛이 강과 흔들리는 수초 위에 내려앉았고 물은 반짝이는 고리와 동그라미와 차가운 불의 소용돌이로 가득 차 있었다. 폭포의 아래쪽에서 소리가 났는데, 폭포의 천둥 같은 소리가 소리의 형식인 울림을 앗아 갔다. 로크의 귀가 달빛에 씰룩거리자 귓가에 있는 서리가 떨렸다. 로크의 귀가 로크에게 말했다.

"?"

하지만 로크는 잠들어 있었다.

3

로크는 동이 틀 때 늙은 여자가 불을 지피기 위해 그 누구보다 일찍 움직인다는 것을 알았다. 그녀가 나무를 쌓았고 잠결에 그는 나무가 터지고 탁탁 소리를 내기 시작하는 것을 들었다. 파는 아직 웅크리고 있었고 늙은 남자의 머리가 그녀의 어깨 위에서 뒤척였다. 하가 움직이며 일어났다. 그는 단구로 내려가서 물을 만들고 다시 돌아와 늙은 남자를 쳐다보았다. 말은 다른 사람들처럼 깨어나지 않았다. 그는 허벅지 뒤쪽에 힘을 싣고 둔중하게 앉아 파의 머리카락 속에서 머리를 이리저리 돌리며 임신한 암사슴처럼 숨을 빠르게 내쉬었다. 그는 뜨거운 불을 향해 입을 크게 벌리고 있었지만 보이지 않는 또 다른 불이 그를 녹이고 있었다. 그것은 움푹 들어간 그의 팔다리 살과 눈구멍 주위에 놓여 있었다. 닐이 강으로 내려가 두 손에 물을 떠 왔다. 말이 눈도 뜨지 않고 물을 마셨다. 늙은 여자가 나무를 더 넣어 불을 지폈다. 그녀가 오목한 공간을 가리키고 숲 쪽으로 고갯짓을 했다. 하가 닐의 어깨에 손을 댔다.

"가자!"

새 아기도 깨어나 닐의 어께 위로 재빨리 넘어가 그녀를 보고 잠시 칭얼대다가 그녀의 가슴을 빨았다. 닐은 아기가 젖을 빠는 동안 하를 따라 숲으로 내려가는 빠른 길로 조용히 걸어갔다. 그들은 모퉁이를 돌아 폭포의 꼭대기와 거의 같은 높이에 있는 아침 안개 사이로 사라졌다.

말이 눈을 떴다. 그들이 그가 말하는 소리를 듣기 위해 그를 향해 몸을 숙였다.

"나에게 그림이 있어."

세 사람이 기다렸다. 말이 손을 들어 눈썹 위 머리 꼭대기에 얹었다. 두 개의 불이 그의 눈 속에서 떨고 있었지만 그는 그들을 바라보지 않고 물 건너 멀리 있는 무언가를 바라보았다. 그가 너무나 열중하고 두려워하며 집중하고 있어 로크는 말이 무엇 때문에 겁에 질렸는지 알아낼 수 있을까 하고 몸을 돌렸다. 아무것도 없었다. 봄 홍수로 인해 구불구불한 강변에 다다른 통나무만 그들 옆으로 미끄러져 지나가 폭포의 가장자리 너머로 아무 소리 없이 사라졌다.

"나에게 그림이 있어. 불이 숲으로 날아가 나무들을 먹어치우고 있어."

깨어나자 그의 숨이 더 가빠졌다.

"타고 있어. 숲이 타고 있어. 산이 타고……."

그가 고개를 돌려 그들을 바라보았다. 그의 목소리에는 공포가 서려 있었다.

"로크는 어디 있어?"

"여기요."

말이 얼굴을 찡그리고 당황스러워하며 그를 향해 눈살을 찌푸렸다.

"이게 누구지? 로크가 엄마 등에 있고 나무들은 먹혔어."

로크가 발을 움직이고 멍청하게 웃었다. 늙은 여자가 말의 손을 잡고 뺨에 갖다 댔다.

"그건 아주 오래전 그림이에요. 그건 다 끝났어요. 당신은 꿈에서 그걸 본 거예요."

파가 그의 어깨를 다독거렸다. 그리고 그녀의 손이 살갗에 머물렀고 그녀의 눈이 크게 열렸다. 하지만 그녀는 라이쿠에게 이야기할 때처럼 부드럽게 말에게 말했다.

"로크가 바로 앞에 발을 딛고 서 있어요. 보세요! 그는 사람이에요."

드디어 이해가 가서 마음이 놓인 로크가 모두에게 재빨리 말했다.

"그래, 나는 사람이야." 그가 손을 내밀어 폈다. "나 여기 있어요, 말."

라이쿠가 하품을 하며 잠에서 깼고 오아 인형이 어깨에서 떨어졌다. 아이가 인형을 품으로 가져갔다.

"배고파."

말이 하도 빨리 돌아보는 바람에 파의 몸에서 거의 떨어져 나갔고 그녀가 그를 붙잡아야 했다.

"하와 닐은 어디 있어?"

"당신이 그들을 보냈어요." 파가 말했다. "당신이 나무를 구해 오라고 보냈어요. 그리고 로크와 라이쿠와 나에게는 음식을 구해 오라고 했어요. 우리가 빨리 당신을 위해 음식을 구해 올게요."

말이 손으로 얼굴을 잡고 몸을 앞뒤로 흔들었다.

"그것은 나쁜 그림이야."

늙은 여자가 팔로 그를 감쌌다.

"이제 자요."

파가 불에서 먼 쪽으로 로크를 끌었다.

"라이쿠가 우리랑 같이 초원에 가는 건 좋지 않아. 불 근처에 있게 해."

"말이 말했어."

"그는 머리가 병들었어."

"그는 모든 것이 불에 타는 것을 보았어. 나는 무서워. 산이 어떻게 불에 탈 수 있어?"

파가 반항적으로 말했다.

"오늘은 어제와 내일과 같아."

하와 아기를 데리고 있는 닐이 입구 사이로 가까스로 통과해 단구에 도착했다. 그들은 꺾인 잔가지를 한 아름 들고 있었다. 파가 그들을 향해 뛰어갔다.

"말이 그렇게 말했다고 라이쿠가 우리와 함께 가야 해?"

하가 입꼬리를 잡아당겼다.

"그것은 새로운 말이야. 하지만 그것은 선언되었어."

"말은 산이 불타는 것을 보았어."

하가 그들 위로 흐릿하게 솟아 있는 거대한 산을 올려다보았다.

"나는 이 그림이 보이지 않아."

로크가 불안한 듯 피식 웃었다.

"오늘은 어제와 내일과 같아."

하가 그들을 향해 귀를 씰룩거리고는 진지하게 미소를 지었다.

"그것은 선언되었어."

갑자기 정의하기 어려운 긴장감이 깨졌고 파와 로크와 라이쿠는 단구를 따라 재빨리 뛰었다. 그들은 절벽으로 껑충 뛰어 기어오르기 시작했다. 폭포 아래쪽의 자욱한 물보라의 선을 볼 수 있을 만큼 높이 올라가자 바로 그 소리가 울려왔다. 절벽이 뒤로 살짝 기운 곳에 이르자 로크가 한쪽 무릎을 딛고 소리쳤다.

"올라가!"

빛이 이제 조금 더 밝아졌다. 그들은 산의 틈새로 흐르는 반짝이는 강과 산이 호수를 막고 있는 곳에 넓게 내려앉은 하늘을 볼 수 있었다. 그들 아래에는 안개가 숲과 초원을 가리고 산 옆에서 조용히 쉬고 있었다. 그들은 안개를 향해 가파른 쪽을 따라 뛰어가기 시작해 날듯이 내려갔다. 그들은 민둥 바위를 지나 쪼개져서 날카로운 돌이 쌓인 높은 자갈 비탈에 도달했으며, 바람이 불지 않는, 풀도 덤불도 거의 없는 둥그린 바위들이 있는 곳에 도착할 때까지 위험하기 짝이 없는 깊은 골짜기 아래로 기어 내려갔다. 풀은 젖어 있고 잎 사이에 걸쳐 있는 거미줄이 발목에 달라붙었다. 경사가 완만해지고 덤불이 더 많아졌다. 그들은 안개의 경계를 향해 내려갔다.

"태양이 안개를 빨아 마실 거야."

파는 신경 쓰지 않았다. 그녀는 고개를 숙이고 탐색에 나섰고 볼 옆의 곱슬머리가 잎에 맺힌 물방울들을 스쳤다. 새 한 마리가 꽥꽥거리며 공중으로 더듬더듬 무겁게 날아올랐다. 파가 둥지를 덮치고 라이쿠가 로크의 배를 발로 찼다.

"알! 알!"

아이가 그의 등에서 내려와 듬성듬성한 풀 사이에서 춤을 추었다. 파가 덤불에서 가시를 꺾어 알의 양 끝을 뚫었다. 라이쿠가 그녀의 손에서 그것을 낚아채 요란하게 빨아 대기 시작했다. 파를 위한 알과 로크를 위한 알도 하나씩 있었다. 세 개 모두 한숨에 비워졌다. 사람들은 다 먹고 나서 얼마나 배가 고픈지 깨닫고 분주히 음식을 찾기 시작했다. 그들은 찾고자 하는 의지를 가지고 앞으로 나아갔다. 그들이 위를 쳐다보지는 않았지만 땅 위에서 서서히 사라지는 안개를 따라가고 있다는 사실과 바다 쪽의 빛나는 투명함이 태양의 첫 번째 빛을 머금었다는 것을 알았다. 그들은 나뭇잎을 뒤지고 덤불을 살피며 아직 깨어나지 않은 애벌레와 돌무더기 아래 깔려 있는 창백한 싹을 발견했다. 그들이 일하고 먹을 때 파가 그들을 위로했다.

"하와 닐이 숲에서 음식을 조금 가져올 거야."

로크는 부드러운 힘으로 가득한 애벌레를 찾았다.

"애벌레를 하나만 가져갈 수는 없어. 그리고 돌아가고. 그
러고 나서 애벌레 하나."

그들은 탁 트인 공간에 이르렀다. 산에서 돌멩이가 떨어져
그곳에 있던 다른 돌멩이를 쳐 냈다. 돌이 치워진 땅이 통통하
고 하얀 싹의 침략을 받았고 그곳에 빛이 비쳤으나 그것들은
너무 짧고 굵어서 손이 닿자마자 부스러졌다. 그들은 나란히
그것을 먹어 들어가며 그 동그라미에 집중했다. 양이 충분해
서 그들은 먹으면서 기쁨과 흥분의 감탄사를 내뱉었다. 잠시
동안 그들이 더 이상 허기를 느끼지 않고 배고픔만 느낄 정도
로는 충분했다.

라이쿠는 아무 말 없이 발을 뻗고 앉아 두 손으로 먹었다.

곧 로크가 껴안는 시늉을 했다.

"우리가 이쪽 끝을 먹고 나면 사람들을 데려와 저쪽 끝에
있는 것을 먹게 할 수 있어."

파가 잘 들리지 않는 목소리로 말했다.

"말은 오지 않을 거고 그녀는 그를 떠나지 않을 거야. 우리
는 태양이 저쪽 산으로 넘어가면 이쪽으로 올 기야. 사람들에
게는 팔에 안고 갈 수 있는 것들을 가져갈 거야."

로크가 땅을 보고 트림을 하고 애정 어린 눈으로 땅을 바라
보았다.

"이곳은 좋은 곳이야."

파가 얼굴을 찡그리고 우적거렸다.

"이곳이 더 가까웠다면……."

그녀가 입속 가득 든 것을 꿀꺽 삼켰다.

"나에게 그림이 있어. 좋은 음식이 자라고 있어. 여기가 아니야. 폭포 근처에서 자라고 있어."

로크가 그녀를 비웃었다.

"이런 식물은 폭포 근처에서 자라지 않아!"

파가 팔을 활짝 벌리고 계속 로크를 쳐다보았다. 그리고 그녀가 두 손을 한데 모았다. 하지만 머리는 갸우뚱했음에도 눈썹이 살짝 위로 움직이고 벌어지며 그녀가 말로 규정할 수 없는 질문을 했다.

"하지만 만약…… 이 그림을 봐. 돌출부와 불은 여기 아래에 있어."

로크가 입에서 얼굴을 들어 올리고 웃었다.

"이곳은 여기 아래에 있어. 그리고 돌출부와 불은 저기에 있어."

그는 더 많은 싹을 뜯어 입에 쑤셔 넣고 계속 먹었다. 그가 더 투명해진 햇빛을 들여다보며 그날의 징후를 읽었다. 곧 파가 그녀의 그림을 잊고 일어났다. 로크도 일어나 그녀를 대신해 말했다.

"가자!"

그들은 바위와 덤불 사이로 살금살금 기어 내려갔다. 갑자기 태양이 희미한 은빛 동그라미로 나오더니 구름 사이로 빠르게 사선으로 퍼지고는 계속 같은 장소에 머물렀다. 로크가 먼저 갔고 그다음에는 처음으로 제대로 된 음식 사냥을 와 진지한 자세로 열심히 임하는 라이쿠가 갔다. 언덕이 완만해지고 그들은 히스[1]가 바다처럼 펼쳐진 평원으로 이어지는 절벽 같은 경계에 도달했다. 로크가 경계 태세를 취했고 라이쿠와 파는 그의 뒤에서 조용해졌다. 그가 돌아서서 질문을 던지듯 파를 쳐다보고 다시 고개를 들었다. 그가 갑자기 코 사이로 공기를 내뿜고 숨을 들이마셨다. 그는 이 공기 냄새를 열심히 맡았다. 콧구멍 사이로 숨을 크게 들이마신 후 공기가 피로 데워지고 냄새를 맡을 수 있을 때까지 그곳에 머물게 했다. 그는 콧구멍 속에서 놀라운 것을 지각했다. 그 냄새의 흔적은 아주 미미했다. 그에게 비교할 능력이 있었다면 그 흔적이 진짜 냄새인지 아니면 냄새의 기억일 뿐인지에 대해 생각했을 것이다. 이 냄새는 너무 희미하고 퀴퀴해서 그가 질문을 던지듯 파를 바라보았을 때 그녀는 그를 이해하지 못했다. 그가 그녀에게 조용히 말했다.

"꿀?"

라이쿠는 파가 진정시킬 때까지 팔짝팔짝 뛰었다. 로크가 공기 냄새를 다시 맡아 보았지만 이번에는 새로운 공기가 밀려 들어왔고 그것은 비어 있었다. 파가 기다렸다.

로크는 바람이 어디에서 오는지 생각할 필요가 없었다. 그는 태양 쪽으로 뻗어 있는 넓적한 바위에 기어 올라가 바위 위에 몸을 쭉 뻗고 냄새를 찾기 시작했다. 바람의 방향이 바뀌어 냄새가 다시 그에게 닿았다. 그 냄새가 흥분될 정도로 생생해졌고 그는 곧 서리와 해가 갈라놓고 비가 작은 틈새들을 파 놓

---

1) 유럽의 낮은 산이나 황야 지대에서 자라는 식물로, 보라색, 분홍색, 흰색의 꽃이 핀다.

은 작은 절벽까지 냄새를 따라갔다. 틈새 중 하나 주위에 갈색 손가락 자국 같은 얼룩들이 있고 햇빛이 바위 표면을 밝게 비추고 있었음에도 거의 죽어 가는 벌 한 마리가 그 입구에서 불과 한 뼘 거리에 매달려 있었다. 파가 고개를 휙 돌렸다.

"꿀이 조금 있겠어."

로크가 자신의 가시덤불을 거꾸로 들고 해진 뭉툭한 끝부분을 틈새로 쑤셔 넣었다. 벌 몇 마리가 추위와 굶주림으로 진이 빠져 윙윙거렸다. 로크가 틈새에서 가시덤불을 움직였다. 라이쿠가 폴짝폴짝 뛰었다.

"로크, 꿀이 있어? 나 꿀 먹고 싶어!"

벌들이 틈새로 기어 나와 그들을 에워쌌다. 어떤 벌들은 땅에 툭 떨어져 날갯짓을 하며 기어 다녔다. 한 마리가 파의 머리카락에 달라붙었다. 로크가 막대기를 꺼냈다. 끝에 꿀과 밀랍이 조금 묻어 있었다. 라이쿠가 뛰기를 멈추고 막대기 끝을 깨끗하게 핥아 먹었다. 다른 두 사람은 굶주림이 잠시 덜해져 라이쿠가 먹는 모습을 보며 즐길 수 있었다.

로크가 떠들었다.

"꿀이 최고야. 꿀엔 힘이 있어. 라이쿠가 꿀을 좋아하는 것 좀 봐. 틈새로 꿀이 쏟아져 나와 네가 손가락으로 꿀을 맛볼 수 있는 시간의 그림이 나에게 있어. 이렇게!"

그가 밑에 있는 바위에 손가락을 문지르고 빨며 꿀의 기억을 맛보았다. 그러고 나서 라이쿠에게 또 꿀을 먹이려고 다시 틈새로 막대 끝을 쑤셔 넣었다. 곧 파가 들썩이기 시작했다.

"이건 우리가 바다에 내려갔을 때 생긴 오래된 꿀이야. 우리는 다른 사람들을 위해 음식을 더 많이 찾아야 해. 어서!"

하지만 로크는 라이쿠가 먹는 것을 보는 기쁨과 아이를 배불리 먹이고 싶은 마음과 꿀의 기억을 위해 다시 쑤셨다.

초원으로 다시 빨려 가는 얇은 안개를 따라 파가 넓적한 바위를 내려갔다. 그녀는 가장자리 너머로 몸을 낮추었고 더 이상 보이지 않았다. 그들은 그녀가 소리치는 것을 들었다. 라이쿠가 로크의 등에 기어올랐고 로크는 가시덤불을 들고 소리가 나는 곳을 향해 바위 아래로 내려갔다. 바위 가장자리에는 넓은 들판으로 이어지는 구불구불한 골짜기가 있었다. 파가 풀밭과 초원의 히스가 보이는 골짜기 어귀에 쭈그리고 있었다. 로크가 급히 그녀에게 다가갔다. 파는 발꿈치를 든 채 약하게 떨고 있었다. 저쪽에, 눈으로 볼 수 있을 만큼 가까운 곳에 히스의 갈색 덤불에 다리가 가려진 누르스름한 동물이 두 마리 있었다. 귀가 쫑긋 선 동물들은 그녀의 목소리를 듣고 하던 일에서 깨어나 이제 가만히 서서 앞을 응시했다. 로크가 라이쿠를 등에서 내렸다.

"올라가."

라이쿠가 골짜기의 옆면으로 기어 올라가 로크가 닿을 수 있는 것보다 높은 곳에 쭈그리고 앉았다. 노란 동물이 이빨을 드러냈다.

"지금!"

로크가 가시덤불을 옆으로 들고 앞으로 살며시 나아갔다. 파가 그의 왼쪽으로 돌아갔다. 그녀는 양손에 돌칼을 들고 있었다. 하이에나 두 마리가 더 가까이 다가와 으르렁댔다. 파가 갑자기 오른손을 휙 돌렸고 돌이 암컷의 늑골에 맞아 쿵 소리가 났다. 암컷이 비명을 지르더니 울부짖으며 달아났다. 로크가 가시덤불을 흔들며 앞으로 돌진해 수컷의 으르렁거리는 주둥이뼈를 찔렀다. 그러자 두 짐승은 멀리 떨어져 악한 말을 하며 두려움에 떨었다. 로크가 그들과 죽은 동물 사이에 섰다.

"서둘러. 고양이 냄새가 나."

파는 이미 무릎을 꿇고 축 처진 시체와 싸우고 있었다.

"고양이가 피를 다 빨아 먹었어. 잘못은 없어. 노란 놈들이 간까지 파고들진 않았어."

그녀가 돌조각을 가지고 사슴의 배를 맹렬하게 파헤쳤다. 로크가 하이에나를 향해 가시덤불을 휘둘렀다.

"모든 사람이 먹기에 충분한 음식이야."

그는 파가 털가죽과 내장을 찔러 대며 끙끙대고 헉헉거리는 소리를 들었다.

"빨리 해."

"그럴 수 없어."

하이에나들이 악한 말을 끝내고 좌우로 에워싸며 다가왔다. 공중에서 나는 두 마리의 거대한 새가 그들을 바라보는 로크 앞에 그늘을 교차하며 지나갔다.

"암사슴을 바위로 끌고 가."

파가 암사슴을 잡아끌면서 하이에나를 향해 화를 내며 소리쳤다. 로크가 그녀에게 돌아가 몸을 숙이고 사슴 다리를 잡았다. 그가 가시덤불을 휘두르며 힘겹게 골짜기를 향해 시체를 질질 끌기 시작했다. 파도 앞다리를 잡고 끌기 시작했다.

하이에나들이 간신히 닿지 않을 정도로 거리를 유지하며 그들을 따라왔다. 그들이 라이쿠 바로 밑에 있는 좁은 골짜기 어귀로 사슴을 가져갔고 새 두 마리가 아래로 날아왔다. 파가 다시 돌조각을 휘두르기 시작했다. 로크는 망치로 쓸 수 있는 바위를 찾았다. 그가 시체를 내리치기 시작해 사지를 조각냈다. 파가 흥분해서 끙끙 소리를 냈다. 로크가 커다란 손으로 힘줄을 찢고 비틀고 자르며 말을 했다. 그동안 하이에나들은 계속 이리저리 뛰어다녔다. 새들이 라이쿠 반대편에 있는 바위에 날아와 앉자 라이쿠가 로크와 파에게 미끄러져 내려갔다. 암사슴은 찢기고 조각조각 흩어졌다. 파가 사슴의 배를 열어 복잡한 위를 잘라 시큼한 냄새가 나는 짧은 풀과 조각난 새싹을 쏟아 냈다. 로크는 뇌를 찾기 위해 대가리를 치고 혀를 당기기 위해 입을 들어 열었다. 그들은 자잘한 것들로 위를 채우고 내장들을 묶어 위를 헐렁한 가방으로 만들었다.

이 일이 진행되는 동안 로크가 계속해서 끙끙거리며 간간이 말했다.

"이건 안 좋은 일이야. 이건 정말 안 좋아."

사슴의 사지가 다 부서지고 피범벅이 되자 라이쿠는 암사슴 옆에 쭈그리고 앉아 파가 준 간 조각을 먹었다. 바위 사이의 공기가 고기와 악한 냄새로 진동하며 폭력과 땀으로 험악해져 있었다.

"빨리! 빨리!"

파는 무엇이 두려운지 그에게 말할 수 없었다. 고양이는 피를 다 빨아 먹은 동물을 찾아 돌아오지 않을 것이다. 그것은 이미 저 초원 너머로 반나절 거리의 여행을 가 동물 무리의 가장자리에서 어슬렁거리며 아마 또 다른 희생양의 목에 송곳니를 박고 피를 빨기 위해 달려가고 있을지 모른다. 하지만 새들이 내려다보는 공기에 어둠이 깔렸다.

로크가 그 어둠에 대해 알은체하며 큰 소리로 말했다.

"이건 정말 안 좋아. 오아가 배에서 암사슴을 낳았어."

파가 손으로 뜯으며 이를 꽉 물고 중얼거렸다.

"그 이야기는 하지 마."

라이쿠는 어둠을 인식하지 못하고 계속 먹고 있었다. 촉촉하고 따뜻한 간을 턱이 아프도록 먹었다. 파한테 혼이 난 로크는 더 이상 떠들지 않고 대신 중얼거렸다.

"이건 안 좋아. 하지만 고양이가 널 죽였으니 잘못은 없어."

그리고 그는 큼직한 입술을 움직이며 침을 질질 흘렸다.

이제 안개가 햇빛에 녹아 사라졌고 그들은 하이에나들 너머로 초원의 히스가 물결치고 그 너머로 키 작은 나무들의 옅은 초록색 꼭대기와 물이 번쩍이는 것을 보았다. 그 뒤로는 산이 근엄한 자태로 솟아 있었다. 파는 다시 쭈그리고 앉아 숨을 돌렸다. 그녀가 손등으로 양쪽 눈썹을 문질렀다.

"노란색 짐승들이 따라오지 못하게 높은 곳으로 가야 해."

찢긴 가죽과 뼈와 발굽 외에는 남은 것이 거의 없었다. 로크가 파에게 가시덤불을 주었다. 그녀가 그것을 허공에 휘두르며 하이에나를 향해 거칠게 고함을 질렀다. 로크가 꼬인 내장으로 뒷다리와 허리 살을 묶은 후 한 손으로 들 수 있게 그 끝을 손목에 묶었다. 그가 허리를 굽혀 위의 끝부분을 이로 물었다. 파는 한 아름 들고 있었고 로크는 찢기고 흐물거리는 조각들을 그 곱절 들고 있었다. 그가 끙끙거리며 맹렬히 뒤로 물러나기 시작했다. 하이에나들이 골짜기 어귀로 이동했고 독수리들이 날아올라 가시덤불이 간신히 닿지 않는 거리에서 맴돌았다. 남자와 여자 사이에서 매우 용감한 라이쿠가 가지고 있던 간 조각을 독수리를 향해 흔들었다.

"저리 가, 부리들아! 이건 라이쿠의 고기야!"

독수리들이 소리 지르며 포기하고 깨진 뼈와 피투성이 가죽을 씹어 먹고 있는 하이에나들과 싸우러 갔다. 로크는 말을 할 수 없었다. 암사슴에게 얻은 음식은 그가 평지에서 어깨에 제대로 지고 나를 수 있는 최대한의 양이었다. 지금 그것은 손가락과 꽉 문 이로 대부분이 잡힌 채 그에게 매달려 있었다. 넓적한 바위의 꼭대기에 도달하기도 전에 그의 몸이 굽혀지고 손목이 아파 왔다. 파는 그림을 공유하지 않고 이것을 이해했다. 그녀는 로크가 숨을 잘 쉴 수 있도록 그에게 다가가 늘어진 위를 가져갔다. 그러고는 그가 따라오도록 놔두고 그녀와 라이쿠가 먼저 올라갔다. 그는 고기를 세 가지 다른 방식으로 정리하고야 애써 그들을 따라갈 수 있었다. 그의 머릿속에는 어둠과 기쁨이 이상하게 뒤섞여 그는 자신의 심장이 박동하는 소리를 들을 수 있었다. 그가 골짜기 어귀에 드리워 있는 어둠을 향해 말했다.

"사람들이 바다에서 돌아오면 먹을 것이 거의 없어. 산딸기도 과일도 꿀도 없고 먹을 것이 거의 없어. 사람들은 배고프고 말랐고 뭐든 먹어야 해. 사람들은 고기 맛을 좋아하지 않지만 뭐든 먹어야 해."

이제 그는 산기슭을 따라 매끄러운 바위 언덕 위로 발로 움켜잡는 힘에 의존하며 터벅터벅 걸어갔다. 높은 바위를 따라 휘청이며 침을 질질 흘리다 훌륭한 생각을 하나 더 떠올렸다.

"이 고기는 아픈 말을 위한 거야."

파와 라이쿠는 산기슭에서 단층을 발견하고 틈새를 향해 빠르게 걷기 시작했다. 로크는 한참 뒤처졌고 열심히 따라가며 늙은 여자가 불을 쉬게 했던 것처럼 고기를 쉬게 할 바위를 찾았다. 그는 단층이 시작되는 곳에서 좋은 곳을 발견했는데 널찍하고 다른 쪽은 비어 있었다. 그는 쭈그리고 앉아 고기의 무게가 내려앉도록 짐을 미끄러뜨렸다. 아래 뒤쪽에서는 독수리들이 더 많이 합류해 성난 소리를 내고 있었다. 로크는 골짜기의 어둠에서 몸을 돌리고 파와 라이쿠를 찾았다. 그들은 한참 앞에서 아직 틈새를 향해 서둘러 뛰어가고 있었다. 그들이 도착해서 다른 이들에게 음식을 찾았다고 알리고 어쩌면 로크의 짐을 같이 들 수 있게 하를 보낼지도 몰랐다. 로크는 다시 앞으로 갈 마음이 나지 않았고 바쁜 세상을 바라보며 잠시 쉬었다. 하늘은 연한 푸른빛이었고 멀리 보이는 바다 색깔도 엇비슷했다. 가장 어두워 보이는 것은 풀과 돌과 꽃과 초원에 난 회색빛 식물들 위로 그를 향해 다가오는 짙푸른 그림자였다. 그 그림자는 숲의 나무 위에서 쉬며 봄 잎사귀들의 초록빛 안개를 가리고 강을 어둡게 했다. 그림자가 산에 가까워지면 더 넓어지면서 산마루 위로 끌려갔다. 그는 파와 라이쿠가 있는 폭포 쪽을 바라보았고 그들은 점처럼 보여 거의 시야에서 사라질 것 같았다. 그러고 나서 그는 폭포 위쪽의 공기를 향해 얼굴을 찌푸렸고 그의 입이 벌어졌다. 불의 연기가 이동하며 특성이 바뀌었다. 그는 잠시 동안 늙은 여자가 그것을 움직였다고 생각했지만 이 그림이 얼마나 말이 안 되는지 알고는 웃었다. 늙은 여자가 그런 연기를 만들 리도 없었다. 노랗고 하얗게 휘감기는 연기는 젖은 나무나 잎사귀가 가득한 초록색 가지에서 나는 것이었고 바보이거나 나무의 본질에 대해 전혀 모르는 존재만 그것을 그렇게 무지하게 이용할 것이다. 로크의 머릿속에 두 가지 불이 떠올랐다. 불은 가끔 하늘에서 떨어져 잠시 동안 숲에서 타오르곤 했다. 히스가 시들어 죽거나 태양이 너무 뜨거울 때 초원에 핀 그 꽃들 사이에서 마법처럼 깨어났다.

로크는 다시금 이 그림을 비웃었다. 늙은 여자가 그런 연기를 만들 리 없고 젖은 봄에 불은 결코 저절로 타오르지 않았다. 로크는 연기가 풀려 틈새로 흘러 사라져 가는 것을 바라보았다. 그러고 나서 그는 고기 냄새를 맡고 연기와 그림을 잊어버렸다. 그는 덩어리를 모아 들고 휘청이며 단층을 따라 파와 라이쿠를 쫓아갔다. 그는 고기의 무게와 이렇게 많은 음식을 사람들에게 가져간다는 생각과 음식을 얻어 온 사람에 대한 사람들의 존경심을 생각하며 연기에 대한 그림을 완전히 잊었다. 파가 단층을 따라 다시 뛰어왔다. 그녀가 팔에서 고깃덩어리를 몇 개 덜어 갔고 그들은 마지막 언덕을 반은 오르고 반은 미끄러져 내려갔다.

뜨거운 푸른 연기가 돌출부에서 심하게 흔들렸다. 늙은 여자가 불과 바위 사이에 따뜻한 공기층이 생기도록 불의 아래쪽을 넓혔다. 불꽃과 연기는 어떤 미풍이 돌출부를 뚫고 들어와도 방해할 수 없는 벽이었다. 말은 이 공기층 아래 땅에 누워 있었다. 갈색 땅 위에 회색빛의 그가 눈을 감고 입을 벌린 채 웅크리고 있었다. 그가 너무 가쁘게 얕은 숨을 쉬어 그의 가슴이 마치 심장처럼 뛰는 것 같았다. 뼈가 뚜렷이 보였고 그의 살갗은 불에 녹는 기름 덩어리 같았다. 로크가 나타났을 때 닐과 새 아기와 하가 막 숲으로 가고 있었다. 그들은 뭔가를 먹으며 가고 있었고 하가 로크에게 축하의 뜻으로 손을 흔들었다. 늙은 여자는 파가 맡긴 위를 쑤시며 불가에 서 있었다.

파와 로크가 단구로 내려가 불을 향해 뛰었다. 흩어져 있는 바위들 위에 고기를 쌓으며 로크가 불꽃 너머로 말에게 소리쳤다.

"말! 말! 우리에게 고기가 있어요!"

말이 눈을 뜨고 한쪽 팔꿈치에 몸을 기댔다. 그가 불 너머로 흔들리는 사슴의 위를 바라보고 숨을 헐떡이며 로크에게 일그러진 미소를 보냈다. 그리고 늙은 여자를 향해 돌았다. 그녀가 그를 향해 미소 짓고 빈손으로 허벅지를 치기 시작했다.

"그건 좋은 거예요, 말. 그건 힘이 돼요."

라이쿠가 옆에서 깡충깡충 뛰었다.

"나 고기 먹었어. 그리고 오아 인형도 고기 먹었어. 내가 부리들에게 겁을 줘서 떠나게 했어, 말."

말이 그들을 둘러보며 웃고 숨을 헐떡였다.

"그러면 말이 좋은 그림을 본 거야."

로크가 고기 한 조각을 찢어 씹었다. 그가 전날 밤에 했던 것처럼 짐을 들고 휘청거리는 몸짓을 하며 웃기 시작했다. 그가 입 안 가득 문 채 분명하지 않게 말했다.

"그리고 로크도 진짜 그림을 봤어. 라이쿠와 오아 인형을 위한 꿀. 고양이가 죽인 고기 한 아름."

그들은 로크와 함께 웃고 허벅지를 쳤다. 말은 얼굴에서 미소를 거둔 채 누워 콩닥거리는 숨에 집중하며 조용히 있었다. 파와 늙은 여자가 고기를 정리하며 일부를 너른 바위들과 오목한 공간에 두었다. 라이쿠가 간 한 조각을 더 가지고 말이 누워 있는 공기층 안으로 들어가 불가로 다가갔다. 늙은 여자가 바위 위에 있는 위를 꺼내 구멍을 열고 안을 뒤적였다.

"흙을 가져와."

파와 로크가 입구로 나가 바위들과 덤불들이 내리막길로 이어지다 숲으로 이어지는 단구로 갔다. 그들이 거친 풀 몇 움큼을 흙째 잡아 뽑아 늙은 여인에게 가져갔다. 그녀가 위를 들어 땅에 놓았다. 그러고는 납작한 돌로 불의 재를 긁어모았다. 로크가 단구에 쭈그리고 앉아 막대기로 흙을 부수기 시작했다. 그가 일하며 말했다.

"하와 닐이 여러 날 동안 사용할 나무를 가져왔어. 파와 로크는 여러 날 동안 먹을 음식을 가져왔어. 그리고 곧 따뜻한 날들이 올 거야."

그가 마른 흙 부스러기를 모으는 동안 파가 강에서 가져온 물로 흙을 적셨다. 그녀가 그것을 늙은 여자에게 가져갔고 늙은 여자가 그것을 위의 표면에 발랐다. 그러고 나서 가장 뜨거운 재를 재빨리 긁어내 그것을 흙 위에 얹었다. 재가 두껍게 쌓이고 그 위의 공기가 열로 흔들렸다. 파가 흙이 붙은 풀을 더 많이 가져왔다. 늙은 여인이 이것을 재 주위에 쌓아 재를 가두었다. 로크가 일을 그만두고 서서 음식을 내려다보았다. 그는 위의 쭈글쭈글한 구멍과 그 위에 바른 흙과 뽑힌 풀을 보았다. 파가 옆에서 그를 쿡 찌르고는 몸을 굽혀 오므린 손에서 위의 입구로 물을 부었다. 늙은 여자가 뛰어서 왔다 갔다 하는 파를 못마땅한 듯 쳐다보았다. 위 속의 물이 구멍의 맨 위까지 올라와 거품 낀 물이 찰 때까지 파는 미끄러지듯 흐르는 강에 계속 다녀왔다. 거품에서 작은 거품들이 튀어나와 돌아다니고 여기저기서 보글거렸다. 붉고 뜨거운 재를 덮고 있는 풀 덩어리들이 오그라지기 시작했다. 그것들이 뒤틀리고 까맣게 변하며 타기 시작했다. 작은 불길이 흙에서 터져 나오고 풀에서 뛰어다니기도 하고 노란 불 뭉치가 줄기 아래쪽에서 끝까지 움직였다. 로크가 뒤로 물러나 흙 조각으로 손을 뻗었다. 그가 타는 풀뿌리에 흙을 얹으며 늙은 여자에게 말했다.

"불을 안에 가둬 두는 건 쉬워요. 불길이 기어 도망가지 않을 거예요. 여기에는 그것들이 먹을 게 아무것도 없어요."

늙은 여자가 그를 향해 아무 말 없이 지혜로운 미소를 지었고 그는 무안해졌다. 그는 부드러운 뒷다리 살 한 조각을 떼어 단구로 어슬렁거리며 걸어갔다. 산의 틈새 위에 태양이 있었고 그는 하루가 끝나 가고 있다는 사실을 생각하지 않고 자리를 잡았다. 하루의 일부가 너무 빨리 지나가 그는 마치 무언가를 잃은 듯한 느낌이었다. 그는 파와 자신이 그곳에 없을 때의 돌출부 그림이 떠올라 혼란에 빠졌다. 말과 늙은 여자는 기다리고 있었다. 그녀는 말의 병에 대해 생각하고 말은 숨을 헐떡이며 나무를 가지러 간 하와 음식을 가지러 간 로크를 기다렸다. 갑자기 로크는 말이 그들이 음식을 찾으리라고 확신하지 않았다는 것을 이해했다. 비록 로크는 고기를 생각하며 다시 자신을 중요한 사람으로 여기게 되었지만 말에게 확신이 없었다는 앎이 차가운 바람처럼 느껴졌다. 그러자 앎은 거의 생각과 같아서 그의 머릿속에 피로를 자아냈고 로크는 그것을 떨치고 자신들을 돌봐 주는 윗사람들을 잘 모시는 편안하고 즐거운 로크로 돌아왔다. 그는 오아와 매우 가까운 사이로, 말로 표현할 수 없을 만큼 많은 것을 알고 모든 비밀로 통하는 문지기이기도 한 늙은 여자를 기억했다. 경외심이 느껴졌고 그는 다시 즐겁고 어리석은 로크로 돌아왔다.

파는 잔가지에 고기 조각을 끼워 구우며 불가에 앉아 있었다. 잔가지가 타면서 조각들이 튀고 흘러내렸고 그녀가 고기를 먹으려고 한 점씩 뗄 때마다 손이 따끔거렸다. 늙은 여자가 말의 얼굴 위로 물을 부었다. 라이쿠는 바위에 등을 기대고 앉았고 오아 인형은 어깨 위에 있었다. 라이쿠는 앞으로 발을 쭉 뻗고 이제 천천히 먹었다. 배가 동그래져 아름답기조차 했다. 늙은 여자가 돌아와 파 옆에 쭈그리고 앉았고 위의 거품에서 올라오는 한 줄기의 김을 바라보았다. 그녀가 떠다니는 고기 한 조각을 건져 이 손에서 저 손으로 계속 옮기다가 입 속에 넣었다.

사람들은 침묵을 지켰다. 삶은 충족되었고 더 이상 음식을 찾기 위해 멀리 갈 필요가 없고 내일은 안전했고 그 이후의 날은 너무 요원해서 아무도 그날을 굳이 생각할 필요가 없었다. 삶은 매우 아름답게 가라앉은 허기처럼 느껴졌다. 곧 말이 부드러운 뇌를 먹을 것이다. 암사슴의 힘과 속도가 그의 안에서 자라기 시작할 것이다. 그들은 마음속으로 이 선물에 대한 경외심을 느꼈기 때문에 더 이상 어떤 말도 할 필요를 느끼지 못했다. 턱부터 위쪽으로 이어져 둥그런 머리의 양옆에 있는 곱슬머리를 부드럽게 움직이는 근육의 꾸준한 움직임이 아니었다면 그들의 고요한 침묵은 추상적인 우울함으로 오인받을 만했다.

라이쿠가 고개를 끄덕이자 오아 인형이 어깨에서 떨어졌다. 위의 입구에 거품이 분주하게 떠올라 가장자리로 넘치고 김이 뿜어져 더 큰 불에서 올라오는 공기 옆쪽으로 빨려 들어갔다. 파가 잔가지를 끓어오르는 물에 살짝 담가 끝을 맛보고 늙은 여자를 향했다.

"금방 돼요."

늙은 여자도 맛을 보았다.

"말은 뜨거운 물을 마셔야 해. 고기에서 나온 물에 힘이 들어 있어."

파가 사슴의 위를 보고 얼굴을 찌푸렸다. 그녀가 오른손을 펴 머리 꼭대기에 놓았다.

"나에게 그림이 있어."

그녀가 돌출부에서 재빨리 나가 뒤쪽의 숲과 바다를 손가락으로 가리켰다.

"나는 바닷가에 있고 그림이 있어. 이것은 그림의 그림이야. 나는⋯⋯." 그녀가 얼굴을 찌푸리고 울상을 지었다. "생각하고 있어." 그녀가 돌아와 늙은 여자 옆에 쭈그리고 앉았다. 그녀가 가만히 몸을 앞뒤로 흔들었다. 늙은 여자가 한쪽 주먹으로 땅을 짚고 다른 손으로는 입술 아래를 긁었다. 파가 계속 말했다. "나에게는 바닷가에서 사람들이 조개껍데기를 비우는 그림이 있어. 로크가 조개껍데기를 흔들어 나쁜 물을 털고 있어."

로크가 떠들기 시작했지만 파가 그를 제지했다.

"⋯⋯거기 라이쿠와 닐⋯⋯." 그녀는 그림이 자세한 것까지 생생한 탓에 자신이 느낀 중요성을 어떻게 설명해야 할지 몰라 좌절하며 말을 멈추었다. 로크가 웃었다. 파가 파리를 잡는 것처럼 그를 향해 손을 저었다.

"⋯⋯조개껍데기에서 물을."

그녀가 기대를 갖고 늙은 여자를 바라보았다. 그녀가 한숨을 쉬고 다시 시작했다.

"라이쿠가 숲에 있어⋯⋯."

로크가 바위에 기대 자고 있는 라이쿠를 가리키며 웃었다. 파가 이번에는 마치 등에 아기를 업고 있기라도 한 것처럼 그를 때렸다.

"그건 그림이야. 라이쿠가 숲에서 나오고 있어. 오아 인형을 들고 있어⋯⋯."

그녀가 늙은 여자를 진지하게 바라보았다. 그러자 로크는 그녀의 얼굴에서 긴장감이 사라지는 것을 보고 그들이 그림을 공유하고 있다는 것을 알았다. 그에게도 그림이 찾아왔다. 의미 없는 조개껍데기들과 라이쿠와 물과 돌출부. 그가 말하기 시작했다.

"산 옆에는 조개껍데기가 없어. 조그만 달팽이 사람들의 껍데기밖에. 그것들은 그들을 위한 동굴이야."

늙은 여자는 파를 향해 몸을 기울이고 있었다. 그러고 나서 그녀가 몸을 뒤로 젖히고 두 손을 땅에서 떼고는 야윈 엉덩이를 땅에 붙였다. 천천히 그리고 의도적으로 그녀의 얼굴이 라이쿠가 길을 벗어나 모양이 화려한 독 산딸기 옆에 너무 가까이 갈 때 갑자기 짓는 것 같은 표정으로 변했다. 파가 그녀 앞에서 몸을 움츠린 채 얼굴에 손을 갖다 댔다. 늙은 여자가 말했다.

"그건 새로운 거야."

파가 사슴의 위 쪽으로 고개를 숙이고 잔가지로 그것을 젓기 시작했고 늙은 여자가 파의 옆을 떠났다.

늙은 여자가 말의 발에 손을 대고 조심스럽게 흔들었다. 말은 눈을 떴지만 움직이지 않았다. 그의 입가에는 침이 섞인 진한 색의 흙이 조금 묻어 있었다. 틈새의 깜깜한 부분에서 햇빛이 돌출부 안으로 비스듬히 들어와 그림자가 불의 다른 쪽에 드리우도록 그를 밝게 비추었다. 늙은 여자가 입을 그의 머리 가까이 갖다 댔다.

"말, 드세요."

말이 한쪽 팔꿈치를 딛고 숨을 헐떡이며 일어났다.

"물!"

로크가 강 아래로 뛰어 내려가 물을 손에 떠서 가져왔고 말이 그것을 마셨다. 그러자 파가 반대쪽 무릎을 꿇고 앉아 늙은 여자가 세상에 있는 손가락 수보다 훨씬 자주 막대기를 국물에 넣어 말의 입에 갖다 대는 동안 말이 자신의 몸에 기댈수 있도록 했다. 말은 쉴 새 없이 숨을 쉬느라 삼키기가 힘겨울 정도였다. 결국 그는 막대기를 피하며 고개를 좌우로 흔들었다. 로크가 그에게 물을 가져다주었다. 파와 늙은 여자가 조심스럽게 그를 옆으로 눕혔다. 그는 그들로부터 멀어졌다. 그들은 그의 생각이 얼마나 은밀하고 얼마나 갇혀 있는지 볼 수 있었다. 늙은 여자가 그를 내려다보며 불가에 섰다. 그들은 말 혼자만의 생각 같은 것이 그녀에게 다가가 구름처럼 그녀의 얼굴 위에 드리우는 것을 볼 수 있었다. 파가 그들을 떠나 강으로 뛰어갔다. 로크가 그녀의 입술을 읽었다.

"닐?"

그가 저녁 빛 속으로 그녀를 따라갔고 그들은 함께 강 위쪽의 절벽을 따라가 잘 살펴보았다. 닐도 하도 보이지 않았고 폭포 너머의 숲은 이미 어두워지고 있었다.

"그들이 나무를 너무 많이 나르고 있어."

파가 동의하는 소리를 냈다.

"하지만 그들은 언덕 위로 큰 나무를 가져올 거야. 하에게 는 그림이 많아. 절벽으로 나무를 나르는 것은 나빠."

그러자 그들은 늙은 여자가 그들을 바라보고 있었고 말을 이해한 사람은 그녀뿐이라고 생각했다는 것을 알았다. 그들은 그녀의 얼굴 위에 있는 구름을 공유하기 위해 돌아갔다. 아이인 라이쿠는 동그란 배에 불빛을 받으며 바위에 기대 잠들어 있었다. 말은 손가락 하나도 움직이지 않았지만 눈은 여전히 뜨고 있었다. 갑자기 햇빛이 수평으로 비쳤다. 강 위의 절벽에서 퍼덕이는 소리가 나더니 누군가가 모퉁이를 긁으며 도는 소리가 났다. 닐이 빈손으로 단구를 따라 재빨리 그들에게 뛰어왔다. 그녀가 외쳤다.

"하는 어디 있어?"

로크가 바보같이 입을 쩍 벌리고 바라보았다.

"그는 닐과 새 아기와 함께 나무를 나르고 있어."

닐이 그들을 향해 몸을 비틀었다. 그녀가 불 가까이 서 있었음에도 갑자기 몸을 떨었다. 그러더니 늙은 여자에게 빨리 말하기 시작했다.

"하는 닐과 있지 않아요. 보세요!"

그녀가 단구가 비어 있다는 것을 보여 주기 위해 단구를 한 바퀴 돌았다. 그녀가 돌아왔다. 그녀가 도출부 안을 들여다보고 고기 한 조각을 잡고는 그것을 찢기 시작했다. 새 아기가 그녀의 머리카락 아래에서 깨어나 고개를 내밀었다. 잠시 후 그녀가 입에서 고기를 꺼내고는 한 사람 한 사람 돌아가며 자세히 쳐다보았다.

"하는 어디 있어?"

늙은 여자가 두 손으로 머리를 누르고 이 새로운 문제를 잠시 고민하다가 포기했다. 그녀가 위 옆에 쭈그리고 앉아 고기를 건지기 시작했다.

"하는 너와 함께 나무를 모으고 있었어."

닐이 과격해졌다.

"아니! 아니! 아니!"

그녀가 위아래로 뛰기 시작했다. 젖가슴이 흔들리고 젖꼭지에 젖이 보였다. 새 아기가 쿵쿵거리며 어깨 너머로 기어올랐다. 그녀가 아기를 두 손으로 너무 꽉 잡는 바람에 아기가 젖을 빨기 전에 응애 소리를 냈다. 그녀가 바위에 쭈그리고 앉아 눈으로 절박함을 호소하며 그들을 모았다.

"그림을 봐. 우리가 나뭇더미로 나무를 가져와. 커다란 죽은 나무가 있는 곳에. 공터에. 우리는 파와 로크가 가져온 암사슴 얘기를 해. 우리는 같이 웃어."

그녀가 불 너머를 바라보며 손을 내밀었다.

"말!"

그의 눈이 그녀를 향했다. 그는 계속 헐떡거렸다. 새 아기가 젖을 빨고 그녀의 뒤쪽에서 햇빛이 물을 떠나는 동안 닐이 그에게 이야기했다.

"그리고 하는 물을 마시러 강으로 가고 나는 숲 옆에 있어." 그녀는 그림의 자세한 부분을 감당하기 힘겨워하던 파와 같은 모습이었다. "그리고 그는 오줌을 누러 가. 나는 숲 옆에 있어. 하지만 그가 외쳐. '닐!' 내가 일어났더니……." 그녀가 몸짓을 했다. "하가 절벽을 향해 뛰는 게 보여. 그가 무언가를 쫓고 있어. 그가 뒤를 돌아보고 기뻐하다가 무서워해. 그리고 기뻐해……. 그렇게! 그리고 나는 더 이상 그를 볼 수 없어." 그들은 절벽 위로 향하는 그녀의 시선을 따랐고 더 이상 그를 볼 수 없었다. "나는 기다리고 기다려. 그리고 나는 하를 찾으러 절벽으로 갔다가 나무를 가지러 돌아가. 절벽에 해가 없어."

그녀의 머리카락이 곤두서고 이가 보였다.

"절벽에 냄새가 있어. 두 가지. 하와 다른 사람. 로크가 아니야. 파도 아니야. 라이쿠도 아니야. 말도 아니야. 그녀도 아니야. 닐도 아니야. 아무도 아닌 사람의 다른 냄새가 있어. 절벽으로 올라갔다가 다시 내려와. 하지만 하의 냄새는 끝나. 해가 질 때 하가 수초 너머의 절벽으로 가고 있어. 그리고 아무것도 없어."

늙은 여자가 사슴의 위에서 풀을 옮기기 시작했다. 그녀가 어깨 너머로 말했다.

"그건 꿈속의 그림이야. 다른 사람은 없어."

닐이 다시 불안해하며 말을 시작했다.

"로크도 아니야. 말도 아니야……." 그녀가 쿵쿵거리며 바위 위로 올라가 절벽으로 향하는 모퉁이 나무 근처에 있는 자신을 발견하고는 다시 화를 내며 돌아왔다. "하의 냄새가 거기서 끝났어. 말!"

다른 이들은 이 그림에 대해 심각하게 생각했다. 늙은 여자가 김이 솟아오르는 주머니를 열었다. 닐이 불을 뛰어넘어 말 옆에 꿇어앉았다. 그녀가 그의 볼을 만졌다.

"말! 들려요?"

말이 숨을 헉헉거리며 대답했다.

"들려."

늙은 여자가 닐에게 고기를 주었지만 닐은 먹지 않았다. 그녀는 말이 다시 입을 열기를 기다렸지만 늙은 여자가 그를 대신해 말했다.

"말은 몹시 아파. 그에게는 그림이 많아. 자, 이제 좀 먹고 행복해져야 해."

닐이 그녀를 향해 하도 사납게 소리를 질러 사람들도 음식 먹기를 멈췄다.

"하가 없어. 하의 냄새가 끝났어."

잠시 동안 아무도 움직이지 않았다. 그리고 사람들이 몸을 돌려 말을 내려다보았다. 그가 힘겹게 몸을 일으켜 엉덩이로 균형을 잡았다. 늙은 여자가 말을 하려고 입을 열었다가 다시 다물었다. 말이 두 손을 펴 머리 꼭대기에 놓았다. 이로 인해 그는 균형 잡기가 더 힘겨워졌다. 그의 몸이 기울기 시작했다.

"하는 절벽에 갔어."

그가 기침을 하자 있던 숨도 잃게 되었다. 그들은 가쁜 숨이 잦아들 때까지 기다렸다.

"다른 사람의 냄새가 있어."

그가 두 손을 내렸다. 그의 몸이 떨리기 시작했다. 다리 하나가 불쑥 튀어나왔고 발뒤꿈치로 버티며 가까스로 쓰러지지 않았다. 다른 이들은 불빛과 석양에 발갛게 된 채로 기다렸다. 국물에서 나온 김이 어둠에 가려진 채 악취를 풍겼다.

"다른 사람의 냄새가 있어."

잠시 동안 그는 숨을 참았다. 그리고 그들은 그의 몸의 낡은 근육들이 느슨해지고 그가 마치 땅에 어떻게 쓰러지는지 상관하지 않는 것처럼 옆으로 쓰러지는 것을 보았다. 그들은 그가 속삭이는 것을 보았다.

"이 그림은 보이지 않아."

로크조차 침묵했다. 늙은 여자가 오목한 공간으로 걸어가 마치 잠결에 걷는 듯한 모습으로 나무를 집어 들었다. 그녀는 손으로 더듬으며 일했고 그녀의 눈은 사람들 너머를 보았다. 그들은 그녀가 보는 것을 볼 수 없었기 때문에 가만히 서서 하가 없는 그림을 형태 없이 숙고했다. 하지만 하는 그들과 함께 있었다. 그들은 그의 몸 구석구석과 그의 표현과 그의 고유한 냄새와 그의 지혜롭고 고요한 얼굴을 알았다. 그가 꽉 쥐어 손잡이의 일부분이 매끄러워진 가시덤불이 바위에 놓여 있었다. 이 모든 것이 로크 안에서 완성되었다. 그것들이 그의 심장을 부풀어 오르게 만들고 마치 공기에서 하를 불러낼 수 있을 것 같은 힘을 주었다.

갑자기 닐이 말했다.

"하가 없어졌어."

4

놀란 로크는 그녀의 눈에 물이 고이는 것을 바라보았다. 물이 눈구멍의 가장자리에 머무르다가 몇 방울씩 그녀의 입과 새 아기 위로 떨어졌다. 로크는 파의 눈에서도 물방울들이 떨어져 불빛 속에서 반짝이는 것을 보았고, 파는 곧 강가에서 울부짖는 닐과 함께 있었다. 로크는 마음속에 있는 여러 증거들을 보고 하가 아직 존재한다는 느낌이 점점 강해져 감당하기 벅찼다. 그가 그들을 쫓아가 닐의 손목을 잡고 돌려세웠다.

"아니야!"

그녀가 새 아기를 너무 꽉 잡고 있어서 아기가 흐느껴 울었다. 그녀의 얼굴에서 눈물이 계속 떨어졌다. 그녀는 눈을 감고 입을 벌리고 다시 고음으로 오랫동안 울부짖었다. 로크가 분노하며 그녀를 흔들었다.

"하는 없어지지 않았어! 봐……."

그가 돌출부로 돌아가 가시덤불, 바위와 땅 위의 자국을 가리켰다. 하는 모든 곳에 존재했다. 로크가 늙은 여자를 향해 떠들었다.

"나에게 하의 그림이 있어요. 내가 그를 찾을 거예요. 하가 어떻게 다른 사람을 만날 수 있었겠어요? 이 세상에 다른 사람은 없는데……."

파가 열심히 말하기 시작했다. 닐은 요란하게 쿵쿵거리며 듣고 있었다.

"다른 사람이 있다면 하가 그와 같이 갔을 거야. 로크와 파를 보내 주면……."

늙은 여자가 그녀에게 멈추라고 손짓했다.

"말은 몹시 아프고 하는 없어졌어." 그녀가 그들 모두를 돌아가며 쳐다보았다. "이제 로크밖에 없어."

"내가 그를 찾을 거예요."

"……그리고 로크는 말이 많지만 그림은 없어. 말은 희망이 없어. 그러니 내가 말할 거야."

그녀가 김이 솟아오르는 주머니 옆에 격식을 갖추고 쭈그리고 앉았다. 로크의 눈이 그녀의 눈과 마주치자 그의 머리에서 그림이 사라졌다. 늙은 여자가 말이 아프지 않았더라면 했을 말을 대신 권위를 가지고 말하기 시작했다.

"도움이 없다면 말은 죽을 거야. 파가 얼음 여인들에게 선물을 가져가 오아 신에게 그를 대신해서 말해야 해."

파가 그녀 옆에 쭈그리고 앉았다.

"다른 사람이 어떻게 존재할 수 있어요? 죽은 사람이 살아

난 거예요? 바닷가 동굴에서 죽은 내 아기일 수 있는 거예요? 오아의 배에서 사람이 살아 돌아올 수 있어요?"

닐이 다시 쿵쿵거렸다.

"로크를 보내서 그를 찾게 해요."

늙은 여자가 그녀를 꾸짖었다.

"오아 신에게는 여자가 가고 머릿속 그림은 남자의 몫이야. 로크가 말하게 해."

로크는 바보같이 웃고 있는 자신을 발견했다. 그는 라이쿠와 같이 다른 한쪽 끝에서 즐겁게 뛰노는 것이 아니라 행렬의 앞부분에 있었다. 세 여자가 자신을 주의 깊게 바라보는 것을 느꼈다. 그는 아래를 보고 다른 발로 한쪽 발을 긁었다. 그가 그들을 등지고 섰다.

"로크! 말을 해!"

그는 주의를 돌려 그들을 잊을 수 있게 해 줄 그림자 속의 무언가를 찾아 시선을 고정하려고 애썼다. 바위 옆에 가시덤불이 기대져 있는 것이 반쯤 보였다. 갑자기 하의 하다움이 돌출부에서 그와 함께했다. 극도의 흥분이 그를 채웠다. 그가 떠들기 시작했다.

"하는 눈 밑 여기에 나뭇가지에 덴 상처가 있어. 그는 이런…… 냄새가 나! 그는 말해. 엄지발가락 위에 털이 조금 나 있어……."

그가 펄쩍 뛰며 돌아섰다.

"하가 다른 사람을 찾았어. 봐! 하가 절벽에서 떨어져……. 그게 그림이야. 그리고 다른 사람이 뛰어와. 그가 말에게 외쳐. '하가 물에 떨어졌어!'"

파가 그의 얼굴을 유심히 들여다보았다.

"다른 사람은 오지 않았어."

늙은 여자가 그녀의 손목을 잡았다.

"그리고 하는 떨어지지 않았어. 빨리 가, 로크. 하와 다른 사람을 찾아."

파가 얼굴을 찌푸렸다.

"다른 사람이 말을 알아?"

로크가 다시 웃었다.

"모든 사람이 그를 알지!"

파가 재빨리 그에게 조용히 하라고 손짓했다. 그녀가 이 사이에 손가락을 넣고 그것들을 잡아당겼다. 닐은 그들이 무슨 말을 하는지 이해하지 못한 채 그들을 한 명씩 돌아가며 쳐다보았다. 파가 입에서 손을 꺼내 손가락으로 늙은 여자 얼굴을 가리켰다.

"여기 그림이 있어. 어떤 사람이……. 다른 사람. 사람 중의 한 명이 아니야. 그가 하에게 말해. '와! 먹을 수 있는 것보다 많은 음식이 여기 있어.' 하가 말해……."

그녀의 목소리가 희미해졌다. 닐이 흐느끼기 시작했다.

"하는 어디 있어?"

늙은 여자가 답했다.

"그는 다른 사람과 같이 갔어."

로크가 닐을 붙잡고 살짝 흔들었다.

"그들은 말을 주고받거나 그림을 공유했어. 하가 우리에게

82

말해 주고 내가 그를 따라갈 거야." 그가 그들을 둘러보았다.
"사람들은 서로를 이해해."

사람들이 이것을 숙고하고 동의한다며 고개를 끄덕였다.

라이쿠가 일어나서 그들을 보고 웃었다. 늙은 여자가 돌출
부에서 분주히 움직였다. 그녀와 파가 함께 중얼거리고, 고기
조각들을 비교하고, 뼈의 무게를 달아 보고 위에 대해 언쟁을
벌였다. 닐은 눈물을 글썽거리며 계속 기계적이고 무기력하
게 고기를 먹으며 그 옆에 앉아 있었다. 새 아기가 그녀의 어
깨 위로 천천히 기어올랐다. 아기는 잠시 균형을 잡고 있다가
불을 보고는 그녀의 머리카락 밑으로 들어갔다. 늙은 여자가
로크를 몰래 바라보자 하와 다른 사람이 뒤섞인 그림이 로크
의 머리에서 사라졌고 그가 발을 뒤척였다. 늙은 여자가 계속
바라보았고 드디어 닐이 킁킁거리며 로크에게 말했다.

"하에 대한 그림이 있어? 진짜 그림이?"

늙은 여자가 그의 가시덤불을 들어 그에게 건네주었다. 그
녀는 뒤섞인 불과 달빛이었고 로크의 발이 그를 돌출부 밖으
로 데려갔다.

"나에게 진짜 그림이 있어."

파가 위에 든 음식을 그에게 주었다. 음식이 너무 뜨거워 로
크는 그것을 이 손에서 저 손으로 계속 옮겼다. 그가 미심쩍게
그들을 쳐다보고는 구석으로 갔다. 불빛 밖에서는 모든 것이
검은색과 은색이었다. 검은 섬과 바위와 나무가 하늘에 깨끗
이 새겨져 있고 번득이는 빛이 담긴 은색 강이 폭포의 가장자

리를 따라 이리저리 물결쳤다. 갑자기 밤이 무척 외로웠고 하의 그림은 그의 머릿속으로 돌아오지 않았다. 그는 그림을 찾기 위해 돌출부를 바라보았다. 그것은 단구의 가장 위쪽에 있는 절벽에서 깜박거리는 구멍처럼 보였고 아래쪽으로는 땅이 솟아올라 불을 가리며 검은 곡선을 이루었다. 로크는 파와 늙은 여자가 함께 쭈그리고 앉아 있는 것을 볼 수 있었다. 그들 사이에는 고기 꾸러미가 있었다. 그는 모퉁이를 돌아 시야에서 천천히 벗어났고 폭포 소리가 커지며 그를 맞이했다. 그는 가시덤불을 땅에 놓고 음식을 먹기 위해 쪼그리고 앉았다. 고기는 부드럽고 뜨겁고 맛있었다. 그는 더 이상 절박한 굶주림의 고통을 느끼지 않고 맛을 느낄 수 있어서 음식을 그냥 삼키지 않고 즐길 수 있었다. 그는 고기를 얼굴 가까이 가져다 달빛이 물에 비칠 때보다 더 매끄럽게 비친 흐릿한 표면을 자세히 살펴보았다. 그는 돌출부와 하를 잊었다. 그의 의식은 온전히 자신의 배 속에 있었다. 그의 앞에 물에 젖은 광활한 숲이 흐릿하게 보였고 소리가 우렁찬 폭포 위쪽에 앉아 있는 그의 얼굴은 기름기와 고요한 행복으로 빛났다. 로크가 비교하지는 않았지만 오늘 밤은 어젯밤보다 추웠다. 달빛뿐임에도 폭포의 안개가 다이아몬드처럼 빛났지만 그것은 얼음처럼 보였다. 바람이 잔잔해졌고 유일하게 움직이는 존재는 물이 가끔씩 쓸어 가는 양치식물뿐이었다. 그는 보지 않으면서 섬을 바라보았고 혓바닥 위의 달콤함과 꿀꺽 삼키는 소리와 피부가 당긴다는 사실에만 주의를 기울였다.

드디어 고기를 다 먹었다. 그는 손으로 얼굴을 닦고 가시덤불에서 가시를 하나 떼어 이를 쑤셨다. 그는 다시 하와 돌출부와 늙은 여자를 기억하고 재빨리 일어섰다. 그는 옆으로 쭈그리고 앉아 킁킁 바위 냄새를 맡으며 의식적으로 코를 사용하기 시작했다. 매우 복합적인 냄새가 났고 그의 코는 별로 영리한 것 같지 않았다. 그는 왜 그런지 알았고 입술에 물이 닿아 물을 느낄 수 있을 때까지 머리를 숙이며 몸을 낮췄다. 그는 물을 마시고 입을 헹구었다. 그는 다시 기어올라 닳은 바위 위에 쭈그리고 앉았다. 비 때문에 매끄러워지기도 했지만 모퉁이 옆의 가까운 통로는 자신과 같은 사람들이 수도 없이 지나다녀 닳았다. 그는 잠시 폭포의 가공할 만한 큰 울림을 바라보며 자신의 코에 주의를 기울였다. 냄새로는 시공간의 흐름을 느낄 수 있었다. 그의 어깨 옆쪽에 바위에 닿았던 닐의 손이 남긴 얼마 안 된 냄새가 있었다. 그 아래에는 어제 이쪽으로 지나간 사람들의 냄새와 땀과 젖 냄새와 고통 속에 있는 말의 쉰 냄새 등 온갖 냄새가 섞여 있었다. 로크는 이것들은 분류해서 버리고 하의 마지막 냄새가 어떤 것인지 정했다. 각각의 냄새에는 기억보다 생생한 그림이 딸려 있는데 그것은 일종의 살아 있지만 제한된 존재였다. 이제 그로 인해 하가 다시 살아났다. 로크는 잊지 않고 보존하려고 하의 그림을 머릿속에 머물게 했다.

그는 가시덤불을 한 손에 들고 다리를 쭈그린 채 몸을 세우고 있었다. 그리고 천천히 그것을 두 손으로 들었다. 손의 마디들이 하얗게 되었고 그는 조심스레 뒤로 한 발자국 물러났다. 다른 것이 있었다. 사람들이 함께 숙고할 때는 알아채기

어려웠지만 분류해서 없애고 나면 그림이 없는 냄새가 남았다. 이제 로크가 그것을 알아차리자 그것이 모퉁이에 진하게 존재했다. 누군가가 바위에 손을 대고 단구와 돌출부를 돌아보며 그곳에 서 있었다. 로크는 자기도 모르게 닐의 얼굴에 나타난 멍하고 놀란 표정을 이해했다. 그는 절벽을 따라 앞으로 움직이기 시작했다. 처음에는 천천히 가다가 암벽을 휙 스칠 때까지 뛰어갔다. 그의 머릿속에 혼란스러운 그림들이 스쳐 지나갔다. 당혹스럽고 겁에 질린 닐이 여기 있고, 여기는 다른 사람, 여기는 하가 빨리 움직이며…….

로크는 돌아서서 다시 뛰어갔다. 이유를 알 수 없이 넘어진 평평한 바위 위에서 마치 절벽에 다다른 것처럼 하의 냄새도 끊어졌다.

로크는 몸을 내밀어 아래를 내려다보았다. 그는 강의 빛을 받으며 흔들리는 수초를 볼 수 있었다. 그는 목구멍에서 애도의 소리가 터져 나오려는 것을 감지하고 재빨리 입을 손으로 막았다. 수초가 흔들렸고 강이 섬의 어두운 기슭을 은색 물결로 둘러쌌다. 바다로 향하는 물줄기 속에서 몸부림치는 하의 그림이 떠올랐다. 로크는 숲으로 이어진 하와 다른 사람의 냄새를 쫓아 바위를 따라 걷기 시작했다. 그는 라이쿠를 위해 하가 찾은 시든 산딸기가 달린 덤불을 지나갔고 하의 냄새가 덤불 속에 아직 살아 있었다. 그의 손바닥이 잔가지 끝을 잡아당기며 가지에서 산딸기를 세게 뗀 것이다. 그는 로크의 머릿속에 살아 있었지만 바다에서 흘러온 봄을 향한 시간을 거스르며 존재했다. 로크는 바위 사이와 숲의 나무들 아래 있는 언덕을 뛰어 내려갔다. 강에서 아주 밝게 빛나던 달이 이곳에서 높은 꽃봉오리와 움직임 없는 가지들에 부딪쳐 흩어졌다. 나무의 몸통은 거대한 어둠의 기둥이 되었지만 달이 그 사이로 움직이면서 그의 위로 빛의 그물을 던졌다. 그는 흥분한 채 이곳에서 하와 함께 존재했다. 그는 강으로 향했다. 버려진 나무더미 옆 한 줌의 빛 속에 검게 보이는 발자국이 찍힐 때까지 닐이 인내하며 기다린 땅 한 조각이 저기 있었다. 그녀는 하를 따라 이곳에 와 걱정하며 고민에 빠졌었다. 섞인 발자국들이 위쪽의 절벽으로 향하는 바위들로 이어졌다.

로크는 강 속의 하를 기억했다. 그는 최대한 강기슭 가까이 붙어 뛰기 시작했다. 그는 죽은 나무가 서 있는 공터까지 가서 물가로 뛰어갔다. 덤불들이 물속에서 자라나 물 위에 드리워 있었다. 물줄기 속에 잠긴 가지들이 어둠 속에서 달빛을 간신히 찾아내 모습을 드러냈다. 로크가 소리치기 시작했다.

"하! 어디 있어?"

강은 답하지 않았다. 로크가 다시 소리치고 기다렸고 그러는 동안 하의 그림이 희미해져 없어졌으므로 그는 하도 없어졌다는 것을 이해했다. 그러고 나서 섬에서 외침이 들렸다. 로크가 다시 소리치고 껑충껑충 뛰었다. 하지만 그는 뛰는 동안 하의 목소리가 아니라는 것을 느끼기 시작했다. 그것은 다른 사람의 목소리였다. 갑자기 흥분이 그를 가득 채웠다. 그가 냄새를 맡고 소리를 들은 이 사람을 보는 일이 그에게 절박하고 중요해졌다. 그는 고래고래 소리치며 목적 없이 공터를 맴돌았다. 젖은 땅에서 다른 사람의 냄새가 다가왔고 그는 강에서 벗어나 산의 언덕으로 향하는 그 냄새를 따라갔다. 그는 몸을 굽히고 달 아래에서 깜박거리며 그것을 따라갔다. 냄새가 나무 아래에서 굽어지며 강으로부터 멀어져 굴러 떨어진 바위와 덤불에 이르렀다. 이곳에는 위험이 도사리고 있을 수 있었다. 봄의 굶주림 때문에 사나워진 고양이나 늑대나 심지어 로크만큼이나 빨간 큰 여우들이 살았다. 하지만 다른 사람의 자취는 단순했고 동물의 냄새에 침해받지도 않았다. 그 냄새는 길에서 멀어져 옆에 있는 가파른 바위들보다 골짜기 바닥을 선호하며 돌출부에 이르렀다. 다른 사람은 발을 돌리고 알 수 없을 만큼 긴 시간 동안 여기저기서 멈추었다. 길이 매끄럽고 가팔라지자 다른 사람은 한 손의 손가락 수보다 여러 번 뒤로 걸어간 흔적이 있었다. 그는 다시 돌아 골짜기 위쪽으로 뛰기 시작했는데 그의 발이 땅을 차며 올라갔다. 아니, 발이 땅에 떨어질 때마다 그것을 억지로 꺼냈다는 편이 맞겠다. 그는 다시 멈춰 골짜기 옆으로 올라가 가장자리에 잠시 누워 있었다. 그곳에서 로크의 머릿속에 그 사람에 대한 그림이 그려졌다. 논리에 의한 추론에 의해서가 아니라 모든 곳에서 그 냄새가 그에게 그렇게 하라고 했기 때문이다! 고양이 냄새가 고양이처럼 잠행하며 피해 다니는 행동과 고양이의 사나운 소리를 환기시키듯, 말이 비틀거리며 언덕 위로 향하는 모습을 보며 사람들이 그를 익살스럽게 따라 하듯 그 냄새가 로크를 앞에 갔던 그것으로 변환시켰다. 그는 어떻게 아는지 이해하지 못한 채 다른 사람에 대해 알기 시작했다. 로크이자 다른 사람은 절벽 가장자리에 쭈그리고 앉아 산의 바위들을 훑어보았다. 그는 몸을 앞으로 던지고 다리와 등을 굽히고 뛰었다. 그는 으르렁거리며 기다리는 바위 그늘로 몸을 던졌다. 그는 조심스레 앞으로 움직여 무릎과 손을 땅에 딛고 천천히 앞으로 기어가 절벽의 끝자락에서 강으로 차 있는 틈새를 바라보았다.

그는 돌출부를 내려다보고 있었다. 바위가 그 위로 튀어나와 있어 그는 사람들을 볼 수 없었다. 하지만 바위 아래에서 달빛과 구별하기 어려워질 때까지 바깥으로 갈수록 점점 흐려지는 반원 모양의 빨간 불빛이 단구 위에서 춤을 추었다. 작은 연기가 위로 올라와 틈새 사이로 흩어져 갔다. 로크이자 다른 사람은 절벽에서 튀어나온 바위를 따라 조심스럽게 내려가기 시작했다. 돌출부에 이르자 그는 더 천천히 내려가 바위에 몸을 밀착시켰다. 그는 계속 앞으로 가 몸을 내밀고 아래를 보았다. 갑자기 불길 때문에 눈이 부셨다. 그는 다시 사람들과 집에 있는 로크가 되었고 다른 사람은 사라졌다. 로크는 땅과 돌과 편안하고 정신을 온전하게 하는 단구를 멍하게 쳐다보며 그곳에 머물렀다. 파가 바로 아래에서 말을 했다. 그 말은 이상한 말이고 아무 의미가 없었다. 파가 보따리를 들고 나타나 단구를 따라 걸어가 얼음 여인들에게 이르는, 어지러우리라 짐작되는 길에 다다랐다. 늙은 여자가 나와 그녀를 보살피다가 바위 아래에서 돌아왔다. 로크는 나무 긁는 소리를 들었고, 불꽃이 한 차례 그의 얼굴을 지나 위로 떠올랐고 단구 위의 불빛이 더 넓게 퍼져 춤추기 시작했다.

로크는 뒤로 기대고 앉았다가 천천히 일어났다. 그의 머리는 비어 있었다. 그에게는 그림이 없었다. 단구를 따라가던 파가 납작한 돌과 땅을 떠나 위로 오르기 시작했다. 늙은 여자가 돌출부에서 나와 강으로 뛰어 내려가 두 손 가득 물을 떠 왔다. 그녀가 매우 가까이에 있어 로크는 손가락에서 흐르는 물방울과 눈에 비치는 두 개의 불꽃을 볼 수 있었다. 그녀가 바위 아래로 지나갔고 그는 그녀가 자신을 보지 못했다는 것을 알았다. 갑자기 로크는 겁이 났다. 그녀가 그를 보지 못했기 때문이다. 늙은 여자는 정말 많은 것을 아는데도 그를 보지 못했다. 그는 단절돼 더 이상 사람들의 일부처럼 느껴지지 않았다. 마치 다른 사람과의 교감이 그를 바꾸어 놓은 것처럼 그는 그들과 달랐고 그들은 그를 볼 수 없었다. 그는 이 생각을 언어화할 만한 단어들을 가지고 있지 않았지만 피부에 닿는 차가운 바람을 느끼듯 자신의 불가시성과 다름을 느꼈다. 다른 사람이 그를 파와 말과 라이쿠와 나머지 사람들과 묶어 주는 끈들을 잡아당겼다. 끈들은 삶의 장식물이 아니라 본질이었다. 그것들이 끊어지면 사람은 죽는다. 그는 갑자기 그와 눈을 맞추고 그를 알아볼 누군가의 눈을 갈망했다. 그는 돌아서서 절벽에서 튀어나온 바위 위로 뛰어가 돌출부로 내려가려 했지만 그곳에 다시 다른 사람의 냄새가 있었다. 더 이상 그 냄새가 악의적으로 로크를 덮치지는 않았지만 그는 그 특이함과 힘에 끌렸다. 그는 냄새를 쫓아 단구 위의 바위를 따라 단구가 물에 잠긴 지점까지 갔고 얼음 여인으로 향하는 길이 로크 위쪽으로 놓여 있었다.

섬의 흩어진 돌들이 이곳으로 휩쓸려 와 물줄기를 몇 사람의 키 너비밖에 안 되게 끊어 놓았다. 냄새가 물속으로 내려갔고 로크는 그것과 함께 갔다. 그는 물의 외로움을 보고 약간 떨면서 가장 가까이에 있는 돌을 보고 서 있었다. 다른 사람이 이 틈새를 건너기 위해 뛰어넘어 돌 위에 착지한 그림이 머릿속에 생겨나기 시작했다. 달빛이 돌 위에 비치며 돌의 윤곽을 드러냈다. 그가 보고 있을 때 저쪽에 있는 돌 하나의 형태가 변하기 시작했다. 한쪽에 조금 튀어나온 부분이 길어졌다가 재빨리 사라졌다. 돌 위가 부풀어 오르고 아래쪽에 튀어나온 부분이 사라졌다가 다시 길어졌다가 길이가 반으로 줄었다. 그러다가 그것이 사라졌다.

로크는 서서 그림이 머릿속에 들어왔다가 나가도록 했다. 그중 하나는 돌 뒤에서 슬그머니 나타나 바다처럼 으르렁 소리를 낸 것을 본 적이 있는 동굴곰의 그림이었다. 로크는 그 이상은 이 곰에 대해 알지 못했는데, 곰이 포효하는 소리를 듣고 사람들이 거의 하루 종일 뛰어다녔기 때문이다. 시커먼 형태로 모양이 바뀌는 이것은 그 곰의 느린 움직임과 어떤 점에서 비슷했다. 그는 또 모양이 바뀔까 해서 눈을 찡그리고 돌을 다시 유심히 쳐다보았다. 섬에는 다른 나무들 위에 군림하는 자작나무가 한 그루 있었는데, 그 나무가 달빛이 없어진 하늘 위로 솟아 있었다. 그 나무의 아랫부분은 매우, 지나치게 두꺼웠는데, 로크가 보고 있자니 말도 안 되게 두꺼웠다. 어둠의 방울이 막대기에 떨어진 핏방울처럼 줄기 주위에 응고하는 듯 보였다. 그것이 길어졌다가 다시 두꺼워졌다가 길어졌다. 그것은 일부러 게으르게 움직이는 것처럼 자작나무를 타고 올라가 섬과 폭포 위 하늘 높이 걸려 있었다. 그것은 아무 소리를 내지 않고 마침내 부동의 자세로 매달려 있었다. 로크가 있는 힘을 다해 소리 질렀지만 그 생물이 귀가 먹었거나 육중한 폭포가 그가 한 말들을 지워 버렸다.

"하는 어디 있어?"

그 생물은 움직이지 않았다. 약한 바람이 틈새로 불어왔고 자작나무의 윗부분이 그것에 매달린 검은 것의 무게에 의해 넓고 잠잠한 반원을 그리며 흔들렸다. 로크의 몸에 난 털이 쭈뼛 서고 산기슭에서의 불안이 다시 조금 찾아왔다. 그는 사람들의 보호가 필요하다고 느꼈지만 늙은 여자가 자신을 보지 못했다는 기억이 떠올라 돌출부로 가지 않았다. 그는 그 덩어리가 자작나무에 매달렸다가 섬의 이 부분을 구성하는 알 수 없는 그림자들 사이로 사라지는 동안 그곳에 머물렀다. 가장 멀리 있는 돌 위로 덩어리가 형태가 바뀌며 다시 나타났다. 공포에 질린 로크는 산 옆쪽의 달빛 속으로 뛰어갔다. 그는 머릿속에서 선명한 그림을 볼 수 있기도 전에 파가 간 길이라고 생각되는 곳으로 뛰어 올라갔다. 그는 틈새의 물보다 나무 한 그루만큼 높이 올라갔을 때 멈추고 내려다보았다. 그 생물이 돌에서 돌로 뛰어다닐 때 순간적으로 볼 수 있었다. 로크는 몸을 떨며 산을 오르기 시작했다.

이 바위는 뒤로 기울지 않고 위로 이어지며 갈수록 가파르고 어떤 곳은 심하게 가파르기도 했다. 그는 절벽에 있는 구멍 같은 곳에 도착했고 그곳에서 물이 쏟아져 틈새로 미끄러져 들어갔다. 이 물은 너무 차가워 한 방울이 얼굴에 닿자 얼굴이 얼었다. 그는 돌에서 파와 고기 냄새를 맡을 수 있었고 구멍

속으로 기어 올라갔다. 이 구멍은 똑바로 위를 향했는데 위로 달 밝은 하늘이 한 조각 보였다. 돌은 물 때문에 미끄러웠고 그에게서 벗어나려고만 했다. 그는 파의 냄새를 맡으며 나아갔다. 하늘이 있는 곳에 도착하자 그는 구멍이 곧장 산으로 이어지는 것처럼 보이는 넓은 골짜기가 된다는 것을 알게 되었다. 아래를 내려다보니 강은 틈새 사이에서 가늘어지고 모든 것의 모양이 바뀌었다. 그는 그 어느 때보다 파를 원했고 골짜기 안으로 들어갔다. 그의 뒤와 틈새 사이의 산들은 반짝이는 얼음 뿔 같았다. 그는 파가 바로 앞에 있는 것을 들을 수 있었고 소리쳤다. 그녀가 물이 찰찰 흘러내리는 돌을 뛰어넘어 골짜기 아래로 빠르게 돌아왔다. 바윗돌들이 발아래에서 달가닥거리고 소리가 절벽들에 부딪쳐 다시 튀어나와 그녀의 소리가 마치 사람들 모두의 소리처럼 들렸다. 그리고 그녀가 분노와 공포에 휩싸인 얼굴로 그에게 가까이 왔다.

"조용히 해!"

로크는 듣지 않았다. 그가 떠들었다.

"내가 다른 사람을 봤어. 하가 강 속으로 떨어졌어. 다른 사람이 와서 돌출부를 봤어."

파가 그의 팔을 잡았다. 그녀는 가슴에 보따리를 꼭 안고 있었다.

"조용히 해! 오아가 얼음 여인들이 들을 수 있게 할 거고 그러면 그들이 떨어질 거야!"

"여기 같이 있게 해 줘!"

"너는 남자야. 공포가 있어. 돌아가!"

"나는 보거나 듣지 않을 거야. 그냥 네 뒤에 있을게. 같이 가게 해 줘."

폭포가 윙윙거리는 소리는 멀리 있는 바다의 소리처럼 한숨 소리로 줄어들었지만 날씨가 나쁠 때의 바다 같았다. 그들의 말들은 빙빙 돌다가 불가사의하게 늘어나는 새 떼처럼 멀어져 갔다. 깊은 골짜기의 절벽들이 노래했다. 파가 로크의 입을 손으로 막고 새들이 점점 멀어질 동안 그렇게 서 있었고 그들 발 옆의 물소리와 폭포의 한숨 소리 말고는 고요했다. 파가 돌아서서 골짜기 위로 오르기 시작했고 로크가 서둘러 그녀를 따라갔다. 그녀가 멈춰 서서 뒤로 물러나라는 몸짓을 사납게 해 보였지만 그녀가 움직이자 그는 그녀를 따라갔다. 그러자 파가 다시 멈춰 서서 로크를 보고 입술을 움직여 소리 나지 않는 말을 하며 이를 보이고 절벽 사이를 이리저리 뛰어다녔지만 그는 그녀를 떠나려 하지 않았다. 뒤로 가는 길은 형언할 수 없이 외로운 로크이자 다른 사람에게 이르는 길이었다. 결국 그녀는 포기하고 그를 무시했다. 그녀는 서둘러 골짜기를 올라갔고 로크는 추워서 이가 부딪치는 소리를 내며 그녀를 따라갔다.

드디어 이곳에는 발 주위에 물이 없었다. 그 대신 굳은 얼음 기둥들이 절벽에 단단하게 붙어 있었다. 해가 비치지 않는 돌 아래에는 온통 눈이 높이 쌓여 있었다. 그는 겨울의 모든 궁핍함과 얼음 여인들에 대한 공포를 느껴 파가 따뜻한 불이라도 되는 양 그녀에게 딱 붙어 따라갔다. 하늘이 그의 위로 가느다랗게 보였다. 얼어붙은 하늘에는 별들이 흩어져 있고 달빛을 안은 구름들이 하늘을 장식했다. 이제 그는 골짜기 옆쪽에 붙어 있는 얼음이 담쟁이덩굴처럼 아래는 넓게, 위로 갈수록 수천 개의 가지로 나뉘고 나뭇잎들이 하얗게 빛나는 것을 볼 수 있었다. 그의 발아래에는 얼음이 있어 발이 불타는 듯하고 감각이 없어졌다. 곧 그는 손을 사용했고 손도 발처럼 감각이 없어졌다. 그의 앞에서 파의 엉덩이가 흔들렸고 그는 그녀를 따라갔다. 골짜기가 넓어지며 빛이 더 많이 쏟아져 들어왔고 그는 자신들이 깎아지른 듯한 바위벽 앞에 있는 것을 볼 수 있었다. 왼쪽 아래로 새까만 줄이 있었다. 파가 이 선을 따라 살금살금 기어가 그 안으로 사라졌다. 로크는 그녀를 따라갔다. 그는 팔꿈치가 양쪽 벽에 닿을 정도로 좁은 입구에 있었다. 그리고 그는 그곳을 지나갔다.

갑자기 그에게 빛이 비쳤다. 그는 몸을 숙이고 두 손을 눈으로 가져갔다. 눈을 깜박이며 내려다보자 그는 스쳐 지나가는 돌과 얼음 덩어리와 진한 푸른빛 그림자를 볼 수 있었다. 그의 앞에 있는 파의 발자국이 얼음 가루 위에 하얗게 찍히고 얼음과 돌 위에서 그림자의 형태가 바뀌는 것을 볼 수 있었다. 그가 눈을 들어 앞을 보기 시작하자 자신들의 입김이 폭포의 물보라처럼 그들을 에워싼 것이 보였다. 그는 그 자리에 머물렀고 파는 그녀의 입김 속에서 희미해졌다.

그곳은 어마어마하게 크고 탁 트인 공간이었다. 바위벽에 싸여 있고 도처에서 얼음 덩굴이 뻗어 나가 그의 머리 위 바위 위로 높이 펼쳐졌다. 그 안식처의 바닥과 닿은 곳에서는 얼음 덩굴이 오래된 참나무 줄기들처럼 부풀어 올랐다. 높은 곳에 있는 가지들은 얼음 동굴 안으로 사라졌다. 로크는 뒤에 서서 안식처의 다른 쪽 끝까지 높이 올라간 파를 올려다보았다. 그녀가 돌 위에 쭈그리고 앉아 고기 조각을 들었다. 아무 소리도, 심지어 폭포 소리마저 들리지 않았다.

파가 속삭임에 지나지 않는 소리로 말하기 시작했다. 처음에 그는 "오아"와 "말"이라는 각각의 단어 소리를 들었다. 하지만 단어들이 벽에 부딪쳐 소리가 돌아왔다. 벽과 거대한 덩굴이 "오아."라고 말했고 로크 뒤에 있는 벽이 "오아, 오아, 오아."라고 노래했다. 분리된 단어들의 소리가 잦아들고 "오"와 "아" 소리가 동시에 울려 퍼졌다. 소리가 조수 웅덩이의 물처럼 솟아올랐다가 물처럼 잔잔해지더니 울리는 "아" 소리가 그에게 부딪쳐 그를 소리 속에 빠뜨렸다. "아파, 아파." 안식처 끝에 있는 벽이 말했다. 그의 뒤에 있는 바위들은 "말."이라고 말했고 끝없이 솟아오르는 "오아" 소리가 공기 속에서 소용돌이쳤다. 그의 피부의 털이 쭈뼛 섰다. 그가 마치 "오아."라고 말하는 것처럼 입을 움직였다. 위를 쳐다보니 얼음 여인들이 있었다. 얼음 덩굴 가지가 이어지는 동굴들은 그들의 둔부였다. 그들의 허벅지와 배는 위쪽의 절벽에서 솟아나왔다. 그들이 드리워져 있어 하늘이 안식처의 바닥보다 작았다. 그들은 몸과 몸이 연결된 채 위로 아치를 그리며 내려다보고 있었고 뾰족한 머리들이 달빛에 빛났다. 그들의 둔부는 동굴과 마찬가지로 푸른색이고 무시무시했다. 그들은 바위에서 떨어져 있었고 바위와 얼음 사이에 스미는 얼음 덩굴이 그들의 물이었다. 소리의 소용돌이가 그들의 무릎까지 올라갔다.

"아아아……." 절벽이 노래했다. "아아아……."

로크는 얼음에 엎드려 있었다. 머리카락에서 서리가 반짝거렸지만 살갗에는 땀이 흥건했다. 그는 협곡이 옆으로 움직이는 것을 느낄 수 있었다. 파가 그의 팔을 흔들고 있었다.

"가자!"

그는 풀을 먹고 아플 때처럼 배가 아팠다. 텅 빈 까만 공간 사이로 무자비하게 지속적으로 움직이는 초록빛 말고는 아무것도 보이지 않았다. 안식처의 소리가 그의 머릿속에 들어가 조개껍데기 속의 바다 소리처럼 그곳에서 살고 있었다. 파가 그의 귀에 입술을 대고 말했다.

"그들이 너를 보기 전에."

그는 얼음 여인들을 기억했다. 그는 끔찍한 빛을 보게 될까봐 눈을 땅에 고정시키고 기어서 멀어지기 시작했다. 그의 몸은 죽은 것과 같았고 그는 몸을 주체할 수 없었다. 그가 휘청이며 파를 따라갔고 그들이 벽 사이의 틈을 통과하자 골짜기가 그들 앞에서 아래로 이어지고 또 다른 틈새가 보였다. 그가 파를 지나치고는 아래로 내려가려고 애썼다. 그는 눈과 돌 사이에서 어설프게 넘어지고 구르고 굴러 발을 헛딛고 뛰어넘었다. 그리고 그는 닐처럼 약해져 겁을 먹고 흐느껴 울며 멈춰 섰다. 파가 그에게 왔다. 그녀가 한 팔로 그를 안았고 그는 틈새의 실 같은 물을 내려다보며 기댔다. 파가 그의 귀에 대고 부드럽게 말했다.

"남자가 감당하기엔 오아가 너무 많았어."

그가 안쪽으로 몸을 돌리고 그녀의 젖가슴 사이에 머리를 기댔다.

"무서웠어."

잠시 동안 그들은 조용히 있었다. 하지만 찬기가 그들 안에 있었고 그들의 몸은 따로따로 몸서리쳤다.

공포에 질렸다기보다 찬기 때문에 아직까지 몸이 고장 난 그들은 가파른 언덕 아래로 더듬거리며 내려가기 시작했고 그곳에서 폭포 소리가 그들을 맞이했다. 이것이 로크에게 돌출부의 그림을 환기시켰다. 그가 파에게 설명하기 시작했다.

"다른 사람이 섬에 있어. 그는 아주 잘 뛰는 사람이야. 그가 산에 있었어. 그가 돌출부에 와서 아래를 내려다보았어."

"하는 어디 있어?"

"그는 물에 빠졌어."

그녀 뒤에 입김이 남았고 그는 그 속에서 그녀의 목소리를 들었다.

"아무도 물에 빠지지 않았어. 하는 섬에 있어."

그녀가 잠시 동안 침묵했다. 로크는 하가 바위를 가로질러 틈새를 뛰어넘는 장면을 떠올리려고 최대한 노력했다. 그는 이 그림이 보이지 않았다. 파가 다시 말했다.

"다른 사람은 여자일 거야."

"그에겐 남자 냄새가 나."

"그럼 다른 여자가 있을 거야. 남자가 남자의 배에서 나올 수 있어? 어쩌면 여자가 있었고 또 여자가 있었고 또 여자가 있었을지 몰라. 그녀 혼자."

로크는 곱씹어 생각했다. 여자가 있는 한 생명이 있었다. 하지만 남자는 냄새를 맡거나 그림을 떠올리는 것 말고 무슨 쓸모가 있을까? 자신의 존재에 대해 겸허해진 로크는 자신이 다른 사람을 보았다거나 늙은 여자가 자신을 보고도 보지 못했다는 사실을 파에게 말하지 않았다. 심지어 곧 그림들이나 말에 대한 생각조차 머리에서 사라졌다. 길이 수직인 곳에 도달했기 때문이다. 그들은 조용히 아래로 내려갔고 우렁찬 폭포 소리가 들렸다. 그들이 단구에 도착해 돌출부 쪽으로 서둘러 가고 있을 때에야 로크는 하를 찾아 나섰다는 사실과 그를 찾지 못한 채 돌아가고 있다는 것을 기억했다. 안식처의 공포가 그들을 쫓기라도 하는 듯 두 사람은 뛰기 시작했다.

하지만 말은 그들이 기대한 대로 새 사람이 돼 있지 않았다. 그는 쓰러져 누워 있었고 숨이 하도 약해 가슴이 거의 움직이지 않을 정도였다. 그들은 그의 짙은 올리브 색 얼굴이 땀으로 번들거리는 것을 볼 수 있었다. 늙은 여자가 불을 활활 지펴 놓았고 라이쿠는 밖으로 나와 있었다. 아이는 말을 쳐다보면서 천천히, 심각하게 간을 더 먹고 있었다. 두 여자가 그의 양옆에 쭈그리고 앉아 있었다. 닐이 몸을 숙이고 말의 이마에서 흐르는 땀을 자신의 머리카락으로 닦았다. 돌출부 아래에 로크가 다른 사람에 대한 소식을 전할 자리는 없어 보였다. 로크와 파의 소리를 듣고 닐이 위를 쳐다보았지만 하는 없었다. 그녀가 다시 늙은 남자의 이마를 닦기 위해 몸을 숙였다. 늙은 여자가 그의 어깨를 다독였다.

"나아서 건강해져야지요, 노인. 파가 당신을 위해 오아에게 제물을 갖다 바쳤어요."

그 말에 로크는 얼음 여인들 아래에서의 공포를 기억했다. 그가 떠들려고 입을 열었지만 파가 그의 그림을 공유하고 손으로 그의 입을 막았다. 늙은 여자는 눈치채지 못했다. 그녀가 김이 모락모락 나는 주머니에서 음식을 한 조각 더 꺼냈다.

"이제 일어나 앉아서 드세요."

로크가 그에게 말했다.

"하가 없어졌어요. 이 세상에 다른 사람들도 있어요."

닐이 일어났고 로크는 그녀가 애도하려 한다는 것을 알았지만 파가 그런 것처럼 늙은 여자가 말했다.

"조용!"

늙은 여자와 파가 말을 조심스레 일으켜 그들의 팔에 등을 기대고 앉아 파의 가슴팍에 머리를 대도록 했다. 늙은 여자가 음식을 말의 입술 사이에 넣었으나 입술이 중얼거리며 그것을 다시 밀어 냈다. 말이 말하고 있었다.

"내 머리와 뼈를 열지 마. 약함만 맛보게 될 거야."

로크가 입을 벌리고 여자들을 하나하나 돌아보았다. 그의 입에서 본의 아니게 웃음이 나왔다. 그리고 그가 말에게 재잘거렸다.

"하지만 다른 사람이 있어요. 그리고 하가 없어졌어요."

늙은 여자가 고개를 들고 쳐다보았다.

"물을 가져와."

로크가 강으로 뛰어가 물을 두 손 가득 떠 왔다. 그가 말의 얼굴 위로 물을 천천히 부었다. 새 아기가 닐의 어깨 위로 나타나 하품을 하고는 어깨를 기어 넘어 젖을 빨기 시작했다. 그들은 말이 다시 말하려 한다는 것을 알 수 있었다.

"불 옆 따뜻한 땅속에 나를 넣어 줘."

폭포 소리가 들리는 가운데 깊은 침묵이 흘렀다. 라이쿠도 먹는 것을 멈추고 서서 쳐다보았다. 여자들은 움직이지 않고 말의 얼굴에 눈을 고정시켰다. 로크 안에 침묵이 고여 물로 변하더니 갑자기 눈 속에 고였다. 파와 늙은 여자가 말을 옆으로 눕혔다. 앙상해진 그의 거대한 무릎뼈를 가슴팍으로 밀고 발을 모아서 접고 그의 머리를 땅에서 들고 두 손을 그 아래 넣었다. 말은 불 가까이에 있었고 그의 눈이 불길을 바라보았다. 눈썹이 쪼글쪼글해지기 시작했지만 그는 느끼지 못했다. 늙은 여자가 나뭇조각을 가져와 그의 몸 주변 땅에 둥글게 선을 그었다. 그리고 그들은 여전히 엄숙한 침묵 속에서 그를 옆으로 옮겼다.

늙은 여자가 납작한 돌을 들어 로크에게 주었다.

"땅을 파!"

달이 틈새에서 석양이 지는 쪽에서 비쳤지만 활활 타는 불빛 때문에 땅에서는 거의 보이지 않았다 라이쿠가 다시 먹기 시작했다. 아이는 어른들 뒤로 가서 돌출부 뒤쪽에 있는 바위에 기대앉았다. 땅은 딱딱했고 로크가 돌에 몸의 무게를 싣고야 겨우 흙을 조금 긁어낼 수 있었다. 늙은 여자가 암사슴 고기에서 나온 날카로운 뼛조각을 건네주었고 그는 이것으로 땅을 훨씬 쉽게 팔 수 있다는 것을 알게 되었다. 그 아래는 훨씬 부드러웠다. 땅의 가장 상층은 석판처럼 뜯어졌지만 그 아래 흙은 그의 손에 부스러졌고 돌로 그것을 긁어낼 수 있었다.

그래서 그는 달이 움직이는 것처럼 계속 일을 했다. 그의 머릿속에는 더 젊고 강한 말이 같은 일을, 하지만 난로 반대쪽에서 하는 그림이 떠올랐다. 난로의 진흙이 그가 파고 있는 가지런하지 않은 구멍 한쪽에 불룩 솟아올라 있었다. 곧 그는 그 아래에 있는 또 다른 난로에 이르렀고, 다시 그다음 난로에 이르렀다. 탄 진흙이 조그마한 절벽이 돼 있었다. 각각의 난로는 그 위에 있는 것보다 가늘어 보였고 구멍이 깊어질수록 돌처럼 단단하게 굳어 자작나무만큼이나 두꺼웠다. 새 아기는 젖을 다 먹고 하품을 하고 재빨리 땅으로 내려왔다. 아기가 말의 다리를 잡고 일어나 몸을 앞으로 기울이고 눈도 깜박이지 않고 환한 모습으로 불을 응시했다. 로크가 뒤로 물러나 말 주위를 맴돌며 구멍을 조사했다. 아기가 균형을 잃고 구멍으로 빠져 로크의 손 옆의 부드러운 흙에서 가냘프게 울며 기어 나왔다. 아기는 엉덩이부터 빠져나와 닐에게 달아나 그녀의 무릎에 웅크리고 앉았다.

로크가 주먹을 쥐고 뒤로 기대앉았다. 그의 몸에서 땀이 흘렀다. 늙은 여자가 그의 팔에 손을 댔다.

"땅을 파! 로크밖에 없어!"

그는 지친 채 구멍으로 돌아갔다. 그가 매우 오래된 뼈를 꺼내 달빛 사이로 멀리 던졌다. 그가 돌 위에서 힘을 주다가 다시 앞으로 넘어졌다.

"못 하겠어요."

그러자 처음 있는 일이었지만 여자들이 돌을 가져다 땅을 팠다. 라이쿠는 그들과 함께 점점 깊고 어두워지는 구멍을 바라보았고 아무 말도 하지 않았다. 말이 떨기 시작했다. 땅이 깊어지면서 난로의 진흙 기둥들이 좁아졌다. 그것은 돌출부의 잊힌 깊은 곳에 뿌리를 두고 있었다. 진흙층이 나타날 때마다 땅을 파기가 더 쉬워졌다. 양옆을 똑바로 파내기가 어려워지기 시작했다. 아무 냄새도 나지 않는 마른 뼈들이 드러나기 시작했다. 뼈들은 삶과 유리된 지 너무 오래돼서 그들에게 아무 의미가 없었고 그들은 그것들을 옆으로 치웠다. 다리뼈, 갈비뼈, 으스러진 뼈, 깨진 머리뼈 등. 돌들도 있었다. 무언가를 자를 수 있는 날카로운 돌이나 팔 수 있는 뾰족한 돌도 있었는데, 이것들은 필요할 때만 잠시 사용되고 보관되지는 않았다. 깊이 판 흙이 구멍 옆에 피라미드가 되었고 그들이 새 흙을 한 움큼씩 들어낼 때마다 갈색 알갱이들이 작은 산사태가 일어난 것처럼 흘러내렸다. 피라미드 사방에 뼈가 흩어져 있었다. 라이쿠가 머리뼈를 가지고 한가하게 놀았다. 로크가 기운을 되찾아 여자들과 함께 땅을 팠고 구멍이 금방 더 깊어졌다. 늙은 여자가 다시 불을 만들었고 아침이 불빛 너머로 회색빛이 되었다.

드디어 구멍을 다 팠다. 여자들이 말의 얼굴 위로 물을 더 부었다. 그는 이제 뼈와 피부밖에 남지 않았다. 그의 입이 그가 숨 쉴 수 없는 공기를 한 입 베기라도 할 것처럼 넓어졌다. 사람들이 무릎을 꿇고 그를 반원으로 둘러쌌다. 늙은 여자가 눈짓으로 사람들을 모았다.

"말이 강했을 때 그는 음식을 많이 찾았어."

라이쿠는 오아 인형을 품에 안고 돌출부 뒤쪽에 있는 바위에 기대고 쭈그려 앉았다. 새 아기는 닐의 머리카락 아래에서 자고 있었다. 말의 손가락이 아무렇게나 움직였고 그의 입이 열렸다가 닫혔다. 파와 늙은 여자가 그의 상체를 일으켜 머리를 안았다. 늙은 여자가 그의 귀에 대고 부드럽게 말했다.

"오아는 따뜻해요. 주무세요."

그의 몸이 경련하듯 움직였다. 그의 머리가 늙은 여자의 젖 가슴 위에서 옆으로 구르더니 그곳에 머물렀다.

닐이 애도하기 시작했다. 그 소리가 돌출부를 가득 채우고 물을 가로질러 요동치며 섬으로 퍼졌다. 늙은 여자가 말의 몸을 옆으로 눕힌 다음 무릎을 접어 가슴에 닿게 했다. 그녀와 파가 말을 들어 구멍 아래로 옮겼다. 늙은 여자가 그의 손을 얼굴 아래 놓고 그의 사지가 낮게 놓인 것을 보았다. 그녀가 일어났고 그들은 그녀의 얼굴에서 아무 표정도 보지 못했다. 그녀가 돌 선반으로 가 뒷다리 살 한 조각을 골랐다. 그녀가 무릎을 꿇고 구멍 속 말의 얼굴 옆에 놓았다.

"말, 배고플 때 드세요."

그녀가 눈짓으로 그들에게 자신을 따라오라고 일렀다. 그들은 라이쿠를 오아 인형과 놔두고 강으로 내려갔다. 늙은 여자가 손으로 물을 떴고 다른 사람들 역시 손을 물에 담갔다. 그녀가 돌아와 말의 얼굴에 물을 부었다.

"목마를 때 마셔요."

한 사람씩 회색빛의 죽은 얼굴에 물을 뿌렸다. 모두 같은 말을 되풀이했다. 로크가 마지막이었고 물이 흐르자 그의 마음에 말을 향한 깊은 감정이 가득해졌다. 그가 다시 가서 두 번째 선물을 가져다주었다.

"말, 목마를 때 마셔요."

늙은 여자가 손으로 흙을 떠서 그의 머리에 뿌렸다. 라이쿠가 마지막으로 수줍어하며 와서 어른들의 눈이 일러 주는 대로 했다. 그러고 나서 아이는 바위로 돌아갔다. 늙은 여자가 신호를 주자 로크가 피라미드가 된 흙을 구멍으로 쓸어 넣기 시작했다. 흙이 부드럽게 휙 소리를 내며 아래로 떨어졌고 곧 말의 모습이 흐릿해지면서 보이지 않았다. 로크가 손과 발로 흙을 꾹꾹 눌렀다. 늙은 여자는 무표정한 얼굴로 땅의 모양이 변해 말이 사라지는 것을 바라보았다. 흙이 솟아 구멍을 채웠고 말이 있던 곳이 돌출부 안의 작은 언덕이 될 때까지 솟아올랐다. 흙이 아직 조금 남아 있었다. 로크는 그것을 언덕에서 쓸어 내고 흙을 최대한 단단하게 다졌다.

늙은 여자가 단단해진 땅 옆에 쭈그리고 앉아 모두가 그녀를 쳐다볼 때까지 기다렸다.

그녀가 말했다.

"오아가 말을 배 속으로 데려갔어."

5

침묵이 끝난 후 사람들은 음식을 먹었다. 그들은 피로가 엷은 안개처럼 몸에 내려앉은 것을 깨닫기 시작했다. 돌출부에 하와 말의 빈자리가 있었다. 불이 계속 타올랐고 음식은 맛있었다. 하지만 병든 피로가 그들을 덮쳤다. 그들은 하나둘 불과 바위 사이에 있는 공간에 몸을 웅크리고 잠이 들었다. 늙은 여자가 오목한 공간으로 가서 나무를 가져왔다. 그녀는 나무가 물처럼 으르렁거릴 때까지 불을 키웠다. 그녀는 남은 음식을 모두 사람의 손이 닿지 않게 오목한 공간에 옮겨 놓았다. 그러고 나서 그녀는 말의 흙더미 옆에 쭈그리고 앉아 물을 내려다보았다.

사람들은 꿈을 자주 꾸지는 않았지만 새벽빛이 비칠 때 저세상에서 온 유령 무리에게 괴롭힘을 당했다. 늙은 여자는 곁눈질로 사람들이 어떤 곤란을 겪고 칭송받고 고통스러워하는지 볼 수 있었다. 닐은 이야기했다. 로크의 왼손은 흙 한 줌을 뒤적거렸다. 그들 모두 말을 뱉고 알아들을 수 없는 쾌락과 공포의 소리를 냈다. 늙은 여자는 아무것도 하지 않고 자신만의 그림을 꾸준히 응시했다. 새들이 울기 시작했고 참새가 내려와 단구에서 쪼아 댔다. 로크의 손이 갑자기 내쳐지며 그녀의 허벅지를 때렸다.

물이 이미 반짝거리고 있을 때 그녀가 일어나 오목한 공간에서 나무를 가져왔다. 불이 요란하게 탁탁 소리를 내며 나무를 반겼다. 그녀가 그 옆에 바짝 붙어 아래를 내려다보았다.

"이제 불이 날아가 나무들을 다 먹어 치웠을 때와 같아."

로크의 손이 불에 너무 가까이 있었다. 그녀가 허리를 숙여 손을 다시 그의 얼굴에 가져다 놓았다. 그가 옆으로 구르며 소리쳤다.

로크는 뛰고 있었다. 다른 사람의 냄새가 그를 쫓고 있었고 그는 벗어날 수 없었다. 밤이었고 그 냄새는 발과 고양이의 이빨을 가지고 있었다. 그는 가 본 적이 없는 섬에 있었다. 폭포가 양쪽에서 고함쳤다. 그는 곧 기진맥진해서 쓰러져 다른 사람에게 잡힐 것임을 알면서 기슭을 따라 뛰고 있었다. 그는 넘어졌고 영원처럼 느껴지는 시간 동안 싸웠다. 하지만 그를 사람들에게 이어 주는 끈들이 아직 있었다. 그의 절박한 필요에 따라 그들이 불가피한 필연성에 의해 걷고 물 위로 쉽사리 뛰어넘으며 왔다. 다른 사람이 없어지고 사람들이 그를 에워쌌다. 그는 어둠 때문에 그들을 잘 볼 수 없었지만 그들이 누구인지 알았다. 그들이 점점 가까이 왔다. 집을 알아보고 자유로운 상태에서 오는 것이 아니라 그에게 몸과 몸으로 이어질 때까지 몰려왔다. 그들은 그림을 공유하듯이 몸을 공유했다. 로크는 안전했다.

라이쿠가 깨어났다. 오아 인형이 어깨에서 떨어졌고 아이가 그것을 다시 집어 들었다. 아이가 하품을 하고 늙은 여자에게 배고프다고 말했다. 늙은 여자가 오목한 공간으로 가 마지막 남은 간을 가져왔다. 새 아기가 닐의 머리카락을 만지작거렸다. 머리카락을 잡고 매달리자 닐이 깨어나 다시 훌쩍거렸다. 파가 일어났고 로크가 다시 옆으로 굴러 거의 불 속으로 들어갈 뻔했다. 그가 떠들면서 껑충 뛰어 불에서 멀어졌다. 그가 다른 이들을 보고 바보같이 말했다.

"나는 자고 있었어."

사람들은 물이 있는 곳으로 내려가 물을 마시고 오줌을 눴다. 돌아왔을 때 돌출부에 무언가 할 말이 많이 남아 있는 듯한 느낌이 들었고 그곳에 앉아 있던 사람들이 언젠가 돌아올 것처럼 두 자리를 비워 두었다. 닐이 새 아기에게 젖을 먹이고 손가락으로 머리카락을 빗어 내렸다.

늙은 여자가 불에서 몸을 돌려 그들에게 말했다.

"이제 로크가 있어."

그가 무표정한 얼굴로 그녀를 바라보았다. 파가 고개를 숙였다. 늙은 여자가 그에게 와서 손을 꼭 잡고 한쪽으로 그를 데려갔다. 그곳은 말의 자리였다. 그녀가 그의 등을 바위에 기대고 말 때문에 닳아 매끄럽게 움푹 파인 땅에 로크의 엉덩이를 놓게 하고 그를 앉혔다. 이 기이한 일로 로크는 감정이 북받쳤다. 그가 곁눈질로 물을 보고 다시 사람들을 바라보고 웃었다. 사방에 사람들의 눈이 있고 그들이 그를 기다렸다. 그는 행렬의 끝이 아니라 선두에 있었고 머리에서 모든 그림이 떠났다. 그의 얼굴이 피로 데워졌고 그는 손으로 눈을 눌렀다. 그는 손가락 사이로 여자들을 보고 라이쿠를 보고는 말의 시체가 묻힌 흙더미를 내려다보았다. 그는 말에게 말하고 그의 앞에 조용히 앉아 지시받기를 간절히 열망했다. 하지만 흙더미에서 아무 소리도 들리지 않고 아무 그림도 나오지 않았다. 그가 머릿속에 제일 먼저 떠오른 그림을 붙잡았다.

"나는 꿈을 꾸었어. 다른 사람들이 나를 쫓고 있었어. 그리고 우리는 모두 함께였어."

닐이 새 아기를 젖가슴 위로 올렸다.

"나는 꿈을 꾸었어. 하가 나와 함께 눕고 파와 함께 누웠어. 로크가 파와 함께 눕고 나와 함께 누웠어."

그녀가 훌쩍이기 시작했다. 늙은 여자가 손짓으로 그녀를 깜짝 놀라게 만들고 침묵하게 했다.

"그림은 남자가. 오아는 여자가. 하와 말이 없어졌어. 이제는 로크가 있어."

로크의 목소리가 라이쿠의 목소리처럼 조그맣게 들렸다.

"오늘 우리는 음식을 찾아 나설 거야."

늙은 여자가 무자비하게 기다렸다. 오목한 공간에 많지는 않지만 음식이 아직 쌓여 있었다. 배가 고프지 않고 먹을 음식이 남아 있는데 왜 사람들이 음식을 찾아 나선단 말인가?

파가 앞으로 쭈그리고 앉았다. 그녀가 말하는 동안 로크의 머릿속 혼돈이 조금 가라앉았다. 그는 파의 말을 귀담아듣지 않았다.

"나에게 그림이 있어. 다른 사람이 음식을 찾고 있고 사람들은 사냥을 해……."

그녀가 도전적인 태세로 늙은 여자의 눈을 쳐다보았다.

"그리고 사람들은 배가 고파."

닐이 바위에 등을 비볐다.

"그것은 나쁜 그림이야."

늙은 여자가 그들보다 큰 소리로 외쳤다.

"이제는 로크가 있어!"

로크는 기억이 났다. 그가 얼굴에서 손을 치웠다.

"나는 다른 사람을 본 적이 있어. 그는 섬에 있어. 그가 바위에서 바위로 뛰어다녀. 그가 나무를 타고 올라가. 그는 어두워. 그가 동굴 속의 곰처럼 모양을 바꿔."

사람들이 바깥쪽의 섬을 내다보았다. 섬은 햇빛으로 빛나고 초록 잎이 안개처럼 가득했다. 로크가 그들을 다시 불렀다.

"그리고 내가 그의 냄새를 따라갔어. 그가 저기 있었어." 그리고 그가 그들 모두 볼 수 있도록 돌출부의 지붕을 가리켰다. "그가 저기 머물며 우리를 바라보았어. 그는 고양이 같고 고양이 같지 않아. 그는 또 그러니까, 그러니까……."

그림들이 잠시 동안 그의 머리에서 떠났다. 그는 입 아래를 긁적거렸다. 할 말이 너무 많았다. 그는 여러 그림 가운데 마지막 그림이 첫 그림에서 나오도록 그림과 그림을 연결시키는 것이 무엇인지 말에게 물을 수 있다면 좋겠다고 생각했다.

"하는 어쩌면 강에 있지 않을지도 몰라. 어쩌면 그는 다른 사람과 함께 섬에 있을지 몰라. 하는 엄청 잘 뛰었어."

사람들이 단구부터 섬에서 떨어져 나온 바위들이 기슭 쪽으로 몰려온 곳까지 바라보았다. 닐이 가슴에서 새 아기를 떼어 내 땅 위로 기어가도록 했다. 그녀의 두 눈에서 물이 떨어졌다.

"그건 좋은 그림이야."

"내가 다른 사람과 말을 할 거야. 그가 어떻게 항상 섬에만 있을 수 있겠어? 내가 새로운 냄새를 찾아볼 거야."

파가 손바닥으로 입을 가볍게 두드렸다.

"어쩌면 그는 섬에서 나왔을지도 몰라. 여자로부터 나오듯이. 아니면 폭포에서 나오듯이."

"나는 이 그림이 보이지 않아."

이제 로크는 말을 들어 주는 사람들에게 말하기가 얼마나 쉬운지 알게 되었다. 말이 그림과 함께 있어야 하는 것도 아니었다.

"파는 냄새를 찾아보고 닐과 라이쿠와 이기는⋯⋯."

늙은 여자는 그를 방해하려 하지 않았다. 대신 그녀는 커다란 가지를 집어 불 속으로 던졌다. 로크가 소리치며 벌떡 일어나더니 곧 침묵했다. 늙은 여자가 그를 대신해 말했다.

"로크는 라이쿠가 가는 것을 원치 않아. 남자가 없어. 파와 로크가 가도록 해. 이것은 로크의 말이야."

그가 놀라며 그녀를 바라보았고 그녀의 눈에서 아무것도 읽을 수 없었다. 그가 머리를 흔들기 시작했다.

"네." 그가 말했다. "네."

파와 로크가 함께 단구 끝으로 뛰어갔다.

"얼음 여인들을 봤다고 늙은 여자에게 말하지 마."

"내가 다른 사람을 따라 산 밑으로 내려왔을 때 그녀가 나를 보지 못했어."

그는 늙은 여자의 얼굴을 기억했다. "그녀가 무엇을 보고 무엇을 보지 않는지 누가 알겠어?"

"그녀에게 말하지 마."

그가 설명하려 했다.

"나는 다른 사람을 봤어. 그와 나, 우리는 산기슭을 따라 기어가고 사람들을 쫓아다녔어."

파가 멈추었고 그들은 섬의 바위와 단구의 틈새를 바라보았다. 그녀가 가리켰다.

"하가 저것도 뛰어넘을 수 있었을까?"

로크는 틈새에 대해 생각해 보았다. 갇힌 물이 소용돌이치고 반짝이는 물줄기의 꼬리가 강 아래로 이어졌다. 녹색 수면 위로 물이 소용돌이치며 솟아올랐다. 로크가 자신의 그림을 몸짓으로 설명했다.

"다른 사람의 냄새를 맡으면 나는 다른 사람이 돼. 나는 고양이처럼 살금살금 기어가. 나는 두려움에 떨고 탐욕스러워. 나는 강해." 그가 몸짓을 그만두고 파 옆으로 빠르게 지나가더니 돌아서서 그녀를 마주 보았다. "나는 이제 하이자 다른 사람이야. 나는 강해."

112

"나는 이 그림이 보이지 않아."

"다른 사람은 섬에 있어……."

그가 팔을 최대한 넓게 폈다. 그가 새처럼 팔을 파닥거렸다. 파가 미소를 짓고는 웃었다. 로크도 웃었다. 인정을 받고자 점점 기쁘게 웃었다. 그가 오리처럼 꽥꽥거리며 단구를 빙빙 돌았고 파가 그를 보고 웃었다. 사람들과 함께 이 농담을 공유하기 위해 돌출부로 날갯짓을 하며 뛰어가려는 찰나에 그는 기억했다. 그가 미끄러지며 섰다.

"이제 로크가 있어."

"로크, 다른 사람을 찾아서 그에게 말을 해 봐."

이 말이 그 냄새를 환기시켰다. 그가 바위 위에서 이리저리 냄새를 맡기 시작했다. 비가 내리지 않았고 냄새가 매우 희미했다. 그는 폭포 너머 절벽에서 맡은 섞인 냄새를 기억했다.

"이리 와."

그들은 돌출부를 지나 단구를 따라 뛰어 돌아갔다. 라이쿠가 그들을 향해 소리치고 오아 인형을 들어 보였다. 로크는 살금살금 모퉁이를 돌아갔고 파의 몸이 등에 닿는 것을 느꼈다.

"통나무가 말을 죽였어."

그가 그녀를 향해 돌아서더니 놀라며 귀를 움찔거렸다.

"거기에 없는 통나무 말이야. 그게 말을 죽였어."

그가 논쟁을 준비하고 입을 열었지만 그녀가 그를 밀쳤다.

"계속 가."

그들은 곧 다른 사람의 흔적을 볼 수밖에 없었다. 그의 연기가 섬 중간에서 솟아오르고 있었다. 섬에는 나무가 많았고 어떤 나무들은 가지가 휘어 물에 닿아서 사람들은 섬의 기슭을 볼 수 없었다. 나무들 사이에는 덤불이 빽빽했다. 덤불이 무성하게 자라 돌투성이 땅을 덮고 잎을 풍성하게 품고 있었다. 연기가 모락모락 피어올라 흩어져 사라졌다. 의심의 여지가 없었다. 다른 사람이 불을 가졌고, 사람들은 결코 들 수 없었을 아주 두껍고 젖은 통나무를 사용하는 것이 틀림없었다. 파와 로크는 공유할 수 있는 그림을 전혀 찾지 못한 채 연기에 대해 생각했다. 섬에 연기가 있고 섬에 다른 사람이 있었다. 그들의 삶에는 이것에 대해 추리할 어떤 판단의 준거도 없었다.

드디어 파가 돌아섰고 로크는 그녀가 떨고 있다는 것을 알았다.

"왜?"

"무서워."

그는 이것에 대해 생각했다.

"내가 숲으로 내려갈 거야. 그곳이 연기에서 제일 가까워."

"나는 가고 싶지 않아."

"돌출부로 돌아가. 이제 로크가 있어."

파가 섬을 다시 쳐다보았다. 그러고는 갑자기 몸부림치며 모퉁이를 돌아 사라졌다.

로크는 사람들에 대한 이런저런 그림을 생각하며 절벽을 날듯이 내려가 숲이 시작되는 곳에 이르렀다. 이곳에서는 강이 가끔씩만 보였다. 덤불들이 기슭이던 곳 위로 뻗어 있을 뿐 아니라 물이 높이 차서 많은 덤불이 물에 잠겨 있었기 때문이다. 땅이 낮은 곳에는 물이 차올라 수초가 물에 빠져 허우적거리고 있었다. 나무들은 더 높은 땅에 있고 로크의 발이 물에 대한 공포와 새 사람 혹은 새 사람들을 보고자 하는 그의 욕망을 한꺼번에 표현하는 무늬를 만들었다. 연기의 반대쪽에 있는 기슭에 가까이 갈수록 그는 점점 흥분했다. 이제 그는 몸서리치며 물 위로 깡충거리며 그의 발목보다 깊은 물에 도전했다. 그는 강을 보거나 강에 가까이 갈 수 없다는 것을 알고는 이를 갈며 오른손으로 주먹질을 하고 버둥거렸다. 물 아래에는 진창과 알뿌리의 색이 바랜 뾰족한 끝이 있었다. 보통 때라면 그의 발이 이것들을 잡아 그에게 건네주었겠지만 이제 그것들은 몸서리치는 피부에 잠시 동안 닿는 단단한 무엇일 뿐이었다. 그와 강 사이에는 싹에 가려 잘 보이지 않는 숨겨진 덤불이 무성히 자리 잡고 있었다. 그는 자신의 무게에 눌려 뭉친 큰 가지들에 믿음을 주며 공포를 느끼면서 발을 딛고 앞으로 몸을 흔들며 돌진할 태세를 취했다. 그가 싹들과 가시 사이에 엎드려 뻗어 있을 요량이 아니라면 수액이 가득한 가지에는 그의 무게를 지탱할 힘이 충분하지 않았다. 그때 그는 밑에 물이 있다는 사실, 그런데 그것이 갈색 진흙 위의 얕은 물이 아니라 가지의 줄기들이 보이지 않을 정도로 깊은 물이라는 것을 알게 되었다. 그는 흔들리며 밑으로 내려갔고 덤불들이 손에서 빠져나가기 시작했다. 그는 눈높이에서 반짝이는 넓은 수면을 보고 소리치며 재빨리 고통에 찬 일종의 공중 부양을 하며 안전하지만 유쾌하지 않은 진창으로 돌아갔다. 누구에게도 이곳에서 강으로 갈 수 있는 길은 없었다. 바쁜 쇠물닭에게나 가능한 일이었다. 그는 하류로 서둘러 내려가 땅이 더 단단한 숲 쪽으로 돌아 들어가 죽은 나무 옆의 공터로 나갔다. 그는 깊은 물이 소용돌이치며 들어오는 흙으로 된 작은 절벽으로 내려갔다. 하지만 물 건너편에서는 비밀에 휩싸인 나무와 관목들 위로 여전히 연기가 올라왔다. 다른 사람이 자작나무를 기어올라 틈새로 쳐다보는 그림이 그의 머리에 떠올랐다. 그가 사람들의 냄새가 희미하게 남아 있는 길을 따라 늪의 물이 나올 때까지 서둘러 갔지만 가로놓았던 새 통나무는 없어졌다. 물 건너편에 라이쿠를 그네 태워 준 나무는 그대로 있었다. 그는 주위를 둘러본 후 나뭇가지에 정말 구름이 걸려 있으리라고 생각될 만큼 어마어마하게 크게 자란 너도밤나무로 정했다. 그는 나뭇가지를 잡고 재빨리 위로 올라갔다. 줄기가 갈라진 부분에 빗물이 고여 있었다. 바람과 그의 무게 아래에서 나무의 묵직한 움직임이 느껴질 때까지 그는 손과 발을 이용해 더 두꺼운 가지 위로 올라갔다. 새싹들은 아직 나지 않았지만 수천 개의 초록빛이 마치 눈 속의 눈물처럼 묻혀 있어 로크는 짜증이 났다. 그는 꼭대기에 닿을 때까지 더 높이 나무를 타고 올라갔고 자신과 섬 사이에 있는 가지들을 꺾고 비틀기 시작했다. 이제 그는 우글거리는 새싹들이 휘거나 옆으로 흔들릴 때마다 순간순간 모양이 바뀌는 구멍 사이로 아래를 내려다보았다. 구멍 사이로 섬의 일부를 볼 수 있었다.

섬에도 밝은 초록빛 연기구름이 돼 떠다니는 것 같은 싹들이 사방에 있었다. 싹들은 기슭을 따라 흘러갔고 그 뒤에 있는 더 큰 나무들은 수직으로 솟아올라 미끄러져 멀어지는 연기 같았다. 초록빛 세상의 배경은 까만 나무 몸통과 가지들이고 땅은 없었다. 하지만 진짜 연기 밑에서 벌겋게 타는 불이 있는 곳에 반짝이는 눈이 있었고 그것은 가지들이 앞에서 움직일 때마다 반짝거리며 그를 향해 윙크했다. 그가 불에 시선을 집중하자 드디어 그 옆에 이쪽 강 가까이에 있는 땅보다 단단한 진한 갈색의 땅이 보였다. 그곳은 알뿌리와 떨어진 견과류와 애벌레와 버섯으로 가득 차 있으리라. 다른 사람이 먹기에 좋은 음식이 그곳에 있는 것이 틀림없었다.

불이 선명하게 깜박거렸다. 로크도 눈을 깜박였다. 불이 깜박거린 것은 가지 때문이 아니라 누군가가 그 앞에서 움직였기 때문이다. 그 사람은 가지만큼이나 어두웠다.

로크가 너도밤나무 꼭대기를 흔들었다.

"여보게, 사람아!"

불이 두 번 깜박거렸다. 이렇게 지나가는 것을 보고 로크는 갑자기 그곳에 한 명보다 많은 사람이 있다는 것을 알게 되었다. 다시 정신이 혼미할 정도로 흥분되는 냄새가 났다. 그는 그것을 부러뜨리기라도 하려는 듯 나무 꼭대기를 흔들어 댔다.

"여보게, 새로운 사람들!"

로크에게 힘이 솟았다. 그는 그들 사이에 있는 보이지 않는 물을 가로질러 날아갈 수 있을 것 같은 기분이었다. 그는 너도밤나무 꼭대기의 가느다란 가지에서 절박하게 곡예를 하며 그가 낼 수 있는 가장 큰 목소리로 내뱉었다.

"새로운 사람들! 새로운 사람들!"

갑자기 그는 흔들리는 가지에서 얼어붙었다. 새로운 사람들이 그의 목소리를 들었던 것이다. 그는 불이 깜박거리고 두꺼운 덤불들이 흔들리는 것을 보고 그들이 시야에 들어올 것임을 알았다. 불이 다시 깜박거렸지만 초록빛 연기 사이에 있는 길이 휘고 강을 향해 흔들리기 시작했다. 그는 가지가 부러지는 소리를 들을 수 있었다. 그는 몸을 더 내밀었다.

그러고는 더 이상 인기척이 없었다. 초록빛 연기가 가만히 있거나 바람을 피해 조용히 흔들렸다. 불이 반짝거렸다.

너무 고요한 나머지 로크는 끊임없이 우렁찬 소리를 내는 폭포 소리를 듣기 시작했다. 새로운 사람들에 대한 집요한 생각이 느슨해지기 시작했다. 다른 그림들이 그의 머릿속에 떠올랐다.

"새로운 사람들! 하는 어디 있어?"

아래쪽 물 가장자리 옆에 있는 초록빛 가지가 흔들렸다. 로크가 자세히 보았다. 그는 잔가지가 암시하는 대로 나무의 줄기 쪽으로 더듬어 내려가다 눈가죽을 찌푸렸다. 가지 건너편에는 팔뚝이나 팔의 윗부분인 듯한 것이 있었고 그것은 털이 많고 가무잡잡한 팔이었다. 초록빛 가지가 다시 흔들리고 가무잡잡한 팔이 없어졌다. 로크는 눈을 깜박여 눈 속의 물을 흘렸다. 섬 위의 하에 대한 새로운 생각이 떠올랐다. 곰과 있는 하, 위험에 빠진 하 말이다.

"하! 어디 있어?"

다른 쪽 기슭에 있는 덤불이 흔들리고 휘었다. 그 속에서 무언가가 움직이고 있었고 움직임이 기슭에서 그 뒤 나무로 옮겨 갔다. 불이 다시 깜박거렸다. 불꽃이 사라지고 초록색 사이로 거대한 하얀 연기구름이 솟아올랐고, 아래쪽이 희미해지

118

다 사라진 하얀 구름은 안팎이 뒤집히면서 천천히 솟아올랐다. 로크는 나무와 덤불을 살펴보기 위해 바보처럼 옆으로 몸을 기울였다. 절박감이 그를 사로잡았다. 그는 강 아래쪽의 다음 나무를 볼 수 있을 때까지 가지를 타고 내려갔다. 그는 가지로 뛰어올라 그 위에 안착하고 붉은다람쥐처럼 나무에서 나무로 옮겨 다녔다. 그리고 그는 나무의 몸통 위로 다시 뛰어가 가지를 꺾고 아래를 내려다보았다.

이제 폭포의 포효가 약간 무뎌졌고 그는 물보라 기둥을 볼 수 있었다. 물보라 기둥이 섬의 꼭대기를 덮고 있어서 그곳의 나무들이 잘 보이지 않았다. 그는 그곳으로부터 덤불이 움직이고 불이 깜박거린 섬의 아래쪽으로 시선을 옮겼다. 그는 선명하지는 않지만 나무 사이의 공터를 볼 수 있었다. 죽은 불에서 나는 악취가 천천히 흩어지며 아직 남아 있었다. 사람들은 보이지 않았지만 그는 덤불이 잘린 곳과 기슭과 공터 사이에 생긴 갈라진 땅의 길을 볼 수 있었다. 이 길의 안쪽 끄트머리에 퇴락한 세월의 흔적이 있는 죽은 나무의 몸통들이 모여 있었다. 그는 입을 벌리고 나무를 잡지 않은 손을 펴 머리 꼭대기에 댄 채 그 통나무들을 점검했다. 왜 사람들이 이 모든 음식과(그는 강 건너에서 연한 색 버섯을 볼 수 있었다.) 쓸모없는 나무를 같이 가져갔을까? 그들은 머리에 그림이 없는 사람들이었다. 그는 불이 있던 땅이 지저분하게 문질러진 것과 불을 만들기 위해 마찬가지로 큰 통나무를 사용한 것을 보았다. 아무 경고 없이 공포가 그를 엄습했다. 그 공포는 말이 꿈에서 숲이 타는 것을 보았을 때만큼 완전하고 비이성적인 것이었다. 그리고 그는 수천 개의 보이지 않는 끈으로 사람들과 연결돼 있고 그들 중 한 명이었기 때문에 사람들을 대신해 두려웠다. 그는 떨기 시작했다. 입술이 뒤틀리기 시작했고 그는 앞을 똑바로 볼 수 없었다. 그는 자신이 외치는 소리가 귓속에서 고함치는 소리를 들었다.

"하! 어디 있어? 어디 있어?"

다리가 두꺼운 누군가가 공터를 가로질러 서투르게 뛰어가 사라졌다. 불은 죽은 채 남아 있었고 강 아래에서 불어온 바람이 덤불 사이로 스쳐 가자 아주 조용해졌다.

그가 절박하게 외쳤다.

"어디 있어?"

로크의 귀가 로크에게 말했다.

"?"

그는 섬에 너무 신경을 쓰느라 얼마간 자신의 귀에 주의를 기울이지 않았다. 그는 폭포가 투덜거리고 섬의 공터가 계속 비어 있는 동안 나무 꼭대기에 가만히 흔들리며 매달려 있었다. 그리고 소리가 들려왔다. 물 건너편 방향이 아니라 이쪽 먼 곳에서 사람들이 오고 있었다. 그들이 부주의하게 돌을 밟으며 돌출부에서 오고 있었다. 그는 그들의 말을 들을 수 있었고 그것을 듣고 웃었다. 가느다랗지만 복잡하고 시끄럽지만 바보 같은 소리가 뒤섞여 머릿속에 그림을 만들었다. 그것은 매가 길게 곡선을 그리는 소리 같지 않고 폭풍이 지나간 후 물처럼 헝클어져 바닷가에 서로 엉켜 있는 미역 줄기 같았다. 이 웃음소리가 강을 향해 나무 사이로 전진했다. 같은 종류의 웃음소리가 섬에서도 솟아오르기 시작해 물을 가로지르며 이리저리 스쳐 갔다. 로크는 반은 떨어지고 반은 나무를 기어 내려가 길 위로 갔다. 그는 사람들의 아주 오래된 냄새 사이로 길을 따라 뛰어갔다. 웃음소리가 강기슭과 아주 가까운 곳에서 들려왔다. 로크는 물을 가로질러 통나무가 놓여 있던 곳에 이르렀다. 다시 길 위로 가기 위해 그는 나무를 타고 올라갔고 몸을 흔들다 뛰어내려야 했다. 강 이쪽에서 나는 웃음소리 사이로 라이쿠가 비명을 지르기 시작했다. 그것은 분노나 두려움이나 고통 때문에 내는 비명 소리가 아니었다. 그 소리는 뱀이 천천히 다가오는 것을 볼 때 생기는 무아지경의 극심한 공포로 인한 것이었다. 로크는 머리카락이 쭈뼛 서는 것을 느끼며 재빨리 앞으로 나아갔다. 비명 소리가 나는 곳으로 가야 한다는 생각에 그는 길에서 벗어나 허우적거렸다. 비명 소리가 그의 마음을 갈기갈기 찢어 놓았다. 그 소리는 파가 죽은 아기를 낳았을 때 지른 비명이나 말이 땅에 묻힐 때 닐이 낸 애도의 소리 같지 않았다. 그 소리는 고양이가 굽은 이빨로 말(馬)의 목을 물고 매달려 피를 빨아 먹을 때 말이 내는 소리 같았다. 로크는 자기도 모르게 비명을 지르고 가시 덤불 속에서 싸우고 있었다. 비명 소리 사이로 그의 감각들이 라이쿠가 어떤 남자나 여자도 할 수 없는 것을 하고 있음을 알려 주었다. 그녀는 강을 가로질러 가고 있었다.

비명 소리가 멈추었을 때 로크는 계속 덤불들과 싸우고 있었다. 이제 웃음소리가 다시 들리고 새 아기가 응애 하고 우는 소리가 들렸다. 그는 덤불 사이로 뚫고 나가 죽은 나무 옆에 있는 공터에 이르렀다. 나무 몸통 주위의 공터에 다른 사람과 라이쿠와 공포의 악취가 진동했다. 물 건너에서 초록색 가지들이 크게 휘고 굽이치고 휙 소리를 내며 움직였다. 그는 라이쿠의 빨간 머리와 새 아기가 털이 많고 가무잡잡한 어깨 위에 있는 것을 언뜻 보았다. 그가 깡충깡충 뛰며 소리를 질렀다.

"라이쿠! 라이쿠!"

초록색 무리가 함께 씰룩거리더니 섬의 사람들이 사라졌다. 로크는 담쟁이덩굴이 무성한 죽은 나무 아래의 기슭을 따라 오르내리며 달렸다. 그가 물에 너무 가까이 가는 바람에 흙덩이가 파여 흐르는 물에 첨벙 빠졌다.

"라이쿠! 라이쿠!"

덤불들이 다시 씰룩거렸다. 로크는 죽은 나무 옆에서 멈추고 쳐다보았다. 반쯤 가려진 머리와 가슴이 자신을 바라보고 있었다. 잎사귀들과 머리카락 뒤에 하얀색 뼈 같은 것이 있었다. 그 사람의 얼굴은 눈 위와 입 아래 하얀 뼈 같은 것이 있어서 원래 사람의 얼굴이어야 하는 길이보다 길었다. 그 사람이 덤불 속에서 옆으로 돌아 로크의 어깨 너머를 쳐다보았다. 막대기가 똑바로 솟아올랐고 그 중간에 뼈 한 덩이가 매달려 있었다. 로크는 막대기와 뼈 덩어리와 얼굴 위 뼈 같은 것 안에 있는 작은 눈을 유심히 살폈다. 갑자기 로크는 그 사람이 막대기를 자신에게 내밀고 있다는 것을 알았지만 그 사람도 로크도 강을 건널 수 없었다. 로크는 머릿속에서 들리는 비명 소리의 울림이 아니었다면 웃었을 것이다. 막대기의 양끝이 점점 짧아지기 시작했다. 그러더니 그것이 갑자기 다시 길어졌다.

로크 옆에 있는 죽은 나무에 목소리가 생겼다.

"타가닥!"

그의 귀가 씰룩거렸고 그는 나무를 향해 돌았다. 그의 얼굴 옆에 잔가지가 하나 자라 있었다. 그 가지에서 다른 사람과 기러기와 로크의 배가 먹지 말라고 일러 주는 쓴맛 나는 열매 냄새가 났다. 가지 끝에는 하얀 뼈가 있었다. 뼈 양쪽에 고리가 있고 고리 안쪽에 갈색의 끈적거리는 물질이 매달려 있었다. 그의 코가 그 물질을 조사했고 그는 기분이 좋지 않았다. 그는 잔가지의 손잡이를 찬찬히 냄새 맡았다. 가지의 잎사귀들은 빨간색 깃털이었고 기러기를 연상시켰다. 그는 일반화된 놀라움과 흥분에 빠져 있었다. 그는 반짝이는 물 건너편에 있는 초록색 무리를 향해 소리쳤고 라이쿠가 울며 답하는 것을 들었으나 무슨 말인지 알아들을 수 없었다. 마치 누군가가 갑자기 입을 손으로 감싼 것처럼 말이 끊겼다. 그는 물가로 뛰어갔다가 돌아왔다. 기슭 양쪽으로 덤불들이 홍수 진 물속에서 촘촘히 자라 헤엄치고 있었고 물 아래 덤불 끝에는 잎사귀 몇 장이 펼쳐져 있었다. 덤불들이 몸을 기울였다.

머릿속에서 들리는 라이쿠의 목소리의 울림이 섬을 향해 있는 이 위험한 덤불의 길을 보며 그를 떨게 했다. 그는 평상시에는 마른 땅에 뿌리내리고 있었을 덤불들을 향해 재빨리 몸을 던졌고 그의 발이 첨벙댔다. 그가 몸을 앞으로 던지고 손과 발로 가지를 잡았다. 그가 소리쳤다.

"내가 갈게!"

반은 엎드리고 반은 기면서 두려움에 커다란 미소를 띤 채 로크는 강 쪽으로 움직여 갔다. 그는 아래쪽의 축축함을 볼 수 있었다. 도처에 검고 굽은 줄기들이 꽂혀 있고 사방이 비밀스러웠다. 그의 무게를 온전히 지탱해 줄 만한 곳은 없었다. 그는 무게를 사지와 몸통에 분산시켜야 했을 뿐 아니라 가지들이 부러져 계속 움직이며 항상 두 곳에 있어야 했다. 그의 몸 아래쪽에 있는 물이 어두워졌다. 수초가 길게 걸려 펄떡거리고 햇빛이 위아래로 마구잡이로 비치면서 모든 가지 뒤의 수면에 물결이 생겼다. 그는 반쯤 가라앉아 있고 본래의 강바닥 위로 드리워 있는 마지막 키 큰 덤불에 다다랐다. 순간 그는 펼쳐진 물과 섬을 보았다. 폭포 옆의 물보라 기둥을 잠시 엿보고 절벽의 바위들을 보았다. 그러자 더 이상 움직이고 있지 않았기 때문에 발밑의 가지들이 휘기 시작했다. 가지들이 바깥쪽 아래로 꺾여 그의 머리가 발보다 아래에 있었다. 그는 횡설수설하며 아래로 가라앉았고 물이 올라오며 로크의 얼굴을 보여 주었다. 로크의 얼굴 위로 떨리는 빛 한 줄기가 비쳤지만 그는 이(齒)를 볼 수 없었다. 로크의 이 아래쪽에서 수초가 매번 사람의 키만큼 넓게 앞뒤로 움직이고 있었다. 하지만 이와 물결 아래 있는 나머지 것들은 어둠 속에 멀리 떨어져 있었다. 강을 따라 미풍이 불자 덤불들이 옆으로 부드럽게 흔들렸다. 그의 손과 발이 고통스럽게 오므라들고 그의 몸의 모든 근육이 뻣뻣해졌다. 그는 오래된 사람들이나 새로운 사람들에 대한 생각을 멈췄다. 그는 로크가 잔가지를 들고 깊은 물속에 거꾸로 있으면서 그를 구하려 하는 것을 경험했다.

로크는 전에는 물 한가운데 이렇게 가까이 있어 본 적이 없었다. 그 위에 피부가 있고 피부 아래에서 검은 쪼가리 같은 것들이 수면을 향해 떠올랐다. 그것들은 계속 뒤집히며 동그라미를 그리며 떠 있거나 가라앉으며 시야를 벗어났다. 초록빛을 내며 물속에서 흔들리는 돌들이 아래쪽에 있었다. 수초가 규칙적인 간격으로 사라졌다 다시 드러났다. 미풍이 잔잔해지자 덤불들이 수초처럼 주기적으로 내려갔다 올라가고 반짝이는 피부가 그의 얼굴로 다가왔다 멀어졌다. 그의 머릿속에서 그림들이 사라졌다. 두려움조차 배고픔으로 인한 고통처럼 둔해졌다. 두 손과 두 발이 가지들 위의 다발을 단단히 붙잡고 있고 이는 물속에서 웃었다.

수초가 점점 짧아졌다. 초록색 끄트머리가 강 위로 물러났다. 어둠이 다른 끝을 갉아먹었다. 어둠이 졸린 듯 꿈처럼 움직이며 복잡한 형태의 무엇으로 변하고 있었다. 그것은 흙 조각처럼 뒤집혔지만 목적이 없지는 않았다. 그것이 꼬리를 구부리고 뒤집고 그를 향해 꼬리를 굴리면서 수초의 뿌리께를 만졌다. 팔들이 조금 움직였고 누이 돌만큼이나 둔탁하게 빛났다. 그것들은 아무 추측이나 생명의 흔적 없이 수면과 깊은 물의 넓이와 숨겨진 밑바닥을 바라보며 몸과 함께 돌았다. 수초 타래가 얼굴을 가로질렀지만 눈은 깜박이지 않았다. 몸은 등이 그를 향하고 수초를 따라 떠오를 때까지 강처럼 유연하고 육중하게 움직이며 돌았다. 머리는 꿈속에서처럼 천천히 그를 향해 돌았고 물 위쪽으로 올라오며 그의 얼굴을 향했다.

로크는 늙은 여자가 자신의 어머니임에도 그녀를 늘 경외

했다. 그녀는 몸과 마음 모두 위대한 오아와 너무 가까이 살아서 사람이 두려움 없이 그녀를 바라볼 수 없었다. 그녀는 너무 많은 것을 알았고 매우 오래 살았고 그들이 추측밖에 할 수 없었던 것을 느꼈다. 그녀는 여자였다. 그녀는 이해심과 연민을 가지고 그들 모두를 감싸 안았지만 그녀의 행동에는 범접하기 어려운 고요가 있었고 그렇기 때문에 사람들은 늘 겸허와 창피함을 느낄 수밖에 없었다. 그러므로 그들은 그녀를 사랑하고 공포심 없이 그녀를 두려워했고 그녀 앞에서 눈을 낮추었다. 하지만 이제 로크는 가까이에서 그녀와 얼굴을 맞대고 눈을 맞추었다. 그녀는 자신의 몸에 가해진 상처를 무시하고 혓바닥이 보이는 채 입은 열려 있고 마치 돌에 있는 구멍에 지나지 않는 것처럼 흙이 천천히 입에 들어갔다 나왔다 했다. 그녀의 눈이 덤불과 그의 얼굴을 가로질러 보았고, 보지 않으면서 그를 꿰뚫어 보았고, 빙글빙글 돌면서 멀어지더니 사라졌다.

6

로크는 덤불을 꽉 쥐고 있던 발을 풀었다. 그것들이 아래쪽
으로 미끄러지고 그는 팔로 매달린 채 허리까지 물속에 잠겨
있었다. 그가 무릎을 올리자 털이 따끔거렸다. 비명도 나오지
않았다. 공포스러운 물은 단지 배경일 뿐이었다. 그는 몸을 휙
돌려 가지들을 더 많이 잡고 덤불과 물 사이에서 허우적거리
며 기슭에 이르렀다. 그는 강을 등신 채 서서 말처럼 떨었다.
그의 이가 보였고 그는 아직도 물 위로 몸을 들고 있는 것처
럼 팔을 뻗친 채 긴장하고 있었다. 그는 살짝 위를 보고 고개
를 빙 돌렸다. 그의 뒤에서 웃음소리가 다시 시작되었다. 몸과
웃음 사이에 긴장감이 깃들어 있었지만 그는 조금씩 그 소리
에 주의를 기울이기 시작했다. 새 사람들이 미치기라도 한 것
처럼 곳곳에서 웃음소리가 났고 다른 소리보다 조금 더 큰 남
자 목소리가 소리를 질렀다. 다른 목소리들이 잦아들고 남자

가 계속 소리쳤다. 여자가 흥분된 날카로운 웃음소리를 냈다. 그리고 침묵이 흘렀다.

햇빛이 덤불과 젖은 갈색 땅 위로 밝은 점으로 이루어진 점묘화처럼 흩어졌다. 때로는 산들바람이 강 위로 불어와 선명한 새 잎들의 방향을 살짝 돌려 빛이 다시 부서지며 흩어졌다. 바위 사이에서 여우가 날카롭게 짖어 댔다. 산비둘기 한 쌍이 둥지 짓는 시기에 대해 무미건조하게 이야기를 나누었다.

천천히 그의 머리와 팔이 내려왔다. 그는 더 이상 웃고 있지 않았다. 그가 한 발짝 앞으로 가서 돌아섰다. 그러고는 최대한 물가에 가까이 붙어 빠르지 않게 강 아래쪽으로 뛰기 시작했다. 그는 덤불을 진지하게 들여다보고 걷다가 멈춰 섰다. 그의 눈은 초점을 잃었고 얼굴에 다시 미소가 떠올랐다. 그는 너도밤나무의 흰 가지에 손을 얹고 아무것도 쳐다보지 않았다. 그가 두 손으로 가지를 잡고 살펴보았다. 그가 그것을 앞뒤로, 또다시 앞뒤로 점점 세게 흔들기 시작했다. 끝에 있는 가지들이 커다란 부채가 돼 덤불 위로 휙 지나갔고 로크가 앞뒤로 몸을 날리며 숨을 헐떡이자 강물과 몸에서 난 땀이 다리 아래로 흘렀다. 그는 흐느끼며 손을 놓았고 다시 팔을 구부리고 서서 고개를 옆으로 기울이고 그의 몸속의 모든 신경 세포가 불타는 듯 이를 꽉 물었다. 산비둘기가 계속 재잘거렸고 흩어진 햇빛이 그를 비추었다.

로크는 다시 너도밤나무에서 길을 따라 돌아가며 머뭇거리고 멈췄다가 뛰기 시작했다. 그는 죽은 나무가 있고 빨간 깃털 다발에 해가 비치는 공터로 재빨리 들어갔다. 그는 섬을 바라보며 덤불이 움직이는 것을 보았고 잔가지 하나가 빙글빙글 돌며 강을 건너오더니 그를 지나 숲으로 사라졌다. 그는 누군가가 자신에게 선물을 주려 한다는 생각에 혼란스러웠다. 그는 건너편에 있는 뼈 얼굴을 향해 미소를 지었을 테지만 그곳에는 아무도 없고 공터는 아직도 견디기 어려울 만큼 고통스러운 라이쿠의 희미한 비명 소리로 가득 차 있었다. 그는 나무에서 그 잔가지를 잡아채고 다시 뛰기 시작했다. 그는 산과 단구로 이어지는 언덕에 이르렀고 다른 사람과 라이쿠의 냄새를 확인했다. 그리고 그는 시간을 거슬러 단구로 향하는 냄새를 쫓았다. 그는 손을 꽉 내려 쥐고 너무 빨리 움직여서 왼손에 쥔 화살이 아니었다면 팔다리를 모두 쓰며 뛰는 것처럼 보였을 것이다. 그는 이 사이에 잔가지를 가로로 물고 두 손을 뻗치며 반은 뛰고 반은 기면서 언덕 위로 올라갔다. 그는 단구 입구 가까이에 이르러 바위 너머로 아래쪽에 있는 섬을 볼 수 있었다. 뼈 얼굴 중 한 명의 가슴 위쪽이 보이고 나머지 부분은 덤불로 가려져 있었다. 새로운 사람들이 그렇게 가까운 거리에서 대낮에 나타난 적은 없었고 이제 그 얼굴은 사슴 엉덩이의 하얀 자국처럼 보였다. 나무 사이 새로운 사람 뒤로 연기가 있었지만 그것은 파랗고 투명했다. 로크의 머릿속에 여러 개의 혼란스러운 그림이 있었다. 그것은 아무 그림이 없는 것보다 나빴다. 그가 이 사이에 문 잔가지를 쥐었다. 그는 자신이 뭐라고 외치는지 몰랐다.

"내가 파와 함께 갈 거야!"

그는 입구를 통과해 단구 위로 뛰어갔다. 그는 아무도 없는 것을 보고 불이 있던 돌출부에서 찬기를 느꼈다. 그가 흙더미 위로 재빨리 올라가 안을 들여다보며 섰다. 불은 흩어지고 남아 있는 사람은 무덤 아래 있는 말뿐이었다. 하지만 냄새와 흔적은 충분히 남아 있었다. 그는 돌출부의 꼭대기에서 나는 소리를 듣고 둥근 잿더미에서 펄쩍 뛰었고, 파가 바위 절벽에서 내려오고 있었다. 그녀가 몸을 떨며 두 팔로 그를 꼭 껴안았다. 그들이 서로를 바라보며 재잘거렸다.

"뼈 얼굴 사람이 그걸 나에게 주었어. 나는 언덕 위로 올라갔어. 라이쿠가 물 건너편에서 비명 소리를 냈어."

"네가 바위 아래로 내려갔을 때 나는 무서워서 바위 위로 올라왔어. 남자들이 돌출부로 왔어."

그들은 조용히 서로를 끌어안고 몸을 떨었다. 그들 사이에서 어른거리는 정돈되지 않은 그림들이 두 사람을 지치게 했다. 그들은 무기력하게 서로의 눈을 바라보았고 그러다가 로크가 자꾸만 고개를 좌우로 계속 흔들기 시작했다.

"불이 죽었어."

그들은 서로 끌어안은 채 불로 다가갔다. 파가 쭈그리고 앉아 까맣게 탄 가지들의 끝을 쑤셔 보았다. 습관의 힘이 그들을 움직였다. 그들은 각각 적절한 곳에 앉아 멍하니 물과 물이 절벽 너머로 흐르는 은빛 선을 바라보았다. 이제 돌출부 안으로 저녁 해가 비스듬히 비쳤지만 그 빛과 겨룰 반짝이는 붉은 빛은 더 이상 없었다. 파가 움직이며 마침내 말했다.

"여기 그림이 있어. 나는 아래를 내다보고 있어. 남자들이 와서 나는 숨어. 내가 숨자 늙은 여자가 그들을 만나러 가."

"그녀가 물에 있었어. 그녀가 내가 물 밖으로 나가는 것을 바라보았어. 나는 거꾸로 있었어."

그들이 다시 무기력하게 서로를 바라보았다.

"나는 남자들이 떠나고 단구로 내려왔어. 그들이 라이쿠와 새 아기를 데리고 있어."

로크 주위의 공기에 비명 소리의 환영이 어른거렸다.

"라이쿠가 강 건너에서 소리를 질렀어. 그 애는 섬에 있어."

"나는 이 그림이 보이지 않아."

로크도 보이지 않았다. 그는 두 팔을 활짝 펴고 비명 소리의 기억에 얼굴을 찡그렸다.

"섬에서 누군가가 이 가지를 내게 주었어."

파는 미늘이 있는, 뼈로 된 뾰족한 끝부터 다른 한쪽에 있는 빨간 깃털과 매끄러운 오늬까지 가지를 자세히 관찰했다. 그녀는 미늘을 다시 보고 갈색 진액을 보고 찌푸렸다. 로크의 그림이 조금 더 정돈되었다.

"라이쿠는 다른 사람들과 함께 섬에 있어."

"새 사람들."

"그들이 강 건너에서 죽은 나무를 향해 이 가지를 던졌어."

"?"

로크가 그녀가 이 그림을 자신과 함께 볼 수 있도록 노력했지만 머리가 너무 피곤해져 포기했다.

"가자!"

그들은 피 냄새를 맡으며 강 끝자락까지 따라갔다. 물가에 있는 바위에도 피가 있고 젖이 조금 있었다. 파가 두 손으로 머리를 누르고 그림을 말로 옮겼다.

"그들이 닐을 죽이고 그녀를 물속으로 던졌어. 그리고 늙은
여자도."

"그들이 라이쿠와 새 아기를 데려갔어."

이제 그들은 목적의 그림을 공유했다. 그들은 단구를 따라
함께 뛰어갔다. 파가 모퉁이에서 머뭇거렸지만 로크가 모퉁
이를 돌아 오르자 그녀가 그를 따랐고 그들은 섬이 내려다보
이는 암벽 위에 서게 되었다. 그들은 희미한 푸른 연기가 저녁
빛에 흩어지는 것을 볼 수 있었다. 하지만 곧 숲에 산의 그림
자가 생길 터였다. 로크의 머릿속에서 그림들이 잘 맞춰졌다.
그는 늙은 여자가 그곳에 있지 않을 때 불 냄새를 맡고는 늙은
여자에게 말하려고 절벽에 나타난 자신을 보았다. 하지만 그
것은 극한 새로움으로 가득 찬 하루 가운데 또 하나의 복잡한
일일 뿐이어서 그는 그 그림을 놔두었다. 덤불들이 섬의 기슭
에서 흔들리고 있었다. 파가 로크의 손목을 잡고 바위 위로 몸
을 낮추었다. 덤불들이 계속해서 흥분된 모습으로 흔들렸다.

두 사람은 보고 빨아들이며 무념으로 존재하는 눈으로 변
했다. 덤불로 가려진 통나무가 물 위에 떠 있었고 한쪽 끝은
물줄기 쪽으로 돌고 있었다. 짙은 색에 매끄러운 통나무는 비
어 있었다. 뼈 얼굴 사람들 중 한 명이 빙 도는 쪽 끝에 앉아 있
었다. 다른 쪽 끝을 가린 가지들에 덩어리 같은 것이 달려 있
었고 그것은 덤불 없이 물 위에 떠서 양쪽에 사람을 한 명씩
태우고 있었다. 통나무는 폭포를 향한 채 강 건너편으로 살짝
기울어 있었다. 물살이 통나무를 다시 하류로 쓸어 가기 시작

했다. 두 남자가 끝에 커다란 갈색 잎사귀가 달린 가지를 들어 물에 쑤셔 넣었다. 통나무는 서서히 멈추고 강이 아래에서 흐르는 동안 같은 곳에 머물렀다. 하얀 거품과 소용돌이치는 초록빛이 갈색 잎사귀로부터 강 아래로 떠내려갔다. 통나무가 옆으로 나아갔고 양쪽에는 건널 수 없는 물이 넓게 펼쳐져 있었다. 사람들은 남자들이 뼈로 만든 가면의 작은 구멍 사이로 죽은 나무 옆에 있는 기슭과 양쪽 기슭의 덤불 속을 어떻게 볼 수 있었는지 이해할 수 있었다.

통나무 앞쪽에 있는 남자가 가지를 내려놓고 대신 흰 가지를 들었다. 허리께에 빨간색 깃털이 가득했다. 잔가지가 강을 가로질러 로크에게 날아왔을 때처럼 그가 그 막대기의 중간을 잡았다. 통나무가 옆으로 움직여 기슭으로 향했고 앞에 있는 남자가 앞으로 뛰어 그의 몸이 덤불에 가려졌다. 통나무는 한자리에 머물렀고 뒤에 있는 남자가 가끔 물속으로 갈색 잎사귀를 넣었다. 폭포에서 드리운 그림자가 그에게 닿았다. 그들은 뼈 위의 머리에 머리카락이 어떻게 자랐는지 볼 수 있었다. 그것은 마치 높은 나무에 까마귀 둥지처럼 커다란 수풀이 자란 것 같았고 그가 잎사귀를 잡아당길 때마다 그것이 흔들리며 떨었다.

파도 떨었다.

"그가 단구로 올까?"

하지만 그때 첫 번째 남자가 나타났다. 통나무의 끝이 기슭에 가려 시야에서 사라졌고 다시 나타났을 때 첫 번째 남자가 다시 앉아 있고 끝에 빨간 깃털이 달린 잔가지를 손에 들고 있었다. 통나무가 폭포 쪽으로 방향을 돌렸고 두 남자가 함께 갈색 잎사귀를 물속에 담갔다. 통나무가 옆으로 움직여 깊은 물로 들어갔다.

로크가 재잘거리기 시작했다.

"라이쿠는 통나무를 타고 강을 건넜어. 그런 통나무가 어디에서 자라지? 이제 라이쿠가 통나무를 타고 돌아오고 우리는 함께 있을 거야."

그가 통나무를 탄 남자들을 가리켰다.

"그들이 잔가지를 가지고 있어."

통나무가 섬으로 돌아가고 있었다. 통나무는 먹을 것을 찾는 물쥐처럼 기슭에서 덤불들의 냄새를 맡았다. 앞쪽 끝에 있는 남자가 조심스럽게 일어났다. 그가 덤불을 밀치고 자신과 통나무를 끌어 올렸다. 반대쪽 끝이 천천히 하류로 기울어졌고 앞으로 움직이다 매달린 가지들에 가려지자 뒤에 있는 남자가 몸을 수그리고 자신의 가지를 내려놓았다.

갑자기 파가 로크의 오른팔을 잡고 흔들었다. 그녀가 그의 얼굴을 뚫어져라 쳐다보았다.

"잔가지를 줘!"

그는 그녀의 얼굴에 나타난 공포를 얼마간 공유했다. 그녀 뒤로 해가 폭포의 가장자리에서 섬의 끝에 이르기까지 비스듬한 그림자를 넓게 뻗쳤다. 그는 그녀의 오른쪽 어깨 뒤로 나무의 몸통이 아무 소리 없이 거꾸로 폭포 뒤로 넘어가는 것을 보았다. 그가 가지를 들어 살펴보았다.

"던져. 지금."

134

그가 격렬하게 머리를 흔들었다.

"안 돼! 안 돼! 새 사람들이 나한테 던져 주었어."

파가 바위 위에서 두 발자국씩 앞뒤로 왔다 갔다 했다. 그녀가 재빨리 차가운 돌출부 방향을 보고 다시 섬을 바라보았다. 그녀가 그의 양 어깨를 쥐고 흔들었다.

"새 사람들에게는 그림이 많아. 나에게도 그림이 많아."

로크가 머뭇거리며 웃었다.

"남자들에겐 그림이 있고 여자들에겐 오아가 있어."

그녀의 손가락이 그의 살을 파고들었다. 그녀의 얼굴이 그를 혐오하는 듯한 표정을 지었다.

그가 맹렬하게 말했다.

"닐의 젖 없이 새 아기가 어떻게 지내겠어? 누가 라이쿠를 위해 음식을 찾겠어?"

그가 벌어진 입 아래 있는 털을 긁적거렸다. 그녀가 손을 치우고 잠시 기다렸다. 로크는 계속 긁적거렸고 그의 머릿속에는 고통스러운 공허가 있었다. 그가 몸을 두 번 비틀었다.

"로크의 머리에는 그림이 없어."

그녀는 매우 엄숙해졌고 보이지는 않지만 느낄 수 있는 주위의 구름처럼 위대한 오아의 존재를 느낄 수 있었다. 로크는 자신이 작아지는 것을 느꼈다. 그는 초조해하며 두 손으로 잔가지를 꼭 쥐고 그녀의 시선을 피했다. 숲이 어두워지자 그는 새 사람들의 불이 그를 향해 깜박거리는 것을 볼 수 있었다. 파가 그의 머리 옆에서 말했다.

"내 말대로 해. '파, 이걸 해.'라고 말하지 마. 나는 이렇게 말할 거야. '로크, 이걸 해.' 나에겐 그림이 많아."

그는 조금 더 작아지며 그녀를 재빨리 바라보고 다시 멀리 있는 불을 바라보았다.

"잔가지를 던져."

그가 오른팔을 뒤로 흔들어 공중으로 잔가지 깃털을 힘껏 던졌다. 깃털이 느리게 움직이고 자루가 흔들리며 돌았고 잔가지가 햇빛 속에서 잠시 머물다가 뾰족한 끝이 내려오며 몸을 굽힌 매처럼 매끄럽게 그림자 속으로 들어가 미끄러지듯 떨어져서는 물속으로 사라졌다.

그는 파가 숨 막히는 듯한 소리를 내는 것을 들었다. 그것은 소리 없는 흐느낌 같은 것이었다. 그러고 나서 그녀는 그를 안고 머리를 그의 목에 놓고 마치 그녀가 무언가 어렵지만 좋은 일을 한 것처럼 웃다가 흐느끼다가 몸을 떨었다. 파 속에서는 오아를 거의 찾을 수 없었고 로크는 그녀를 위로하기 위해 두 팔로 그녀를 감쌌다. 해가 틈새에 들어와 있었고 강에 불길이 솟아 막대기 끝이 불에 타는 것처럼 폭포의 끝자락이 환하게 타올랐다. 불타는 물을 등져 어둡게 보이는 거무스름한 통나무들이 강 아래쪽으로 내려가고 있었다. 나무가 통째로 떠다녔고 뿌리가 바다의 이상한 생물처럼 행동했다. 통나무 하나가 그들 아래에서 폭포 쪽으로 향하고 있었는데, 뿌리와 가지들이 들리고 질질 끌리면서 아래로 내려갔다. 그것이 폭포 가장자리에서 잠시 머뭇거리자 불타는 물이 끝에서 거대하고 환한 빛 더미를 만들었고 나무가 잔가지처럼 서서히 공중으로 내려가 사라졌다.

로크가 파의 어깨 너머로 말했다.

"늙은 여자가 물속에 있었어."

곧 파가 그를 밀어 냈다.

"가자!"

그는 그녀를 따라 모퉁이를 돌아 수평으로 비치는 빛이 가득한 단구로 갔다. 걸어가는 그들의 몸은 나란한 한 타래의 그림자로 묶였고 한 사람이 팔을 들면 깊고 긴 어둠의 무게가 같이 들리는 것 같았다. 그들은 습관적으로 작은 언덕을 올라 돌출부로 향했지만 그곳에는 위안이 될 것이 아무것도 없었다. 양쪽의 오목한 공간이 어두운 눈처럼 그곳에 있고 그 사이에 기둥 같은 바위가 빨갛게 타오르고 있었다. 나뭇가지와 재는 아주 흙이 되었다. 파가 불 옆의 땅에 앉아 섬을 보고 얼굴을 찌푸렸다. 로크는 그녀가 두 손으로 머리를 누르자 기다렸지만 그녀의 그림을 공유할 수 없었다.

그가 오목한 공간에 있는 고기를 기억했다.

"음식."

파가 아무 말도 하지 않자 로크는 약간 소심하게, 늙은 여자의 눈을 마주쳐야 할 것처럼 더듬거리며 오목한 공간으로 갔다. 그는 고기 냄새를 맡고 둘이 충분히 먹을 만큼 가져왔다. 돌아왔을 때 그는 돌출부 위 바위에서 하이에나가 으르렁거리는 소리를 들었다. 파가 고기를 들고 로크를 보지 않고 여전히 자신의 그림을 바라보며 먹기 시작했다.

먹기 시작하자 로크는 허기가 생각났다. 그는 뼈에서 고기를 길게 뜯어 입 속에 쑤셔 넣었다. 고기에는 많은 힘이 들어 있었다.

파가 불분명하게 말했다.

"우리가 노란 사람들에게 돌을 던져."

"?"

"잔가지."

그들은 하이에나가 울고 으르렁거리는 동안 아무 말도 하지 않고 먹었다. 로크의 귀가 하이에나가 배고프다는 것을 알려 주었고 그의 코가 그들만 있다는 것을 확인시켜 주었다. 그가 골수를 꺼내려고 막대기로 뼈를 쑤시고 나서 죽은 불가에서 타지 않은 막대기를 집어 최대한 멀리 던졌다. 그는 꿀을 찾기 위해 틈새에 막대기를 쑤셔 넣는 로크의 그림이 갑자기 떠올랐다. 바다의 파도가 덮치듯 갑작스러운 감정이 몰려와 음식에 대한 만족감과 심지어 파와의 우정조차 삼켜 버렸다. 그는 뼈 속에 막대기를 쑤신 채 아직 쭈그리고 앉아 있었고 그 느낌이 그의 온몸을 관통했다. 그 느낌이 강처럼 느닷없이 들이닥쳤고 로크는 강처럼 그것을 거부할 수 없었다. 로크는 강 속의 통나무가 되었고 물이 자신의 의지대로 다루는 익사한 동물이 되었다. 그는 닐이 고개를 들었듯 고개를 들었고 틈새에서 빛이 올라가고 석양이 내려앉을 때 그의 안에서 애도의 소리가 터져 나오기 시작했다. 그는 파 가까이에 있었고 그녀가 그를 안아 주었다.

그들이 움직였을 때는 달이 떠 있었다. 파가 일어나 달을 보고 눈을 찡그리더니 섬을 바라보았다. 그녀가 강으로 내려가 물을 마시고 무릎을 꿇은 채 그곳에 머물렀다. 로크가 그녀 곁에 섰다.

"파."

그녀가 방해하지 말라고 손짓하며 계속해서 물을 바라보았다. 그러고는 일어나서 단구를 따라 뛰었다.

"통나무! 통나무!"

로크는 그녀를 따라갔지만 이해할 수 없었다. 그녀가 그들을 향해 빙빙 돌며 미끄러져 내려오는 얇은 통나무를 가리켰다. 그녀가 무릎을 꿇고 더 굵은 쪽에 있는 긴 조각을 잡았다. 통나무가 돌면서 그녀를 끌어들였다. 로크는 그녀가 바위에서 미끄러지는 것을 보고 그녀의 발을 향해 물로 뛰어들었다. 그가 그녀의 무릎 둘레를 잡았고 그들이 땅 쪽으로 가려고 안간힘을 쓰자 통나무의 반대쪽 끝이 빙글 돌았다. 파가 한 손으로 그의 머리카락을 잡고 무자비하게 잡아당겨 그의 눈에 물이 고이기 시작해 점점 많아지더니 입까지 흘러내렸다. 통나무의 반대쪽 끝이 돌며 다가와 그들을 약하게 끌며 단구 옆에 떠 있었다. 파가 뒤를 향해 말했다.

"나에게 우리가 통나무 위에서 섬으로 건너가는 그림이 있어."

로크의 머리카락이 곤두섰다.

"하지만 사람은 통나무처럼 폭포를 넘어갈 수 없어."

"조용히 해!"

그녀가 씩씩거리며 잠시 숨을 돌렸다.

"저 위 단구의 반대쪽 끝에서 바위에 통나무를 가로질러 놓을 수 있어." 그녀가 숨을 크게 내쉬며 말했다.

"사람들이 길에서 통나무를 따라 뛰어서 물을 건너."

그러자 로크가 겁에 질린 표정을 지었다.

"우리는 폭포를 넘어갈 수 없어!"

파가 인내심을 가지고 다시 설명했다.

그들은 통나무를 끌고 상류로, 단구의 끝까지 올라갔다. 이
것은 머리카락이 쭈뼛 설 만큼 어려운 일이었다. 왜냐하면 단
구가 물 위로 고른 높이에 있지 않고 가장자리에는 틈새와 노
두가 있었기 때문이다. 그들은 가면서 배워야 했다. 가는 내내
물이 때로는 약하게 때로는 그것의 음식을 빼앗기라도 하는
것처럼 갑작스러운 힘을 가지고 그들을 당겨 댔다. 통나무는
땔감처럼 죽어 있지 않았다. 때로 그것은 그들의 손에 감겼고
더 가는 쪽의 부러진 가지들이 다리처럼 바위에 뒤엉켰다. 단
구 끝에 도착하기 한참 전에 로크는 왜 자신들이 그것을 끌고
가는지 잊어버렸다. 그는 파가 갑작스럽게 크게 느껴지고 갑
자기 비참함이 몰려와 그를 압도했다는 것만 기억했다. 통나
무를 끌면서 물에 대한 공포에 질린 나머지 그가 비장함을 잘
살필 수 있을 만큼 거리가 생겼고 그는 이 사실이 싫었다. 그
비참함은 사람들과 낯섦과 관련 있었다.

"라이쿠는 배가 고플 거야."

파는 아무 말도 하지 않았다.

그들이 단구 끝까지 통나무를 가져갔을 즈음에는 달빛만이
그들을 비추고 있었다. 틈새는 파란색과 흰색이었고 납작한

강은 온통 은빛으로 덮여 있었다.

"끝을 잡아."

그가 그것을 잡고 있는 동안 파가 다른 쪽 끝을 자신의 몸에서 강 쪽으로 밀어 냈지만 물줄기가 그것을 다시 밀어 냈다. 그러자 그녀가 머리 위에 두 손을 얹고 한참 동안 쭈그리고 앉아 있었고 로크는 순종하며 멍하니 기다렸다. 그가 입을 크게 벌리고 하품을 하고 입술을 핥고 틈새 반대쪽에 있는 푸른 절벽을 바라보았다. 강 건너편에는 단구가 없고 오로지 깊은 물을 향한 가파른 비탈만 있었다. 그는 다시 하품을 하고 눈에서 흐르는 눈물을 닦으려고 두 손을 올렸다. 그는 밤을 바라보며 잠시 눈을 깜박였고 달을 조사하고 입 아래를 긁적거렸다.

파가 외쳤다.

"통나무!"

그가 다리 아래로 내려다보았지만 통나무는 없어졌다. 그는 이리저리 찾아보고 움찔하며 공중을 보았다. 통나무가 파 옆으로 떠내려가 살짝 도는 것이 보였다. 그녀가 바위를 따라 껑충껑충 뛰어 다리처럼 생긴 가시들을 붙잡았다. 몸통이 그녀를 끌어당겼다가 멈추더니 로크가 잃어버린 끝이 바깥쪽으로 돌기 시작했다. 그가 붙잡으려는 시늉을 했지만 통나무는 닿지 않았다. 파가 분노에 차서 지껄이며 그에게 소리를 질렀다. 그가 멋쩍어하며 그녀로부터 떨어졌다. 그가 "통나무, 통나무……."라고 아무 뜻 없이 혼잣말을 했다. 비참함이 조류처럼 물러났었지만 여전히 그곳에 있었다.

통나무의 반대쪽 끝이 섬의 꼬리 부분에 쿵 하고 부딪쳤다.

강물이 그것에 부딪쳐 옆으로 움직였고 통나무가 돌며 파의 손에 있는 가지들을 잡아당겼다. 가지가 꺾이면서 상처가 나며 단구 밑으로 내려가 획 하고 다시 꺾이며 탁탁 소리가 길게 났다. 더 두꺼운 쪽이 바위에 퉁, 퉁, 퉁 부딪치며 통나무가 끼었다. 물이 통나무 가운데로 세차게 흘렀고 제일 위쪽은 단구의 울퉁불퉁한 옆면에서 박살나 있었다. 통나무의 가운데 부분은 로크만큼이나 두꺼웠지만 사람의 몇 배나 길었기 때문에 물의 압력에 못 이겨 구부러졌다.

파가 그에게 다가와 그의 얼굴을 미심쩍게 바라보았다. 로크는 통나무가 그들로부터 멀어진 것처럼 보일 때 그녀가 얼마나 화를 냈는지 기억했다. 그가 염려스러운 듯 그녀의 어깨를 톡톡 쳤다.

"나에게는 그림이 많아."

그녀가 아무 말 없이 바라보았다. 그러고는 웃으며 그를 톡톡 쳤다. 그녀가 두 손을 허벅지에 놓고 살살 치며 그를 보고 웃었고 그도 그녀와 함께 손을 치며 웃었다. 달빛이 아주 밝아져 그들의 발아래에서 두 개의 청회색 그림자가 그들을 따라했다.

돌출부 옆에서 하이에나가 울부짖었다. 로크와 파는 종종걸음을 치며 그들을 향해 단구로 갔다. 아무 말 없이 그들의 그림이 하나가 되었다. 하이에나를 볼 수 있을 정도로 가까이 다가갔을 때 그들은 두 손에 돌멩이를 들고 멀찍이 떨어져 있었다. 그들이 함께 으르렁거리고 비명 소리를 내기 시작했고 귀가 쫑긋하게 생긴 형체들이 바위로 뛰어 올라가 그곳에서 어슬렁거렸다. 초록색 불꽃 같은 네 개의 눈이 회색 형체 속에서 어른거렸다.

파가 오목한 공간에서 나머지 음식을 가져왔고 그들이 단구로 뛰어 돌아가자 하이에나들이 그들을 향해 으르렁거렸다. 통나무에 다다를 즈음 그들은 기계적으로 먹고 있었다. 로크가 입술에서 뼈다귀를 꺼냈다.

"라이쿠를 위한 거야."

통나무는 혼자 있지 않았다. 그보다 작은 통나무가 옆에 있었는데 서로 부딪치며 물이 그 위로 흐르고 있었다. 파가 달빛 아래에서 앞으로 나아가 물가 쪽 끝에 발을 놓았다. 그러고는 돌아와서 물을 보고 얼굴을 찡그렸다. 그녀가 그곳에서 멀어져 단구 쪽으로 향했고 폭포의 가장자리가 깜박거리고 다시 앞으로 분출하는 하류 쪽을 바라보았다. 그녀가 멈칫하고 점검하고 멈추었다. 큰 막대기가 물에서 돌아가며 통나무에 더해졌다. 그녀가 조금 더 짧게 뛰면서 다시 시도했고 멈춰서 눈부신 물을 보며 횡설수설했다. 그녀가 통나무 주위를 돌며 뛰기 시작했는데 제대로 된 말을 하는 것이 아니라 맹렬하고 절박한 투의 소리를 냈다. 이것은 또 다른 새로운 현상이었고 로크는 겁에 질려 슬금슬금 단구 위로 사라졌다. 하지만 그는 숲속 통나무 옆에서 자신이 한 우스꽝스러운 행동을 기억하고 등이 비어 있는데도 못 했다고 그녀를 비웃었다. 그녀가 그에게 달려들어 그를 물어뜯을 듯이, 입에서 이상한 소리가 새 나올 것처럼 이를 보였다. 그의 몸이 뒤로 물러섰다.

그녀가 조용히 그를 꼭 안고 떨었고 그들은 바위 위에서 하나의 그림자가 되었다. 오아가 깃들지 않은 목소리로 그녀가 중얼거렸다.

"통나무 위로 먼저 가."

로크가 그녀를 한쪽으로 밀었다. 그들이 아무 소리도 내지 않자 비참한 느낌이 돌아왔다. 그는 통나무를 보며 로크에게 안과 밖이 있고 밖이 낫다는 사실을 알게 되었다. 그는 라이쿠를 위한 고기를 이로 꽉 물어 매달았다. 라이쿠가 그에게 매달려 있지 않았고 파가 떨고 강이 옆으로 움직여도 그는 웃기고 싶은 마음이 전혀 없었다. 그는 통나무를 끝에서 끝까지 조사하며 물이 넘치는 이쪽 가지가 갈라진 곳에 좀 널따란 부분이 있는 것을 보고는 단구로 걸어 올라갔다. 그는 거리를 재고 몸을 기울이고 앞으로 빠르게 달렸다. 통나무가 그의 발아래 있었고 미끄러웠다. 그것이 파처럼 떨면서 강 위쪽으로 비스듬히 움직여서 그는 균형을 되찾으려고 오른쪽으로 몸을 흔들었다. 이해할 수 없게도 그는 넘어지고 있었다. 그가 다른 통나무를 힘껏 밟았지만 통나무가 가라앉았고 그는 비틀거렸다. 왼쪽 발을 내밀자 그의 몸이 들렸고 물살이 구부러진 그의 무릎을 세찬 바람보다 세게 밀어 댔고 물은 얼음 여인들만큼이나 차가웠다. 그는 정신없이 뛰고 비틀거리고 뛰어올라 바위를 붙잡았고 얼굴로 라이쿠의 고기를 누른 채 위로 손을 내밀어 바위 꼭대기를 잡았다. 그가 다리를 크게 벌리고 바위 위로 올라갔고 그는 가랑이가 찢어질 것 같았다. 그가 고통스럽게 바위 위로 몸을 끌어 올리고 파를 마주 보았다. 그는 입에 고기를 물고 있어도 입에서 소리가 나온다는 것을 알게 되었다. 그 소리는 닐이 숲에서 통나무 위로 뛰어갔을 때처럼 계속되는 고음이었다. 그가 숨을 가쁘게 쉬며 조용해졌다. 통나무 더미에 통나무가 하나 더 더해졌다. 그것이 부딪치며 옆에 놓이자 물줄기에 거품이 일고 물이 반짝거렸다. 파가 발로 이 통나무를 딛어 보았다. 그녀가 통나무 하나에 한쪽 발씩 얹고 균형을 잡아 가며 조심스럽게 물 위를 걸어갔다. 그녀가 그가 누워 있는 바위에 이르러 그의 옆으로 기어 올라갔다. 그녀가 물소리보다 큰 소리로 그에게 소리쳤다.

"나는 아무 소리도 내지 않았어."

로크가 몸을 일으키고 바위가 그들과 함께 강 위로 움직이지 않는 것처럼 굴려고 노력했다. 파가 뛰어야 할 거리를 재고 다음 바위에 깔끔하게 착지했다. 그가 소리와 생소함 때문에 머리가 텅 빈 것 같은 상태에서 그녀를 따라갔다. 그들은 꼭대기에 덤불이 있는 바위에 도달할 때까지 뛰면서 기어올랐고 그곳에서 파가 엎드려 손가락으로 땅을 꽉 쥐었고 로크는 손에 고기를 가득 든 채 인내심을 가지고 기다렸다. 그들은 섬에 도착했다. 그들 양쪽으로 폭포의 가장자리가 흐르면서 여름 번개처럼 깜박거렸다. 그곳에는 새로운 소음도 있었는데, 그것은 어느 때보다 가까이에서 들려오는 섬 너머 가장 큰 폭포의 소리였다. 그 소리와는 경쟁할 수 없었다. 작은 폭포들이 남긴 소리의 흔적도 모두 지워졌다.

곧 파가 일어났다. 그녀가 섬의 정강이가 내려다보일 때까지 앞으로 갔고 로크가 그녀에게 다가갔다. 발이 옆으로 벌어지고 물 연기의 기류가 발목 안쪽으로 들어와 아래로 향하는 좁은 길만 남겨 놓았다. 로크가 쭈그리고 앉아 아래를 바라보았다.

담쟁이덩굴과 뿌리, 땅의 암초들과 튀어나온 뾰족한 바위들…… 절벽이 기울어져 자작나무의 꼭대기와 기둥이 섬을 똑바로 내려다보고 있었다. 떨어진 바위들이 여전히 절벽 아래쪽에 가만히 기대어 뒤섞여 있고 그것들의 항상 젖어 있는 어두운 형체가 나뭇잎과 절벽의 회색빛과 대조되었다. 나무들은 바위가 뿌리를 대부분 갉아먹어 위태로웠지만 여전히 꼭대기에 살고 있었다. 남은 것들은 가장자리에 있는 틈새를 꼭 붙잡고 있거나 절벽 아래로 뒤틀려 내려오고 있거나 뭉툭한 끝을 젖은 공기 속에 드리우고 있었다. 양쪽에서 물이 쏟아져 흘러내리고 거품을 내고 번쩍거렸으며 단단한 땅은 몸을 떨었다. 거의 꽉 찬 달이 높은 절벽 앞에서 휘황찬란하게 빛나고 섬의 가장 먼 곳에서 불이 타고 있었다.

사람들은 아찔한 높이에 대해 아무 말도 하지 않았다. 그들은 몸을 기울여 절벽 면에 길이 있는지 살폈다. 파가 가장자리 너머로 내려갔고 푸른 그림자가 그녀의 몸보다 잘 보였다. 그녀는 뿌리와 담쟁이덩굴 아래로 손과 발을 더듬으며 내려갔다. 로크가 다시 이로 고기를 물고 그녀를 따라갔다. 가능할 때는 눈을 가늘게 뜨고 불빛을 보며 내려갔다. 그는 불빛 옆에 가면 자신의 비참함이 치유되기라도 할 것처럼 급하게 그것을 향해야 한다는 강한 충동을 느꼈다. 그 치유책은 라이쿠와 아기만이 아니었다. 많은 그림을 가진 다른 사람들은 사람을 몸서리치게 하면서도 그 옆에 가도록 부추기는 물과 같았다.

그는 형언할 수는 없는 이 매력을 막연히 느끼며 어리석어졌다. 그는 반짝이는 동굴 같은 물이 있는 황야에서 부러진 거대한 뿌리 끝에 있는 자신을 발견했다. 그의 무게에 뿌리가 흔들리자 고기가 가슴에서 덜렁거렸다. 그는 엉켜 있는 뿌리와 담쟁이덩굴을 피해 옆으로 뛰어 비로소 다시 파를 따라갈 수 있었다.

그녀는 바위 위와 섬의 숲 속으로 앞장서 갔다. 이곳에는 길이랄 것이 거의 없었다. 다른 사람들이 부러진 덤불 사이에 그들의 냄새를 남겨 놓았고 그것이 전부였다. 파가 이유 없이 그 냄새를 따라갔다. 그녀는 반대편 끝에 불이 있으리라는 것을 알았지만 왜 그런지에 대해 답하려면 멈춰 서서 머리를 두 손으로 잡고 여러 개의 그림을 가지고 씨름해야 했다. 섬에는 둥지를 튼 새들이 많았고 새들이 사람들을 싫어해 파와 로크는 더 조심스럽게 움직이기 시작했다. 그들은 더 이상 새로운 냄새에 직접적인 관심을 가지지 않고 최소한의 소리를 내고 방해하지 않으며 숲 사이를 지나가도록 몸을 적응시켰다. 그들은 그림들을 바쁘게 공유했다. 숲의 덤불들이 뒤덮은 칠흑에 가까운 어둠 속에서 그들은 야간 시각으로 보았다. 그들은 보이지 않는 것들을 피하고 들러붙는 담쟁이덩굴을 손으로 치우고 가려진 나무딸기를 풀고 옆으로 지나갔다. 곧 그들은 새로운 사람들의 소리를 들을 수 있었다.

그들은 불도 볼 수 있었다. 아니, 불길이 비치는 것과 깜박거림을 볼 수 있었다. 빛이 섬의 다른 곳을 모두 칠흑처럼 어둡게 만들고 그들의 야간 시각을 흐리게 만들어 그들은 천천히 움직일 수밖에 없었다. 불은 이전보다 훨씬 컸고 빛이 비치는 곳은 뒤에서 햇빛이라도 비치는 것 같은 연녹색 새잎으로 가장자리가 둘러져 있었다. 사람들이 심장 박동 소리처럼 리듬이 있는 소리를 내고 있었다. 로크 앞에 선 파는 새까만 형체가 되었다.

섬의 이쪽에 있는 나무들은 키가 크고 중간에 있는 덤불들은 그 사이로 움직일 수 있을 만큼 떨어져 있었다. 로크는 그녀를 따라가 불빛의 가장자리에 있는 덤불 뒤에서 무릎과 발가락을 구부리고 도망갈 태세를 갖춘 채 서 있었다. 그들은 사람들이 선택한 빈 공간의 땅을 간신히 볼 수 있었다. 갑자기 봐야 할 것이 너무 많아졌다. 우선 나무들의 구성이 달랐다. 나무들이 쭈그리고 앉아 가지를 빽빽하게 엮어 불 양쪽으로 어둠의 동굴들을 만들었다. 새로운 사람들이 로크와 불빛 사이에 있는 땅에 앉아 있었고 머리 모양이 한 사람도 같지 않았다. 머리들은 양옆으로 뿔이 달리거나 소나무처럼 위로 솟거나 둥글거나 커다랬다. 불 너머로 불을 지필 통나무 더미의 끝이 보였고 무게에도 불구하고 빛 때문에 그것이 움직이는 것처럼 보였다.

그러더니 놀랍게도 발정기의 수사슴이 나무 더미 옆에서 소리를 냈다. 그 소리는 거칠고 격렬했고 고통과 욕망으로 가득했다. 세상 모든 수사슴 중 가장 위대한 사슴의 소리였고 세상은 그를 품기에 너무 작았다. 파와 로크는 서로를 붙잡고 그림 없이 통나무 더미를 멍하니 바라보았다. 새로운 사람들이 몸을 숙였고 그들의 모양이 바뀌며 머리가 가려졌다. 수사슴이 나타났다. 사슴은 뒷다리 두 개로 깡충 뛰는 자세를 하며 움직였고 앞다리는 옆으로 벌어져 있었다. 뿔이 달린 머리가 나무 잎사귀 사이에 있고 사슴은 새로운 사람들 너머로, 파와 로크 너머로 위를 보고 있었다. 그리고 머리를 좌우로 흔들었다. 사슴이 돌아서기 시작했고 그들은 사슴의 꼬리가 처진 채 창백하고 털이 없는 다리 위에서 펄럭거리는 것을 보았다. 사슴에게 손이 있었다.

그들은 동굴 하나에서 새 아기가 우는 소리를 들었다. 로크가 벌떡 일어나 내려가 덤불 뒤로 갔다.

"라이쿠!"

파가 그의 입을 가리고 그를 가만히 있게 했다. 수사슴이 춤을 멈췄다. 그들은 라이쿠가 부르는 소리를 들었다.

"여기 있어, 로크. 여기 있어!"

갑자기 웃음소리가 나고 새소리가 뛰어들고 비틀리고 휘날리며 모든 소리가 뒤섞여 큰 소리가 났고 한 여자가 소리를 질렀다. 불이 갑자기 쉬익 소리를 내고 하얀 증기를 내뿜으며 어두워졌다. 새사람들이 이리저리 왔다 갔다 했다. 분노와 두려움이 맴돌았다.

"라이쿠!"

수사슴이 어두침침한 빛 속에서 격렬하게 흔들렸다. 파가 로크를 잡아당기며 그를 향해 중얼거렸다. 사람들이 구부러진 막대와 곧은 막대를 가져왔다.

"빨리!"

한 사람이 오른쪽에 있는 덤불을 사납게 쳤다.

"라이쿠를 위한 음식이야!"

그가 빈터로 그것을 던졌다. 고깃덩어리가 수사슴의 발 옆에 떨어졌다. 로크는 수사슴이 증기 속에서 고기를 향해 몸을 숙이는 것을 간신히 보았고 파에게 끌려가며 발을 헛디뎠다. 새 사람들의 큰 소리는 외침, 질문과 답, 명령 등 의미 있는 일련의 소리로 가라앉았고 불붙은 가지가 빈터를 가로질러 움직이고 부채 모양의 봄 나뭇잎이 뛰어올랐다가 사라졌다. 로크는 고개를 숙이고 발로 부드러운 흙을 짓눌렀다. 머리 위 가까이에서 갑자기 숨을 헉 하고 들이쉬는 소리가 들렸다. 파와 로크는 덤불 사이에서 휘청거렸고 속도를 줄였다. 그들은 가지와 나무딸기를 가지고 예리한 기지의 기적을 발휘하기 시작했다. 하지만 이번에는 로크가 파와 그녀의 헉헉거리는 소리에서 절망을 감지했다. 그들은 몸을 내던져 질주했고 그들 뒤의 나무에서 횃불이 타올랐다. 그들은 새 사람들이 서로를 부르며 덤불 속에서 큰 소리를 내는 것을 들었다.

파가 허우적거리며 젖은 바위들을 잡았다.

"빨리! 빨리!"

그는 반짝이는 물 타래의 천둥 같은 소리 때문에 그녀의 목소리를 간신히 들을 수 있었다. 그는 그녀의 속도에 놀라며 그녀를 순순히 따라갔지만 머릿속에는 수사슴의 무의미한 춤 말고는 아무 그림도 떠오르지 않았다.

파가 절벽의 가장자리 위로 몸을 던지고 자신의 그림자 위로 누웠다. 로크는 기다렸다. 그녀가 그를 보고 헐떡거렸다.

"그 사람들은 어디 있어?"

로크가 섬을 내려다보았지만 그녀가 끼어들며 말했다.

"그들이 올라오고 있어?"

그녀가 잡아당겼던 뿌리 하나가 절벽 중턱에서 천천히 흔들렸지만 그것 말고는 절벽이 달을 바라보며 고요했다.

"아니!"

그들은 잠시 동안 조용히 있었다. 로크는 다시 물의 소리를 들었지만 듣는 동안 소리가 너무 커져 말을 해도 들리지 않았다. 그는 그들이 그림을 공유했는지 아니면 말로 이야기했는지 한가하게 생각하다가 곧 그의 머리와 몸이 무겁게 느껴지는 것에 대해 곰곰이 생각했다. 의심의 여지가 없었다. 그 느낌은 라이쿠와 관련 있었다. 그는 하품을 하고 움푹 들어간 눈을 닦고 입술을 핥았다. 파가 일어났다.

"가자!"

그들은 섬에 있는 자작나무 사이로 빨리 걷고 돌 위로 뛰어갔다. 통나무 옆에 다른 통나무들이 모여 손가락보다 촘촘한 간격으로 이쪽 강에서 떠다니는 것들과 뒤엉켜 있었다. 물이 그들 사이에서 뿜어지며 넘쳐흘렀다. 그것은 숲 속에 난 길처럼 넓게 뻗어 있었다. 그들은 쉽사리 단구에 도착해 아무 말 없이 서 있었다.

돌출부에서 실랑이를 벌이는 소리가 났다. 그들이 재빨리 뛰어가자 회색 하이에나가 도망갔다. 달이 돌출부를 환하게 비춰 오목한 공간조차 밝고 말이 묻힌 곳만 어둠 속에 있었다. 그들이 무릎을 꿇고 말의 몸이 보이는 곳 위로 흙과 재와 뼈다귀를 다시 쓸어 덮었다. 이제 땅은 더 이상 위로 툭 튀어나

오지 않고 가장 위에 있는 난로와 같은 높이가 되었다. 그들은
여전히 아무 말 없이 돌을 굴려 말을 안전하게 했다.

파가 웅얼거렸다.

"그들이 젖 없이 새 아기를 어떻게 먹이지?"

그들은 가슴과 가슴을 맞대고 서로를 안고 있었다. 그들을
에워싼 바위들은 다른 바위들과 똑같았다. 그것들을 비추던
불빛이 소멸했던 것이다. 둘은 서로를 꼭 끌어안고 가운데를
찾으면서 얼굴과 얼굴을 그대로 맞대고 넘어졌다. 그들의 몸
뚱이의 불이 켜졌고 그들은 그것에 다가가고자 안간힘을 다
했다.

7

파가 그를 한쪽으로 밀었다. 그들은 함께 일어나 돌출부를 둘러보았다. 새벽의 우울한 공기가 몰려왔다. 파가 오목한 공간으로 가 하이에나들이 건드리지 못한 살코기 몇 점과 살이 거의 떨어져 나간 뼈다귀를 가져왔다. 청회색 빛의 밤이 떠나고 사람들은 다시 구릿빛과 옅은 갈색으로 물든 붉은 빛을 띠었다. 그들은 아무 말도 하지 않고 서로에 대한 깊은 동정심을 느끼며 함께 음식을 조금씩 먹었다. 곧 그들은 허벅지에 손을 닦고 물이 있는 곳으로 가 물을 마셨다. 여전히 말도 하지 않고 그림도 공유하지 않은 채 그들은 왼쪽으로 돌아 절벽으로 이어지는 모퉁이로 갔다.

파가 멈춰 섰다.

"나는 보고 싶지 않아."

그들은 함께 돌아서서 빈 돌출부를 바라보았다.

"불이 하늘에서 떨어지거나 히스 초원에서 깨어나면 내가 불을 가지러 갈게."

로크는 불의 그림을 떠올렸다. 그것 외에는 그의 머릿속이 텅 비었고 마음 깊은 곳에서 밀려오는 감정만 뚜렷했다. 그가 단구의 반대쪽 끝에 있는 통나무들을 향해 걸어가기 시작했다. 파가 그의 손목을 잡았다.

"우리는 섬에 다시 가지 않을 거야."

로크가 두 손을 위로 들고 그녀의 얼굴을 바라보았다.

"라이쿠를 위한 음식을 찾아 놔야 해. 라이쿠가 돌아왔을 때 기운을 차리게."

파가 그의 얼굴을 깊이 응시했고 그녀의 얼굴에는 그가 이해하지 못하는 것들이 있었다. 그가 몇 발자국 옆으로 가 몸짓을 하며 어깨를 으쓱했다. 그가 멈춰 서서 안절부절못하며 기다렸다.

"안 돼!"

그녀가 그의 손목을 잡고 끌어당겼다. 그가 계속 떠들며 저항했다. 그는 자신이 무슨 말을 하는지 몰랐다. 그녀가 멈추고 그를 다시 쳐다보았다.

"너는 죽임을 당할 거야."

침묵이 흘렀다. 로크가 그녀를 바라보고 다시 섬을 보았다. 그가 왼쪽 볼을 긁었다. 파가 다가갔다.

"내가 바닷가에 있는 동굴에서 죽지 않는 아이를 낳을 거야. 불을 만들 거야."

"라이쿠가 여자가 되면 아이를 낳을 거야."

그녀가 그의 손목을 다시 놓았다.

"내 말 들어. 말하지 마. 새로운 사람들이 통나무를 가져갔고 말이 죽었어. 하가 절벽 위에 있었고 새로운 남자가 절벽 위에 있었어. 하가 죽었어. 새로운 사람들이 돌출부로 왔어. 닐과 늙은 여자가 죽었어."

그녀 뒤에서 빛이 훨씬 강하게 빛났다. 그녀의 머리 위로 하늘에 빨간 점들이 있었다. 그녀가 점점 커졌다. 그녀는 여자였다. 로크가 그녀를 향해 겸손하게 고개를 저었다. 그녀의 말들을 듣고 감정이 북받쳤다.

"새로운 사람들이 라이쿠를 데려오면 나는 기쁠 거야."

파가 화가 난 고음을 내더니 물가로 갔다가 다시 돌아왔다. 그녀가 그의 어깨를 잡았다.

"그 사람들이 새 아기에게 어떻게 젖을 주겠어? 수사슴이 젖을 만들어? 그리고 그들이 라이쿠를 다시 데려오지 않으면 어떡해?"

그가 텅 빈 머리로 겸손하게 대답했다.

"나는 이 그림이 보이지 않아."

그녀가 화가 나서 그를 떠나 돌아서더니 절벽이 시작되는 모퉁이에 손을 대고 섰다. 그는 그녀가 부들부들 떨자 어깨 근육이 씰룩거리는 것을 볼 수 있었다. 그녀는 몸을 앞으로 숙이고 오른손을 오른쪽 무릎에 놓고 있었다. 그는 그녀가 여전히 등을 돌린 채 자신을 향해 중얼거리는 것을 들었다.

"너에게는 새 아기보다도 그림이 없어."

로크가 양 손바닥의 볼록한 부분으로 눈을 눌렀다. 눈 속에서 빛살이 강처럼 비쳤다.

"밤이 없었어."

그것은 사실이었다. 밤이 있어야 할 때 회색빛만 있었다. 그
들이 함께 누운 후에 눈과 귀만 깨어 있는 것이 아니라 그것
들 속에 있는 로크도 감정이 오르락내리락하는 것을 지켜보
며 깨어 있었다. 그의 머리뼈 안이 하얗게 무리 지어 있는 가
을 덩굴 식물로 꽉 채워진 듯한 느낌이었고 그 씨앗들이 코 속
에 들어가 졸리고 재채기가 났다. 그가 두 손을 떼고 파가 있
던 곳을 향해 눈을 깜박였다. 이제 그녀는 바위 이쪽으로 돌아
와 강을 바라보고 있었다. 그녀의 손이 그를 불렀다.

통나무가 다시 나와 있었다. 그것은 섬 근처에 있었고 같은
뼈 얼굴 둘이 양쪽에 앉아 있었다. 그들이 물을 팠고 통나무가
강을 건너고 있었다. 기슭과 빽빽한 덤불에 가까워지자 통나
무가 물의 흐름과 나란해졌고 남자들은 더 이상 물을 파지 않
았다. 그들이 죽은 나무가 있는 물가의 공터를 유심히 보았다.
로크는 한 명이 돌아서서 다른 사람에게 말하는 것을 볼 수 있
었다.

파가 손을 갖다 댔다.

"저 사람들이 뭔가를 찾고 있어."

통나무가 물결을 따라 잔잔히 하류로 떠내려갔고 해가 뜨
고 있었다. 강의 제일 끝 쪽이 불길로 활활 타올라 잠시 동안
양쪽의 숲이 대조적으로 어둠 속에 있었다. 새로운 사람들이
가진 뭐라 말하기 어려운 매력이 로크의 머릿속에 있는 하얀
무리를 밀어 냈다. 그는 눈을 깜박거리는 것을 잊었다.

통나무는 폭포에서 멀리 떨어진 곳에서 떠내려갔고 더 작아 보였다. 통나무가 비스듬히 돌자 뒤에 있는 사람이 다시 물을 팠고 그러자 통나무가 로크의 눈을 똑바로 가리키게 되었다. 줄곧 두 남자는 옆에 있는 기슭을 쳐다보았다.

파가 중얼거렸다.

"통나무가 하나 더 있어."

섬의 기슭 옆에 있는 덤불들이 바삐 흔들렸다. 덤불들이 잠시 벌어졌고 이제 어디를 봐야 할지 알게 된 로크는 또 다른 통나무의 가려진 끝이 가까워지는 것을 볼 수 있었다. 한 남자가 초록색 나뭇잎 사이로 머리와 어깨를 내밀고 화가 난 듯 팔을 흔들었다. 통나무 위의 두 남자가 죽은 나무 건너편 그 남자가 손을 흔든 곳에 도착할 때까지 재빨리 물을 파기 시작했다. 이제 그들은 더 이상 죽은 나무를 보지 않고 그 남자를 보고 그를 향해 고개를 끄덕였다. 통나무가 그들을 그에게 데려가 덤불 아래로 천천히 다가갔다.

로크는 호기심으로 충천했다. 그는 크게 흥분해 섬으로 가는 새로운 길 쪽으로 뛰기 시작했고 파가 그의 그림을 공유했다. 그녀가 그를 다시 붙잡았다.

"안 돼! 안 돼!"

로크가 종알거렸다. 파가 그를 향해 소리 질렀다.

"내가 안 된다잖아!"

그녀가 돌출부를 가리켰다.

"네가 뭐라고 했어? 파에게는 그림이 많아……."

마침내 그가 조용해지더니 그녀를 기다렸다. 그녀가 엄숙하게 말했다.

"우리는 숲으로 내려갈 거야. 음식을 찾으러. 우리는 강 건너에서 저들을 볼 거야."

그들은 강에서 멀어져 새로운 사람들과 자신들 사이에 바위를 두고 비탈을 내려갔다. 숲의 가장자리에 음식이 있었다. 초록빛을 살며시 드러내는 알뿌리, 애벌레와 새싹, 나무껍질 같은 어떤 것의 부드러운 속살 등. 사슴 고기가 아직 든든히 배 속에 있어서 사람들이 배고픔이라고 이르는 정도로 배가 고프지는 않았다. 음식이 있다면 먹을 수 있었지만 음식 없이도 오늘을 어렵지 않게 지낼 수 있고 내일까지 못 먹게 되어도 견딜 수 있었다. 그래서 그들은 절박하게 음식을 찾지 않았고 곧 새로운 사람들에 매료된 그들은 다시 물가 덤불로 갔다. 그들은 진흙 속에 발가락이 빠진 채 서서 폭포 소리 사이로 새로운 사람들의 인기척에 귀를 기울였다. 때 이른 파리가 로크의 코에서 윙윙거렸다. 공기가 따뜻하고 햇빛이 부드럽고 밝게 비쳐 로크는 다시 하품을 했다. 그는 새로운 사람들이 새소리 같은 대화를 나누고 삐거덕거리고 쿵쿵거리며 설명할 수 없는 소리를 내는 것을 들었다. 파가 죽은 나무 옆에 있는 공터 가장자리로 살며시 가 땅에 엎드렸다.

물 건너에 아무것도 보이지 않았지만 삐거덕거리고 쿵쿵거리는 소리는 계속되었다.

"파. 죽은 나무 몸통 위로 올라가서 봐."

그녀가 얼굴을 돌려 의심에 찬 얼굴로 그를 바라보았다. 갑자기 그는 그녀가 거절하고 새로운 사람들로부터 도망가 자신들과 라이쿠 사이에 엄청난 시간의 틈새를 두자고 말하려 한다는 것을 깨달았다. 이것을 아는 것은 견딜 수 없는 일이었다. 그는 재빨리 팔다리를 모두 땅에 딛고 살며시 앞으로 가죽은 나무의 가려진 쪽으로 올라갔다. 순식간에 그는 먼지투성이에 쉰 냄새가 나는 어두운 담쟁이덩굴에 부스스한 머리를 파묻고 있었다. 그가 텅 빈 나무 꼭대기에 오르기도 전에 파의 머리가 그를 뒤따랐다.

나무 꼭대기는 커다란 도토리 깍지처럼 텅 비어 있었다. 부드럽고 하얀 나무가 무게에 눌려 으스러졌고 음식으로 가득차 있었다. 담쟁이덩굴이 위아래로 어둡게 드리워 있어 마치 땅 위의 덤불 속에 앉아 있는 것 같았다. 다른 나무들이 그 위로 높이 솟아 있었지만 강과 섬의 초록색 무리 쪽으로 하늘이 보였다. 알을 찾는 것처럼 잎사귀를 조심스럽게 옆으로 치우면서 로크는 얼굴의 눈 쪽만 보이게 구멍을 만들 수 있다는 것을 알게 되었다. 구멍의 가장자리만 살짝 움직이자 그는 강과 다른 쪽 기슭들을 볼 수 있었다. 구멍 주위에 있는 진녹색 잎사귀들 때문에 시야가 훨씬 밝아졌다. 그것은 손을 둥글게 말고 그 사이로 바라보는 것과 비슷했다. 왼쪽에 있는 파가 망보는 장소를 만들고 있었고 그 자리의 가장자리에는 팔꿈치를 기댈 만한 곳까지 있었다. 새로운 사람들을 구경할 때마다 그랬듯 로크의 마음이 무거워졌다. 그는 호사스럽게 몸을 편안히 했다. 그리고 갑자기 모든 것을 잊고 조용해졌다.

섬 옆의 덤불에서 통나무가 미끄러져 나왔다. 두 남자가 조심스럽게 물을 파자 통나무가 돌았다. 통나무가 로크와 파를 향해 강 건너로 움직였지만 그들이 아니라 상류를 가리키고 있었다. 통나무의 빈 곳에는 새로운 물건들이 많았다. 바위와 튀어나온 가죽 모양의 것들이었다. 잎사귀가 떨어진 긴 막대기부터 나뭇가지들과 시들어 가는 초록빛 잔가지들 등 온갖 종류의 막대도 있었다. 통나무가 가까이 왔다.

마침내 그들은 새로운 사람들을 대낮에 마주 보게 되었다. 그들은 이해할 수 없을 만큼 이상했다. 머리카락은 검은색이고 도무지 이해 불가능한 방식으로 자랐다. 앞에 앉아 있는 뼈 얼굴 사람은 머리카락이 소나무처럼 곧게 서 있어 안 그래도 너무 긴 그의 얼굴이 무언가가 무자비하게 위로 끌어당기는 듯 길게 뻗어 있었다. 다른 뼈 얼굴 사람은 머리가 어마어마하게 큰 덤불처럼 생겨 죽은 나무에서 자라는 담쟁이덩굴처럼 머리카락이 사방으로 자라 있었다.

그들은 허리와 배와 다리 윗부분에 털이 무성하게 자라 있어서 이 부분이 나머지 부분보다 육중해 보였다. 하지만 로크가 즉시 그들의 몸을 쳐다본 것은 아니었다. 그는 그들의 눈주위에 있는 물건을 보느라 정신이 없었다. 하얀 뼈가 눈 바로 아래 놓여 있고 넙적한 콧구멍이 보여야 할 곳에 좁고 긴 구멍 두 개가 있고 그 사이에 뼈가 뾰족하게 튀어나와 있었다. 그 아래에는 입 쪽에 긴 구멍이 하나 더 있고 그들의 목소리가 그 사이로 새어 나왔다. 긴 구멍 아래로 검은 털이 조금 튀어나와 있었다. 이 뼈 사이로 모든 것을 내다보는 검은 눈이 쉴 새 없이 움직였다. 눈 위로는 입이나 콧구멍보다 가느다란 검은색 눈썹이 옆으로 길게 그리고 위로 뻗어 있어 그 사람들은 말벌처럼 위협적으로 보였다. 털이 소복한 회색빛 피부 위로 목둘레에는 이빨과 조개껍질을 엮은 줄이 걸려 있었다. 눈썹 위로는 뼈가 불룩 튀어나오고 뒤쪽으로 이어지다 머리카락에 가려졌다. 통나무가 가까이 오자 로크는 그 색깔이 진짜 뼈처럼 하얗고 반짝이지 않고 좀 더 어두운 색인 것을 볼 수 있었다. 그것은 사람들이 먹는 알곡이나 커다란 버섯 같은 색깔이고 질감도 비슷했다. 그들의 팔과 다리는 빼빼 말라서 관절이 잔가지의 마디처럼 보였다.

통나무 안을 거의 볼 수 있게 된 로크는 통나무가 전에 본 것보다 훨씬 넓다는 것을 알게 되었다. 아니, 그보다는 두 개의 통나무가 나란히 움직이는 격이었다. 이 통나무에 더 많은 짐들과 이상하게 생긴 것들이 놓여 있고 남자 한 명이 그 가운데 옆으로 누워 있었다. 그의 몸과 뼈는 다른 사람들과 비슷했지만 그의 머리는 빤짝이고 밤톨처럼 뾰족한 머리카락이 무성하게 자라 있었다. 그가 뾰족한 잔가지로 무언가를 하고 있었고 굽은 막대기가 옆에 놓여 있었다.

통나무가 기슭을 향해 옆으로 떠갔다. 뒤에 있는 남자(로크는 그의 이름이 소나무라고 생각했다.)가 조용히 말했다. 덤불이 나무 잎사귀를 내려놓고 기슭의 풀을 잡았다. 밤톨 머리가 굽은 막대기와 잔가지를 들고 통나무를 살며시 가로질러 가 땅에 쭈그리고 앉았다. 로크와 파는 거의 그의 바로 위에 있었다. 그들은 그에게서 나는 특유의 냄새를 맡을 수 있었다. 바다 냄새, 고기 냄새가 나는 무시무시하고 흥분되는 냄새였다. 그는 바로 아래 언제든 그들의 냄새를 맡을 수 있을 만큼 가까이 있었고 로크는 갑자기 공포를 느끼며 자신이 무엇을 하는지도 몰랐지만 자신의 냄새를 억제했다. 로크는 나뭇잎들이 더 자연스럽게 움직이도록 숨 쉬기를 최소한으로 줄였다.

밤톨 머리가 그들 바로 아래 햇빛이 비치는 곳에 섰다. 잔가지가 굽은 막대기에 가로놓여 있었다. 그가 죽은 나무 주변을 이리저리 살폈고 땅을 조사하고 다시 숲을 향해 앞을 바라보았다. 그가 배에 있는 다른 사람들을 향해 옆으로 돌아보고 긴 구멍 사이로 말했다. 부드러운 재잘거림이 새 나오면서 흰색 뼈가 흔들렸다.

로크는 그곳에 존재하지 않는 큰 가지의 존재를 믿었던 것만큼이나 큰 충격을 느꼈다. 그는 뒤죽박죽이 된 느낌으로 그 뼈 밑에는 말의 얼굴, 파의 얼굴, 로크의 얼굴이 있지 않다는 것을 이해하게 되었다. 그것은 피부였다.

덤불과 소나무가 통나무를 덤불에 연결시키며 가죽띠로 무언가를 했다. 그들이 재빨리 통나무에서 나와 앞으로 가 시야에서 사라졌다. 곧 누군가가 돌로 나무를 치는 소리가 들렸다. 밤톨 머리도 앞으로 살금살금 나와 시야에서 가려졌다.

이제는 통나무 말고는 흥미로운 것이 아무것도 없었다. 보이는 안쪽은 매우 매끄럽고 반짝거렸고 바깥쪽은 바닷물이 돌아간 후 햇빛을 받아 마를 때 바위 위에 남는 흰색 물질 같은 긴 얼룩이 있었다. 가장자리는 뼈 얼굴 사람의 손이 놓였던 곳곳이 꺼지고 둥글어져 있었다. 그 안의 물건들은 너무 다양하고 많아서 분류하기 어려웠다. 둥근 돌, 나뭇가지, 동물 가죽, 로크보다 큰 꾸러미 등이 있고, 선명한 빨간색의 무늬들과 살아 있는 듯한 형태로 자란 뼈들이 있고, 갈색 잎사귀의 사람들이 잡는 쪽 끝은 갈색 물고기처럼 생기고, 각종 냄새들이 있고, 질문은 있으나 답은 없었다. 로크는 보지 않고 쳐다보았고 그림이 미끄러져 사라졌다가 다시 합쳐졌다. 물 건너편에 있는 섬에서는 아무 움직임도 없었다.

파가 그의 손을 만졌다. 그녀가 나무에서 몸을 돌렸다. 로크가 조심스럽게 그녀를 따라갔고 그들은 아래 공터를 내려다볼 수 있는 엿보는 구멍을 만들었다.

친숙한 것들이 이미 변화돼 있었다. 공터 왼쪽에 엉켜 있는 덤불과 고인 물은 같았고 오른쪽에 있는 칠흑 같은 늪도 마찬가지였다. 하지만 숲 사이로 길이 공터에 닿는 곳에 덤불들이 무성히 자라 있었다. 이 덤불 사이에 틈새가 있었는데 그들이 쳐다보고 있을 때 소나무가 다른 가시덤불을 어깨에 메고 틈새로 들어오는 것이 보였다. 줄기는 하얗고 뾰족했다. 그의 뒤쪽 숲에서 나무 패는 소리가 계속 났다.

파에게서 공포가 전해졌다. 그것은 공유된 그림이 아니라 일반적인 감가과 쓴 냄새, 정적과 고뇌에 찬 주의력, 부동 상태와 긴장된 의식이었고 같은 감정들을 그에게 자아내기 시작했다. 이전 어느 때보다도 확실히 두 명의 로크가 있었다. 안과 밖의 로크였다. 안쪽의 로크는 계속 쳐다볼 수 있었다. 하지만 바깥쪽의 로크는 숨을 쉬고 듣고 냄새를 맡고 항상 깨어 있어서 또 다른 피부처럼 집요하고 그를 조여들었다. 그것은 그의 뇌가 그림을 이해하기 훨씬 전에 두려움에 대한 지식과 위험의 감지를 그에게 강요했다. 그는 이전 어느 때보다 공포에 떨었다. 하와 바위에 쭈그리고 앉아 있을 때 고양이 한 마리가 자신들을 죽일 가치가 있는지 쳐다보고 생각하며 서성거릴 때보다 공포스러웠다.

파의 입이 그의 귀에 다가왔다.

"우리는 갇혔어."

가시덤불이 펼쳐졌다. 공터로 쉽사리 갈 수 있는 길에는 가시덤불이 아주 빽빽했다. 하지만 이제 다른 것들도 있고 고인 물과 늪가에 그것들이 두 줄로 늘어서 있었다. 공터는 강가의 물 쪽으로만 반쯤 열려 있었다. 세 명의 뼈 얼굴들이 가시덤불을 더 많이 가지고 마지막 틈새로 들어왔다. 이와 함께 그들이 뒤쪽 길을 닫았다.

파가 그의 귀에 속삭였다.

"그들이 우리가 여기 있는 걸 알아. 우리가 가 버리는 걸 원치 않아."

하지만 뼈 얼굴들은 그들을 계속 무시했다. 덤불과 소나무가 돌아가고 통나무가 서로 부딪쳤다. 밤톨 머리가 숲 쪽으로 얼굴을 향하며 한 줄로 늘어선 가시덤불 주위를 천천히 돌기 시작했다. 그들은 내내 굽은 막대기를 잔가지가 가로놓인 상태로 잡고 있었다. 가시덤불이 가슴까지 올라왔고 저 멀리 초원에서 황소가 고함치자 그가 멈춰 서서 고개를 들었고 막대기가 조금 펴졌다. 산비둘기들이 다시 말하기 시작했고 태양이 죽은 나무 꼭대기를 내려다보며 두 사람 위에 따뜻한 숨결을 내뱉었다.

누군가가 요란하게 물을 팠고 통나무가 부딪쳤다. 나무가 부딪치고 끌리는 소리와 새소리가 났다. 그러자 두 명의 다른 남자들이 죽은 나무 아래를 지나 공터로 왔다. 첫 번째 사람은 다른 사람들과 같았다. 그의 머리는 머리 꼭대기에 다발로 뭉쳤다가 펼쳐져 그가 움직일 때마다 까닥거렸다. 다발이 곧장 가시덤불로 가서 숲을 쳐다보기 시작했다. 그 역시 굽은 막대기와 잔가지를 가지고 있었다.

두 번째 남자는 다른 사람들과 달랐다. 몸이 더 넙적하고 키가 작았다. 몸에 털이 많고 머리카락은 마치 기름 덩어리를 문지른 것처럼 매끈했다. 머리카락이 목 뒤에 공 모양으로 달려 있었다. 머리 앞쪽에는 머리카락이 전혀 없어서 버섯처럼 연한 색의 넓고 무시무시한 뼈 피부가 귀 바로 위까지 펼쳐졌다. 로크는 이제야 처음으로 새 남자들의 귀를 보게 되었다. 그것들은 작고 머리 옆에 꽉 조여져 있었다.

다발과 밤톨 머리는 쭈그리고 앉아 있었다. 그들이 파와 로크가 만들어 놓은 발자국에서 잎사귀와 풀잎을 치웠다. 다발이 위를 보고 말했다.

"투아미."

밤톨 머리가 손을 펴고 발자국을 더듬었다. 넙적한 사람이 돌과 가지 더미에 몰두하다가 그들을 향해 몸을 돌렸다. 그가 재빨리 어울리지 않는 섬세한 새소리를 냈고 그들이 화답했다. 파가 로크 귀에 대고 말했다.

"그게 저 사람의 이름이야……."

투아미와 다른 이들이 몸을 숙여 발자국을 보고 고개를 끄덕였다. 나무 가까이 땅이 굳은 곳에는 발자국이 보이지 않았고 새 남자들이 땅에 코를 갖다 대겠다고 로크가 생각했을 때 그들이 몸을 펴고 일어났다. 투아미가 웃기 시작했다. 그가 웃고 지저귀며 폭포 쪽을 가리켰다. 그러고 나서 웃음을 멈추더니 손바닥을 쳐서 큰 소리를 내며 한마디 말하고 돌과 가지 더미로 돌아갔다.

마치 한마디의 말이 공터를 바꾸어 놓은 것처럼 새 사람들이 긴장을 풀기 시작했다. 밤톨 머리와 다발이 여전히 숲을 지켜보았지만 그들은 공터 양쪽에 한 명씩 서서 가시덤불과 구부러지지 않은 막대기 너머로 지켜보았다. 소나무는 얼마간 꾸러미들을 전혀 건드리지 않았다. 그가 한 손을 어깨에 놓고 가죽 한 조각을 당겨 걸치고 있는 가죽 밖으로 나왔다. 이것이 마치 사람의 손톱 아래 가시를 본 것처럼 로크에게 상처를 주었다. 하지만 소나무는 개의치 않고 사실 기뻐하고, 자신의 하얀 피부 속에서 편안하고 시원해하는 것을 로크는 보았다. 그는 가느다란 허리와 아랫부분을 사슴 가죽 조각으로 꽉 조이고 있는 것 외에는 이제 로크처럼 벌거벗은 상태였다.

이제 로크는 두 가지 다른 것을 볼 수 있었다. 새 사람들은 그가 이전에 본 어떤 것과도 다르게 움직였다. 그들은 두 다리로 딛고 균형을 잡고 있었고 그들의 허리는 너무 가늘어서 움직일 때마다 몸이 앞뒤로 흔들렸다. 그들은 땅을 쳐다보지 않고 똑바로 앞을 바라보았다. 그리고 그들은 그저 배고픈 정도가 아니었다. 로크는 누군가가 굶주린 것을 보면 금방 알아챘다. 새 사람들은 죽어 가고 있었다. 그들의 살갗은 말이 죽기 전에 그랬던 것처럼 뼈에 붙어 있었다. 그들은 비록 어린 가지의 우아한 유연함을 가지고 움직였지만 속도가 매우 느렸다. 그들은 똑바로 걸었고 이미 죽었어야 마땅했다. 로크가 보지 못하는 무언가가 그들을 떠받치고 고개를 받치고 천천히 저항할 수 없도록 그들을 앞으로 미는 것 같았다. 로크는 자신이 그들처럼 말랐다면 이미 죽었으리라는 것을 알았다.

다발이 죽은 나무 아래 땅에 자신의 가죽을 던지고 커다란 꾸러미를 끌어당겼다. 밤톨 머리가 재빨리 그를 도우러 왔고 그들은 함께 짐을 끌어당겼다. 로크는 그들이 서로를 보며 웃을 때 얼굴에 주름이 지는 것을 보았고, 그러자 갑작스럽게 그들에 대한 애정이 몰려오며 무거운 감정들이 몸 아래로 밀려났다. 그는 그들이 무게를 나누는 것을 이해할 수 있었고 절박한 그 노력과 무게를 몸소 느꼈다. 투아미가 돌아왔다. 그가 자신의 가죽을 벗고 몸을 뻗고 긁적거리며 땅에 무릎을 꿇었다. 그가 갈색 땅이 보일 때까지 잎사귀 더미를 쓸었다. 오른손에 작은 막대기를 쥔 채 그가 다른 남자들과 이야기를 했다. 모두들 끄덕거렸다. 통나무가 서로 부딪치고 물가에서 시끄러운 목소리가 들려왔다. 공터에 있는 남자들이 입을 다물었다. 다발과 밤톨 머리가 가시덤불 주위에서 다시 움직이기 시작했다.

그러고 나서 새로운 남자가 나타났다. 그는 키가 크고 다른 사람들처럼 마르지 않았다. 입 아래와 머리 위의 털은 말처럼 흰색과 회색이었다. 털은 구름처럼 곱슬곱슬했고 그 아래에는 양쪽 귀에 커다란 고양이 이빨이 걸려 있었다. 남자가 그들을 등지고 있어서 그들은 그의 얼굴을 볼 수 없었다. 그들은 머릿속으로 그를 노인이라고 불렀다. 그가 투아미를 내려다보며 섰고 그의 거친 목소리가 힘겹게 투척되었다.

투아미가 더 많은 자국을 만들었다. 그들이 그 일에 합류했고 로크와 파는 갑자기 늙은 여자가 말의 몸 주위에 선을 그리는 그림을 공유했다. 파가 로크를 향해 곁눈질을 하더니 손가락 하나로 살살 아래를 찌르는 동작을 했다. 감시를 하지 않는 남자들이 투아미 주위에 모여 서서 노인과 서로 이야기했다. 그들은 로크와 파라면 그랬을 것처럼 손동작을 하거나 말의 의미를 춤으로 표현하지 않고 오히려 얇은 입술을 펄럭거렸다. 노인이 팔로 동작을 하고 투아미를 향해 몸을 숙였다. 그가 투아미에게 무언가 말을 했다.

투아미가 고개를 흔들었다. 남자들이 그에게서 조금 떨어지더니 나란히 앉았고 다발만 계속 감시했다. 파와 로크는 투아미가 나란한 털북숭이 머리 위로 무엇을 하는지 쳐다보았다. 투아미가 공터의 반대쪽으로 재빨리 돌아갔고 그들은 그의 얼굴을 볼 수 있었다. 그의 눈썹 사이에 수직선이 여러 개 있고 그가 선을 그릴 때 그의 혀끝이 그 선을 따라 움직였다. 나란한 머리들이 다시 재잘대기 시작했다. 한 남자가 작은 막대기를 몇 개 들어 부러뜨렸다. 그가 그것을 한 손으로 쥐자 모두 하나씩 가져갔다.

투아미가 일어나서 꾸러미로 가 가죽 가방을 꺼냈다. 그 안에는 돌과 나무와 형태 들이 있었고 그가 땅에 있는 자국 옆에 그것들을 배열했다. 그러고는 남자들 앞, 자국과 그들 사이에 쪼그리고 앉았다. 곧 남자들이 입으로 소리를 내기 시작했다.

말소리에 손뼉을 치는 날카로운 찰싹 소리가 더해졌다. 그 소리는 마치 폭포 아래 항상 변함없는 작은 언덕에 물이 흐르는 것처럼 휘몰아치고 요동치고 쏟아져 내리는 듯 들렸지만 내내 같은 형태를 유지했다. 로크의 머리는 그것을 너무 오랫동안 쳐다봐 졸려진 것처럼 폭포로 가득 차기 시작했다. 새 사람들이 서로를 좋아하는 광경을 본 이후로 그의 피부가 조금 이완되었다. 이제 목소리와 찰싹 소리에 하얀 무리가 그의 머릿속에 돌아왔다. 찰싹! 소리가 계속되었다.

나무 바로 아래에서 발정 난 수사슴의 울음소리가 요란하게 울렸다. 하얀 무리가 로크의 머릿속을 떠났다. 남자들이 그들의 각양각색의 머리카락이 땅에 닿을 때까지 몸을 숙였다. 수사슴 중의 수사슴이 춤을 추며 공터로 나아갔다. 그가 나란한 머리들이 있는 곳으로 와 자국이 있는 곳 건너편으로 춤을 추며 가더니 돌아서서 가만히 있었다. 그가 다시 요란한 소리를 냈다. 그러자 산비둘기들이 서로 이야기하는 가운데 공터에 정적이 흘렀다.

투아미가 매우 분주해졌다. 그가 자국에 물건들을 던지기 시작했다. 그가 팔을 앞으로 뻗어 중요한 몸동작을 했다. 맨땅에는 가을 나뭇잎, 빨간 열매, 서리의 하얀색 그리고 불이 바위에 남기는 광택 없는 검은색 등의 색깔이 있었다. 남자들의 머리카락은 계속 땅에 놓여 있고 그들은 아무 말도 하지 않았다.

투아미가 편안히 앉았다.

로크의 몸을 꽉 조여 오는 피부가 한겨울처럼 으스스했다.

공터에는 수사슴이 한 마리 더 있었다. 그 사슴은 자국이 있던 곳에 납작하게 누워 있었다. 그것은 앞으로 달리고 있었지만 남자들의 목소리와 폭포 아래의 물처럼 한곳에 머물렀다. 그것은 번식기에 띠는 색깔이었지만 매우 뚱뚱했고 짙고 작은 눈이 담쟁이덩굴 사이로 로크의 눈을 갑자기 보았다. 로크는 들킨 기분이 들어 웅크리고 내려와 음식이 기어 다니고 간질이는 부드러운 나무로 몸을 웅크렸다. 그는 보고 싶지 않았다.

파가 그의 손목을 잡고 그를 다시 끌어 올렸다. 그는 두려워하며 잎사귀에 눈을 갖다 대고 납작한 수사슴의 시선을 돌려주었지만 남자들이 그 앞에 서 있어 보이지 않았다. 소나무가 왼손에 나뭇조각을 들고 있었는데, 그것은 윤기가 나고 가장 끝 쪽에는 가지나 가지의 조각이 붙어 있었다. 소나무의 손가락 하나가 이 가지와 함께 뻗어 있었다. 투아미가 그의 앞에 섰다. 그가 나뭇조각의 다른 끝을 잡았다. 소나무가 서 있는 수사슴과 납작한 수사슴에게 이야기를 했다. 그들은 그가 애원하는 소리를 들을 수 있었다. 투아미가 오른손을 공중으로 들었다. 수사슴이 요란한 소리를 냈다. 투아미가 세게 쳤고 이제 번쩍이는 돌이 나무 속으로 파고들었다. 소나무는 일이 초 동안 잠시 서 있었다. 그러고는 윤기가 나는 나무에서 조심스럽게 손을 들었고 가지 위에 긴 손가락이 남아 있었다. 그가 돌아서서 다른 이들과 같이 앉았다. 그의 얼굴은 이전보다 뼈처럼 생겼고 그는 천천히 휘청거리며 움직였다. 다른 남자들이 손을 들어 그를 부축해 앉혔다. 그는 아무 말도 하지 않았다. 밤톨 머리가 가죽을 하나 꺼내 그의 손을 묶었고 수사슴들은 그가 끝낼 때까지 기다렸다.

투아미가 나뭇조각을 뒤집었고 손가락이 잠시 붙어 있다가 퍽 하는 소리와 함께 떨어졌다. 그것은 붉은색 수사슴 위에 떨어졌다. 투아미가 다시 앉았다. 옆으로 기대고 있는 소나무의 어깨 위로 두 남자가 팔을 둘렀다. 깊은 고요가 내려앉아 폭포 소리가 더 가깝게 들렸다.

밤톨 머리와 덤불이 일어나 누워 있는 수사슴에게 다가갔다. 그들은 한 손에 굽은 막대기를, 다른 손에는 빨간 깃털이 달린 잔가지를 들고 있었다. 서 있는 수사슴이 마치 무언가를 가지고 물을 뿌리듯 손을 움직이고는 손을 내밀어 고사리 잎을 모든 사람의 볼에 갖다 댔다. 그들이 팔을 아래로 뻗고 오른쪽 팔꿈치를 뒤로 올린 채 땅에 있는 수사슴 위로 몸을 숙이기 시작했다. 그러더니 휙! 휙! 소리가 나고 잔가지 두 개가 수사슴의 심장에 꽂혀 있었다. 그들이 몸을 구부려 잔가지를 빼냈고 수사슴은 움직이지 않았다. 앉아 있는 사람들이 손뼉을 치기 시작해 폭포 아래 언덕 소리를 끊임없이 냈고 로크는 하품을 하고 입술을 핥았다. 밤톨 머리와 덤불은 여전히 막대기를 가지고 서 있었다. 수사슴이 요란한 소리를 냈고 남자들이 머리카락이 땅에 닿도록 몸을 숙였다. 수사슴이 다시 춤을 추기 시작했다. 그의 춤이 목소리를 연장시켰다. 그가 더 가까이 와 나무 아래를 지나 시야에서 사라졌고 목소리가 멈췄다. 그들 뒤쪽, 죽은 나무와 강 사이에서 수사슴이 한 번 더 요란한 소리를 냈다.

투아미와 다발이 길을 가로질러 길 위에 있는 가시덤불 쪽으로 재빨리 뛰어가 한쪽을 잡아당겼다. 그들이 열린 곳의 양쪽에 서서 뒤로 물러났고 로크는 그들의 눈이 감긴 것을 볼 수 있었다. 밤톨 머리와 덤불이 굽은 막대기를 들고 앞으로 살금살금 나아갔다. 그들이 열린 곳을 지나 숲 속으로 소리 없이 사라졌고 투아미와 다발이 가시들을 놓아 넘어지게 했다.

해가 이동해 투아미가 만든 수사슴이 죽은 나무의 그림자 냄새를 맡고 있었다. 소나무는 나무 아래 땅에 앉아 약간 떨고 있었다. 남자들이 배가 고파 게으른 듯 꿈처럼 천천히 움직이기 시작했다. 노인이 죽은 나무 밑에서 나와 투아미에게 말하기 시작했다. 이제 그의 머리카락은 머리에 꽉 묶여 있고 햇살이 점점이 그 위로 미끄러져 내렸다. 그가 앞으로 나아가 수사슴을 내려다보았다. 그가 한쪽 발을 내밀고 수사슴의 몸뚱이를 둥글게 문지르기 시작했다. 수사슴은 아무것도 하지 않고 그저 가려질 뿐이었다. 잠시 후 땅에는 아무것도 없고 몇몇 색깔 조각과 아주 작은 눈이 있는 머리 하나만 남았다. 투아미가 돌아서서 혼잣말을 하고 꾸러미로 가서 짐을 뒤졌다. 그가 무겁고 한쪽 끝은 이빨의 표면처럼 주름이 있고 다른 한쪽은 뭉툭하게 간 뾰족한 뼈를 꺼냈다. 그가 무릎을 꿇고 작은 돌로 뭉툭한 끝을 문지르기 시작했고 로크는 뼈를 깎는 소리를 들을 수 있었다. 노인이 그에게 가까이 와서 우렁찬 소리로 웃으며 뼈를 가리키고 무언가를 가슴에 쑤셔 넣는 시늉을 했다. 투아미는 머리를 숙이고 계속해서 문질렀다. 노인이 강을 가리키고 다시 땅을 가리키고 긴 연설을 하기 시작했다. 투아미가 뼈와 돌을 자신의 허리에 있는 동물 가죽에 쑤셔 넣고 일어나 죽은 나무 아래로 지나가 사라졌다.

노인이 말을 멈췄다. 그가 공터의 중간쯤에 있는 꾸러미 위에 조심스럽게 앉았다. 눈이 아주 작은 수사슴의 머리가 그의 발밑에 있었다.

파가 로크의 귀에 대고 말했다.

"그는 전에도 떠났어. 그는 다른 수사슴을 무서워해."

로크는 서서 춤을 추고 요란한 소리를 내던 수사슴의 그림이 즉각 생생하게 떠올랐다. 그가 동의하며 고개를 끄덕였다.

8

파가 아주 조심스럽게 몸을 옮겨 다시 자리를 잡았다. 로크가 곁눈질로 그녀가 빨간 혓바닥으로 입술을 닦는 것을 보았다. 그들은 순간적으로 침묵하며 하나가 되었고 잠시 동안 로크는 분리된 두 개의 파를 보고 매우 강한 의지로만 그 둘을 합칠 수 있다는 것을 알았다. 담쟁이덩굴 안쪽에서는 수많은 벌레들이 윙윙거리거나 몸에 들러붙어 근질거리게 했다. 햇빛 조각들 사이의 그림자가 떨어져 햇빛의 높이가 달라질 때까지 가라앉았다. 말의 이상한 말들이나 늙은 여자의 말이 그림들과 함께 떠올라 새 사람들의 목소리와 섞였고 로크는 무엇이 무엇인지 헷갈렸다. 해가 불처럼 따뜻하고 일 년 내내 과일이 열리는 여름 나라에 있는 말의 목소리로 아래에 있는 노인이 말할 리 없고 공터의 가시덤불과 꾸러미들이 돌출부와 섞일 리 없었다. 매우 불쾌한 기분이 물웅덩이처럼 가라앉아 퍼져 나갔다. 로크는 이제 그 기분에 거의 적응되었다.

팔목에 통증이 느껴졌다. 그는 눈을 뜨고 짜증을 내며 아래를 내려다보았다. 파가 팔목을 손으로 잡아 그 양쪽으로 그의 살이 아프게 솟아 있었다. 그러고 나서 매우 선명하게 새 아기가 우는 소리가 들려왔다. 새로운 사람들이 지저귀는 소리와 고음의 웃음소리가 마치 그들이 모두 아이가 된 것처럼 새롭게 솟아올랐다. 파가 나무에서 다시 강 쪽으로 몸을 돌렸다. 잠시 동안 로크는 해와 의식 속의 꿈들과 새로운 사람들이 뒤섞여 있는 생각으로 멍하니 있었다. 새 아기의 울음소리를 다시 듣고 로크는 파와 함께 몸을 돌려 강 쪽을 살펴보았다.

두 개의 통나무 중 하나가 기슭 쪽으로 움직이고 있었다. 투아미가 뒤에 앉아 물을 파고 있었고 통나무의 나머지 부분에는 사람들이 가득 타고 있었다. 벌거벗은 몸과 빈 젖가슴을 보니 그들은 여자들이었다. 그들은 남자들보다 훨씬 작고 몸에는 뗄 수 있는 털이 남자들보다 적었다. 그들의 머리카락은 남자들보다 덜 놀랍고 덜 복잡했다. 얼굴은 쭈글쭈글하고 몸은 매우 말랐다. 투아미와 꾸러미들과 쭈글쭈글한 여자들 사이에 로크의 시선을 단호히 사로잡은 존재가 있어 로크는 다른 사람들을 유심히 볼 시간이 거의 없었다. 그녀 역시 여자였는데, 허리 둘레에 반짝거리는 털이 있었다. 털은 위로 솟아 양팔 위로 둥글게 올라가서는 머리 뒤에 주머니 형태로 달려 있었다. 그녀의 빛나는 검은 머리칼이 흰 얼굴 주위에 꽃잎처럼 둥글게 펼쳐졌다. 그녀의 어깨와 젖가슴은 새하얗고 새 아기가 그 주위에서 몸부림치고 있어 대조적으로 훨씬 하얗게 보였다. 아기가 물에서 멀어져 그녀의 어깨를 기어올라 뒤에 있는 털주머니를 잡으려 했고 그녀의 쭈글쭈글한 얼굴은 웃고 있고 입은 열려 있어 로크는 그녀의 이상하게 생긴 하얀 이를 볼 수 있었다. 볼거리가 너무 많았고 그는 보이는 것들을 입력하고 지금은 잘 모르지만 나중에 기억할지도 모르는 눈이 되었다. 여자는 노인과 마찬가지로 다른 사람들보다 뚱뚱했지만 그처럼 늙지 않았고 그녀의 젖꼭지에 젖이 맺혀 있었다. 새 아기가 그녀의 반짝이는 머리카락을 잡고 그녀가 자신을 잡아당기려 하는데도 위로 기어올랐다. 그녀는 얼굴을 들고 고개는 비스듬히 기울이고 있었다. 웃음소리가 예쁜 찌르레기 소리처럼 솟아올랐다. 통나무가 그가 엿보는 구멍의 범위 아래로 미끄러졌고 로크는 기슭에서 덤불들이 한숨 쉬는 소리를 들었다.

그가 파 쪽으로 몸을 돌렸다. 얼굴에 소리 없는 미소를 지은 채 그녀가 고개를 흔들고 있었다. 그녀가 그를 보았고 그는 그녀의 눈이 물로 그렁그렁 차 있어 막 넘쳐 날 것 같은 것을 보았다. 그녀가 웃음을 멈췄다. 그녀의 얼굴이 옆구리에 긴 가시가 꽂힌 고통을 견디는 것처럼 보일 때까지 일그러졌다. 그녀의 입술이 닫혔다 열렸고 그녀가 숨을 내쉬지 않았지만 그는 그녀가 그 말을 했다는 것을 알았다.

"젖……."

웃음소리가 사라지고 대신 재잘거리는 소리가 들려왔다. 통나무에서 물건을 꺼내 둑에 던지는 육중한 소리가 들리기 시작했다. 로크가 담쟁이덩굴에 다른 구멍을 만들어 내려다보았다. 그는 옆에서 파가 이미 똑같이 했다는 것을 알았다.

뚱뚱한 여자가 새 아기를 다독였다. 그녀는 물가에 서 있었고 아기가 그녀의 젖가슴을 빨고 있었다. 다른 두 여자가 꾸러미를 잡아당기거나 손으로 솜씨 좋고 날렵하게 만지고 열며 주위를 맴돌았다. 그중 키가 크고 마른 사람은 허리에 사슴 가죽을 두르고 있었고 아직 아이라는 것을 로크는 볼 수 있었다. 그녀가 발아래 땅에 놓인 가방을 쳐다보고 있었다. 다른 여자들 중 한 명이 그것을 열었다. 로크가 보고 있을 때 그 가방의 형태가 발작적으로 바뀌는 것이 보였다. 입구가 열리고 곧 라이쿠가 굴러 떨어졌다. 그녀가 팔다리로 딛고 떨어지더니 위로 뛰어올랐다. 라이쿠의 목에는 긴 가죽 조각이 연결돼 있고 그녀가 뛰어오르자 여자가 달려들어 그것을 잡았다. 라이쿠가 공중에서 돌아 쿵 소리와 함께 등 쪽으로 떨어졌다. 다시 예쁜 찌르레기 소리가 났다. 라이쿠가 세게 잡아당기고 뛰어 돌아다니더니 큰 나무 아래 쪼그리고 앉았다. 로크는 그녀의 둥근 배와 그녀가 오아 인형을 배 위로 잡고 있는 것을 볼 수 있었다. 가방을 연 여자가 긴 가죽을 나무에 둘러 묶었다. 그리고 자리를 떠났다. 뚱뚱한 여자가 라이쿠 쪽으로 가서 로크는 그녀의 반짝이는 머리 꼭대기와 머리카락이 두 부분으로 나뉘는 곳의 가느다란 하얀 선을 볼 수 있었다. 그녀가 라이쿠에게 무슨 말을 하고 무릎을 꿇고 웃으며 새 아기를 젖가슴에 대고 다시 말했다. 라이쿠는 아무 말도 하지 않고 오아 인형을 배에서 가슴으로 올렸다. 여자가 일어나서 자리를 떠났다.

굶주려서 느릿하게 걷는 소녀가 와서 자기 키만큼 라이쿠에게서 떨어져 쪼그리고 앉았다. 그녀가 아무 말도 하지 않고 라이쿠를 쳐다보았다. 두 아이가 잠시 동안 서로를 쳐다보았다. 라이쿠가 꿈틀거렸다. 그녀가 나무에서 무언가를 따서 입에 넣었다. 소녀가 바라보았고 눈썹 사이에 곧은 선이 나타났다. 그녀가 고개를 흔들었다. 로크와 파가 서로를 쳐다보고 간절하게 고개를 흔들었다. 라이쿠가 나무에서 버섯을 하나 더 뜯어 소녀에게 주었으나 그녀는 뒤로 물러났다. 그리고 다시 앞으로 나와 조심스럽게 그것을 낚아채 갔다. 그녀가 머뭇거리다가 음식을 입에 넣고 씹기 시작했다. 그녀는 다른 여자들이 사라진 곳을 재빨리 좌우로 살펴보며 음식을 삼켰다. 라이쿠가 아이들만 먹을 수 있을 정도로 작은 조각을 하나 건네주었다. 소녀가 다시 삼켰다. 그리고 그들은 조용해지더니 서로를 바라보았다.

소녀가 오아 인형을 가리키며 질문을 했지만 라이쿠가 아무 말도 하지 않아 잠시 동안 침묵이 흘렀다. 그들은 소녀가 라이쿠를 머리부터 발끝까지 살펴보는 것을 볼 수 있었고 라이쿠는 보이지 않았지만 아마 같은 행동을 하고 있었을 것이다. 라이쿠가 가슴에서 오아 인형을 떼어 어깨 위에 놓았다. 갑자기 소녀가 이를 보이며 웃자 라이쿠도 웃었고 그들은 함께 웃었다.

로크와 파도 웃었다. 로크의 감정이 따뜻하고 밝게 변했다. 그는 밖의 로크가 위험한 일에 대비해야 한다고 주장하지만 않았다면 춤추고 싶은 기분이었다.

파가 자신의 머리를 로크의 머리에 갖다 댔다.

"어두워지면 라이쿠를 데리고 도망갈 거야."

뚱뚱한 여자가 물가로 왔다. 그녀가 털을 깔고 앉았고 그들은 새 아기가 그녀와 함께 있지 않은 것을 보았다. 털이 그녀의 팔에서 미끄러져 내려 그녀는 허리까지 벌거벗었고 머리카락과 피부가 햇살 아래 빛났다. 그녀가 팔을 머리 뒤로 들고 고개를 숙이더니 머리카락에 무늬를 짜기 시작했다. 갑자기 꽃잎들이 검은 뱀들이 되어 어깨와 젖가슴으로 내려왔다. 그녀가 말(馬)처럼 머리를 흔들자 뱀들이 뒤로 날아가고 그녀의 젖가슴이 다시 보였다. 그녀가 머리에서 가느다란 하얀색 가시들을 꺼내 물가에 있는 작은 더미 속에 넣었다. 그러고 나서 무릎께를 더듬거리더니 손가락처럼 갈라진 뼈 조각을 들었다. 그녀가 손을 들어 뼈 손가락이 머리카락 사이로 계속 지나가도록 했다. 그녀의 머리카락은 더 이상 뱀들이 아니라 반짝거리는 검은색 폭포 같았고 하얀 선이 머리 위에 깔끔하게 놓여 있었다. 그녀가 더 이상 머리카락을 만지작거리지 않고 가끔씩 말을 하며 두 소녀를 바라보았다. 마른 소녀가 땅에 잔가지들을 놓고 위쪽을 한데 모았다. 라이쿠는 소녀를 바라보며 아무 말도 하지 않고 기는 자세로 있었다. 뚱뚱한 여자가 라이쿠의 머리를 만지기 시작했다. 그녀가 머리카락을 꼬고 손을 그 사이로 넣고 매끄럽게 하고 뼈 손가락을 여기저기 넣고 고개를 숙였다. 머리카락이 또 다른 무늬가 돼 위로 수북이 올려지고 꼬아져 묶였다.

로크는 투아미의 말소리를 들었다. 뚱뚱한 여자가 재빨리 털을 들어 어깨 위로 올렸고 그녀의 배꼽과 펑퍼짐한 하얀 엉덩이가 가려졌다. 그녀의 젖가슴만 보이다가 털이 그것을 감쌌다. 그녀가 나무 아래서 곁눈질을 했고 로크는 그녀가 투아미와 이야기한다는 것을 알았다. 그녀가 계속 웃으며 말했다.

노인이 공터에서 큰 소리로 말했고 이제 로크는 아이들에게만 집중하지 않게 돼 새로운 소리가 얼마나 많은지 이해했다. 나무를 쪼개는 소리와 불이 바스락하는 소리가 났고 사람들이 무언가를 두드렸다. 노인뿐 아니라 다른 사람들도 고음의 새소리를 내면서 지시했다. 로크는 행복하게 하품을 했다. 어둠이 깔릴 테고 그러면 라이쿠를 등에 업고 재빨리 달아날 것이다.

투아미가 나무 아래로 돌아가 노인과 이야기를 나누었다. 통나무 뒤쪽에서 소나무가 나타났다. 통나무 안에는 나무가 높이 쌓여 있고 그 뒤 물속에서 섬에 있는 공터에서 온 무거운 통나무들이 헤엄치고 있었다. 해가 하늘에서 가장 높은 지점에 있다가 하강하고 있었기 때문에 그의 그림자가 그의 앞쪽에 있었다. 해가 통나무 주위의 조각난 물에서 빛나자 로크는 눈이 부셔 깜박거렸다. 소나무와 뚱뚱한 여자가 머리를 만지며 잠시 이야기를 나누었다. 그러자 로크 아래에서 노인이 나타나 몸짓을 하며 시끄럽게 말했다. 뚱뚱한 여자가 턱을 들고 그를 올려다보며 웃고 그를 향해 곁눈질했다. 강에 반사된 빛이 조각나며 그녀의 하얀 피부 위로 떨며 지나갔다. 노인이 다시 자리를 떴다.

아이들은 서로 매우 가까이 있었다. 마른 소녀가 잔가지로 만든 동굴 위로 몸을 굽히고 있었고 라이쿠는 가죽띠가 닿을 수 있는 한 죽은 나무에서 떨어져 소녀 곁에 쭈그리고 있었다. 마른 소녀가 오아 인형을 손에 들고 이리저리 돌리며 호기심을 갖고 그것을 관찰했다. 그녀가 라이쿠에게 말을 하고 오아 인형을 조심스럽게 동굴 안에 눕혔다. 라이쿠가 애정이 담긴 눈으로 마른 소녀를 바라보았다.

뚱뚱한 여자가 일어나 털을 매만졌다. 그녀의 목에 반짝거리는 물건이 걸려 젖가슴 사이로 내려와 있었다. 로크는 그것이 사람들이 가끔씩 지겨워질 때까지 가지고 놀던 예쁜 노란색 돌이라는 것을 알게 되었다. 뚱뚱한 여자가 엉덩이를 흔들며 앞으로 나와 공터로 사라졌다. 라이쿠가 마른 소녀에게 말하고 있었다. 그들이 손가락으로 서로를 가리켰다.

"라이쿠!"

마른 소녀가 활짝 웃었다. 그녀가 손뼉을 쳤다.

"라이쿠! 라이쿠!"

그녀가 자신의 가슴을 가리켰다.

"타나킬."

라이쿠가 엄숙한 표정으로 소녀를 쳐다봤다.

"라이쿠."

마른 소녀가 고개를 흔들었고 라이쿠도 고개를 흔들었다.

"타나킬."

라이쿠가 매우 조심스럽게 말했다.

"타나킬."

마른 소녀가 소리치고 손뼉을 치고 웃으며 위로 펄쩍 뛰었다. 쭈글쭈글한 여자들 중 한 명이 와 라이쿠를 바라보고 섰다. 타나킬이 라이쿠를 가리키고 고개를 끄덕거리고 종알거리다가 조용해지더니 라이쿠에게 조심스럽게 말했다.

"타나킬."

라이쿠가 얼굴을 찌푸렸다.

"타나킬."

세 명이 함께 웃었다. 타나킬이 죽은 나무로 가 관찰하며 이야기를 하고 라이쿠가 준 노란색 버섯 조각을 손으로 잘랐다. 그녀가 그것을 입에 넣었다. 쭈글쭈글한 여자가 소리를 질러 라이쿠가 넘어졌다. 쭈글쭈글한 여자가 타나킬의 어깨를 맹렬하게 내리치며 소리를 지르고 고함쳤다. 타나킬이 재빨리 손을 입으로 가져가 버섯을 꺼냈다. 여자가 버섯을 손에서 쳐내자 그것이 강에 떨어졌다. 그녀가 라이쿠를 향해 고함쳤고 라이쿠는 쏜살같이 나무로 달려갔다. 여자가 손이 닿지 않는 거리에서 라이쿠 쪽으로 몸을 숙이고 사납게 소리 질렀다.

"아!" 그녀가 말했다. "아!"

그녀가 타나킬을 향해 몸을 돌려 계속 말하며 한 손은 엉덩이에 걸치고 다른 손으로 소녀를 밀었다. 그녀가 밀고 이야기하며 타나킬을 공터로 가게 했고 타나킬이 뒤를 돌아보며 마지못해 갔다. 그러자 그녀도 시야에서 사라졌다. 라이쿠가 잔가지 동굴로 살금살금 가 오아 인형을 휙 낚아채 가슴에 안고 다시 나무가 있는 곳으로 급히 갔다. 쭈글쭈글한 여자가 돌아와 라이쿠를 쳐다보았다. 얼굴의 주름 몇 개가 사라졌다. 잠시 그녀는 아무 말도 하지 않았다. 그러고는 가죽띠가 미치지 않는 거리를 유지하며 몸을 숙였다.

"타마킬."

라이쿠는 꼼짝하지 않았다. 여자가 잔가지를 들어 살며시 내밀었다. 라이쿠가 의심스러운 듯 받아 들고 냄새를 맡고는 땅에 떨어뜨렸다. 여자가 다시 말했다.

"타나킬?"

산비둘기들이 답을 하고 물에 반사된 빛이 여자의 얼굴에 파르르 흘렀다.

"타나킬!"

라이쿠는 아무 말도 하지 않았다. 곧 여자가 자리를 떠났다. 파가 로크의 입에서 손을 뗐다.

"라이쿠에게 말하지 마."

그녀가 그를 보고 얼굴을 찌푸렸다. 여자가 라이쿠에게서 멀어지자 로크의 얼굴에 일던 경련이 잦아들었다. 밖의 로크가 조심해야 한다고 스스로를 타일렀다.

공터에서 시끄러운 소리가 났다. 로크와 파는 다시 몸을 돌렸다. 큰 변화가 있는 것을 볼 수 있었다. 중간에서 밝은 불이 활활 타고 짙은 연기가 하늘로 솟았다. 공터 양쪽에는 새 사람들이 통나무에 싣고 온 가지로 만들어진 돌출부, 그러니까 동굴들이 지어져 있었다. 대부분의 꾸러미들이 사라져 불가에 공간이 충분했다. 사람들이 그곳에 모여 다 함께 이야기하고 있었다. 그들은 노인을 향하고 있었고 그가 그들의 말에 대꾸했다. 마치 자신은 다른 사람인 양 한쪽에 서 있는 투아미를 제외하고 모두 노인을 향해 팔을 내밀고 있었다. 노인이 고개를 흔들고 소리쳤다. 사람들이 모두 등을 돌리고 안쪽을 향했고 서로 중얼거렸다. 그러고 나서 다시 노인을 향해 소리쳤다. 노인이 고개를 흔들고 뒤로 돌아 왼쪽의 돌출부로 갔다. 사람들이 여전히 소리를 지르며 투아미 주위를 에워쌌다. 그가 한 손을 들어 올렸고 그들이 조용해졌다. 그가 통나무가 타는 불 너머로 삐죽 나온 채 땅에 여전히 누워 있는 수사슴의 머리를 가리켰다. 그가 숲을 향해 고개를 휙 돌렸고 사람들이 다시 시끄러워졌다. 노인이 동굴에서 나와 투아미처럼 손을 들어 올렸다. 잠시 정적이 흘렀다.

노인이 매우 큰 소리로 한 단어를 내뱉었다. 곧 사람들이 큰 소리로 웅성대기 시작했다. 심지어 그들의 느린 행동이 조금 빨라졌다. 뚱뚱한 여자가 동굴에서 이상하게 생긴 꾸러미를 가져왔다. 그것은 동물 한 마리의 통가죽이었는데 동물이 마치 물로 만들어진 것처럼 흐늘거렸다. 사람들이 속이 빈 나뭇조각을 가져다 동물 아래 내밀었고 즉시 그 속에 물이 생겼다. 그것이 하나씩 채웠고 로크는 물이 나무 속에 떨어지며 반짝이는 것을 볼 수 있었다. 뚱뚱한 여자는 새 아기와 행복하게 놀 때처럼 동물을 가지고도 행복한 모습이었다. 모든 사람이 행복했고 심지어 노인은 껄껄 웃기도 했다. 사람들은 강에 물이 많은데도 자신의 나뭇조각에서 물이 쏟아지지 않도록 조심스럽게 들고 불가로 갔다. 그들은 무릎을 꿇거나 천천히 앉아 나무를 입에 갖다 대고 물을 마셨다. 투아미가 뚱뚱한 여자 옆에 앉아 웃으며 무릎을 꿇었고 동물이 그의 입속에 물을 만들었다. 파와 로크는 얼굴을 찡그리며 나무 속에서 웅크리고 앉았다. 로크의 목구멍에서 덩어리 하나가 오르락내리락

했다. 나무의 음식이 그의 위로 기어 올라왔고 그는 아무 생각 없이 그것을 하나씩 입에 넣으며 얼굴을 찡그렸다. 그는 입술을 핥고 얼굴을 찡그리고 다시 하품을 했다. 그러고는 라이쿠를 내려다보았다.

마른 소녀가 다시 돌아와 있었다. 소녀에게 쉰 냄새 같은 다른 냄새가 났지만 그녀는 쾌활했다. 소녀가 고음의 새의 언어로 라이쿠에게 말하기 시작했고 곧 라이쿠는 나무에서 조금 떨어졌다. 타나킬이 불 주위에 사람들이 모여 있는 곳을 곁눈질해 보고 나서 라이쿠에게 부드럽게 다가왔다. 소녀가 나무 몸통에 묶여 있는 가죽띠에 손을 대고 풀기 시작했다. 가죽띠가 풀렸다. 타나킬이 그것을 손목에 감고 참새가 여름에 날아다니듯 휘휘 돌고 아래로 내려오는 동작을 했다. 그녀가 나무 주위를 돌아다녔고 가죽띠가 그녀와 함께 다녔다. 그녀가 라이쿠를 부드럽게 당기며 말했고 두 소녀는 함께 멀어졌다.

타나킬이 계속 이야기했다. 라이쿠는 그녀 가까이에 붙어 있었고 그들은 라이쿠의 귀가 움찔하는 것을 보고 그녀가 두 귀를 쫑긋 세워 이야기를 듣는다는 것을 알았다. 로크는 그들이 어디로 가는지 보기 위해 다른 구멍을 뒤적거려야 했다. 타나킬이 라이쿠를 데리고 꾸러미를 보러 갔다.

로크는 졸음이 쏟아졌고 공터가 보이도록 보는 방향을 바꾸었다. 노인이 들썩이며 걸어 다니면서 한 손으로 입 아래에 있는 회색 털을 잡았다. 경계를 하거나 불을 지피는 사람들 말고는 모두 죽은 사람처럼 땅에 납작하게 누워 있었다. 뚱뚱한 여자가 다시 동굴로 들어갔다.

노인이 무언가 결정을 내렸다. 로크는 그가 얼굴에서 손을 어떻게 떼는지 볼 수 있었다. 그가 손뼉을 크게 치고 말하기 시작했다. 불가에 누워 있던 남자들이 마지못해 일어났다. 노인이 그들을 설득하며 강을 가리켰다. 남자들 사이에 침묵이 흘렀고 이어서 그들이 고개를 세게 흔들며 갑작스럽게 말했다. 노인의 목소리가 화난 목소리로 바뀌었다. 그가 물가로 걸어가 멈춰 서서 어깨 너머로 말하며 텅 빈 통나무를 가리켰다. 꿈꾸는 남자들이 풀이 숭숭 나고 잎이 여기저기 있는 땅 위로 천천히 걸어왔다. 그들이 조용히 혼잣말을 하고 서로 이야기했다. 여자가 타나킬을 향해 소리를 지르자 노인이 소리를 지르기 시작했다. 꿈꾸는 남자들은 강기슭으로 내려가 아무 행동이나 말을 하지 않고 통나무를 쳐다보며 서 있었다. 물컹거리는 동물에서 나는 물의 쉰 냄새가 퇴락한 가을의 냄새처럼 위로 올라왔다. 투아미가 공터를 가로질러 가 그들 뒤에 섰다.

노인이 연설을 했다. 투아미가 고개를 끄덕이며 그곳을 떠났고 잠시 후 로크는 무언가를 탁탁 자르는 소리를 들었다. 두 남자가 덤불에서 가죽띠를 가지고 물속으로 뛰어들어 첫 번째 통나무의 뒤쪽 끝을 강 쪽으로 밀고 다른 쪽 끝을 기슭으로 가져왔다. 그들이 통나무의 양 끝에 서서 그것을 들기 시작했다. 그러고는 헉헉거리며 통나무 안으로 몸을 숙였다. 노인이 두 손을 위로 들고 다시 소리쳤다. 그러더니 가리켰다. 남자들이 다시 깊은 숨을 쉬었다. 투아미가 매끄럽게 다듬어진 나뭇가지를 가져왔다. 남자들이 강기슭의 무른 흙을 파기 시작했다. 로크가 라이쿠를 찾기 위해 자신의 둥지에서 몸을 돌렸다.

그는 타나킬이 줄에 달린 조개껍질들과 언뜻 봤을 때 그저 잠들었거나 죽은 것처럼 보일 정도로 생명이 깃든 것처럼 보이는 오아 등 온갖 좋은 것들을 라이쿠에게 보여 주는 것을 볼 수 있었다. 그녀가 가죽띠를 느슨하게 들고 있었는데, 라이쿠가 마치 로크가 그네를 태우거나 재미난 놀이를 할 때 바라보는 표정으로 자기보다 나이 많은 소녀를 바라보며 가까이에 있었기 때문이다. 틈새에서 햇빛의 곧은 줄기가 비스듬히 비치고 있었다. 노인이 소리를 지르기 시작했고 그 목소리를 듣고 여자들이 동굴에서 하품을 하며 기어 나왔다. 그가 다시 소리치자 여자들은 남자들이 그랬던 것처럼 서로 이야기를 나누며 나무 아래로 어기적어기적 모였다. 경계 서는 사람과 두 아이 말고는 아무도 보이지 않았다.

나무와 강 사이에서 새로운 종류의 외침이 들려왔다. 로크는 무슨 일인지 보려고 몸을 돌렸다.

"아호! 아호! 아호!"

새로운 사람들이 남녀 할 것 없이 몸을 뒤로 기울였다. 통나무는 투아미가 가져온 나무 위에 코를 대고 있었다. 통나무 양쪽에 눈이 있었기 때문에 로크는 이쪽 끝이 코임을 알았다. 그는 그 전에는 그것을 보지 못했는데, 그것이 이제는 어둡게 변하고 반쯤 씻겨 나간 하얀색 물질에 가려 있었기 때문이다. 사람들은 가죽띠로 통나무에 연결돼 있었다. 노인이 그들을 격려하고 있었고 그들은 헐떡거리며 발로 부드러운 땅을 파 흙덩어리를 밀어 내며 몸을 뒤로 젖혔다. 그들이 몸을 비틀며 움직였고 통나무가 내내 쳐다보며 그들을 따라갔다. 로크는 그들이 나무 아래로 지나가 시야에서 사라질 때 그들의 얼굴에서 주름과 땀을 볼 수 있었다. 노인이 그들을 따라가며 계속 외치는 소리가 들렸다.

타나킬과 라이쿠가 죽은 나무로 돌아왔다. 라이쿠는 한 손으로 타나킬의 손목을, 다른 손으로는 오아 인형을 잡고 있었다. 외치는 소리가 그쳤고 모든 사람이 우울하게 저벅저벅 시야 안으로 돌아와 강가에 줄을 섰다. 투아미와 소나무가 두 번째 통나무 옆의 물속으로 들어갔다. 타나킬이 그것을 보려고 앞으로 걸어갔지만 라이쿠는 몸을 뒤로 웅크렸다. 타나킬이 그녀에게 설명했지만 라이쿠는 물 근처에 가려고 하지 않았다. 타나킬이 가죽띠를 당기기 시작했다. 라이쿠는 손과 발로 땅을 딛고 버텼다. 갑자기 타나킬이 쭈글쭈글한 여자처럼 라이쿠를 향해 소리 지르기 시작했다. 그녀가 막대기를 들고 날카로운 목소리로 말하며 다시 당기기 시작했다. 라이쿠는 여전히 꿈쩍하지 않았고 타나킬이 그녀의 등을 막대기로 때렸다. 라이쿠가 울부짖었고 타나킬은 당기고 때렸다.

"아호! 아호! 아호!"

두 번째 통나무의 코가 기슭에 있었으나 이번에는 더 이상 오르지 않았다. 통나무가 뒤로 미끄러져 사람들이 넘어졌다. 노인이 큰 소리로 고함쳤다. 그가 격노하며 강 아래를, 그다음에는 폭포와 숲을 가리켰고 계속 고래고래 소리를 질렀다. 사람들도 그를 향해 고함을 쳤다. 타나킬이 더 이상 라이쿠를 때리지 않고 어른들을 바라보았다. 노인이 발로 사람들을 재촉하며 돌아다녔다. 투아미는 한쪽에 서서 통나무처럼 그를 바라보며 아무 말도 하지 않았다. 사람들이 천천히 일어나 다시 가죽띠를 잡았다. 타나킬이 흥미를 잃고 돌아서서 라이쿠 옆에 무릎을 꿇었다. 그녀가 작은 돌을 주워 공중으로 던지더니 좁은 손등으로 잡으려 했다. 곧 라이쿠가 그녀를 다시 바라보았다. 통나무는 기슭으로 나와 꼬리를 흔들고 확실히 뭍에 올라 있었다. 사람들이 몸을 뒤로 젖혔고 시야에서 사라졌다.

로크는 타나킬이 더 이상 막대기를 사용하지 않아 조용해진 라이쿠와 라이쿠의 둥근 배를 내려다보며 행복을 느꼈다. 그는 뚱뚱한 여자의 젖가슴에 있는 새 아기를 생각하고 옆에 있는 파를 향해 곁눈으로 미소를 지었다. 파가 씁쓸하게 미소를 지었다. 그녀는 로크만큼 행복해 보이지 않았다. 로크의 행복한 감정이 점점 줄어들더니 납작한 바위 위에 있는 서리가 햇살을 받고 없어지는 것처럼 사라졌다. 아주 기적적인 소유물을 부여받은 사람들은 로크에게 더 이상 전처럼 즉각적으로 위협적인 존재로 느껴지지 않았다. 심지어 밖의 로크도 나른해져 냄새와 소리에 그렇게 예민하지 않았다. 그가 크게 하품하고 손바닥으로 눈을 비볐다. 한여름에 초원의 덤불에서 바람이 불어와 공중에 떠다니듯이 하얀 무리가 떼 지어 다녔다. 그는 그의 바깥에서 파가 속삭이는 소리를 들었다.

"어두워지면 아이들을 데려갈 거라는 걸 잊지 마."

그에게 뚱뚱한 여자가 웃으며 젖을 주는 그림이 떠올랐다.

"아기를 어떻게 먹일 거야?"

"내가 아기를 위해 반만 먹을 거야. 그리고 어쩌면 젖이 나올지도 몰라."

그는 이것에 대해 생각했다. 파가 다시 말했다.

"곧 새로운 사람들이 잠들 거야."

새로운 사람들은 아직 잠들 기미가 전혀 보이지 않았다. 그들은 전보다 시끄러운 소리를 내고 있었다. 통나무 두 개 모두 공터에 올라와 두껍고 둥근 가지들 위에 가로놓여 있었다. 사람들이 두 번째 통나무를 둘러싸고 노인을 향해 소리를 질렀다. 그가 숲으로 가는 길을 맹렬하게 가리키며 뒤틀리고 파르르 떠는 새소리를 냈다. 사람들이 가죽 줄에서 몸을 떼고 동굴 쪽으로 가며 고개를 흔들었다. 노인이 짙푸른 색으로 물든 하늘을 향해 주먹을 흔들고 주먹으로 머리를 쳤다. 하지만 사람들은 불과 동굴로 꿈결처럼 걸어갔다. 통나무 곁에 홀로 남자 노인이 조용해졌다. 죽은 나무 아래 어둠이 깔리기 시작하고 햇빛이 땅 위에서 사라져 갔다.

노인이 강을 향해 아주 천천히 걸어갔다. 그러고 나서 멈춰 섰고 그들은 그의 얼굴에서 아무 표정도 볼 수 없었지만 그가 동굴로 재빨리 돌아가 안쪽으로 사라졌다. 로크는 뚱뚱한 여자의 목소리를 들었고 그러고 나서 노인이 나왔다. 그가 같은 길을 따라 천천히 강 쪽으로 걸어갔고 이번에는 통나무 옆에 멈춰 서지 않고 계속 갔다. 그가 죽은 나무 아래로 지나가 나무와 강 사이에 서서 아이들을 내려다보았다.

타나킬이 막대기는 잊어버리고 라이쿠에게 잡는 법을 가르쳐 주고 있었다. 그녀가 노인을 보고 일어났다. 손을 뒤로 하고 한쪽 발로 다른 발을 문질렀다. 라이쿠도 최선을 다해 이 동작을 따라 했다. 노인은 잠시 아무 말도 하지 않았다. 그러

더니 그가 공터 쪽으로 고개를 홱 돌리고 날카로운 목소리로
말했다. 타나킬이 손에 있는 가죽띠의 끝을 잡고 나무 아래로
걸어갔고 라이쿠가 뒤를 따랐다. 로크는 나무에서 조심스럽
게 몸을 돌리며 그들이 동굴로 들어가는 것을 보았다. 다시 강
쪽으로 돌아보니 노인이 기슭의 가장자리에서 서서 물을 만
들고 있었다. 햇빛이 강을 떠나 건너편 나무 꼭대기에 걸려 있
었다. 폭포와 틈새 위로 진홍색 빛이 번졌고 물소리가 무척 컸
다. 노인이 돌아와 나무 아래 서서 한 사람이 경계를 서고 있
는 가시덤불 쪽을 조심스럽게 쳐다보았다. 그러더니 반대쪽
으로 가 다시 보고 사방을 둘러보았다. 그가 돌아와서 물 쪽을
보고 나무에 기댔다. 그가 가죽의 가슴께에 손을 넣어 덩어리
를 하나 꺼냈다. 로크는 냄새를 맡고 보고 알아보았다. 노인이
라이쿠에게 주려고 했던 고기를 먹고 있었다. 그가 고개를 숙
이고 팔꿈치를 내밀고 고기를 당기고 뜯고 씹으며 서 있는 동
안 그들은 소리를 다 들을 수 있었다. 그가 죽은 나무에 있는
딱정벌레처럼 분주하게 고기를 먹었다.

　누군가가 다가왔다. 로크는 그의 소리를 들었지만 두 턱이
부딪치는 소리에 갇혀 있던 노인은 듣지 못했다. 남자가 나무
를 돌아와 노인을 보고 멈춰 서서 분노에 찬 소리로 울부짖었
다. 그는 소나무였다. 그가 공터로 뛰어 돌아가 불가에 서서
힘껏 소리 질렀다. 남자들과 여자들이 어두운 동굴에서 나왔
다. 어둠이 땅 위로 길게 깔리고 있었고 소나무가 불을 걷어차
자 불꽃과 불길이 솟아올랐다. 그러고 나서 불빛의 홍수가 밀
려와 고요하고 밝은 하늘 아래에서 어둠과 씨름을 했다. 노인

이 통나무 옆에서 소리를 질렀고, 소나무가 그에게 손가락질을 하며 소리를 질렀고, 뚱뚱한 여자가 꾸물거리는 새 아기를 어깨에 올리고 동굴 밖으로 나왔다. 갑자기 사람들이 부산스러워졌다. 노인이 통나무 하나에 올라타 나무 잎사귀를 들고 휘둘렀다. 뚱뚱한 여자가 사람들을 향해 비명 소리를 냈고 그 소리가 하도 커서 새들이 나무 속에서 퍼덕였다. 사람들은 더 조용해졌다. 뚱뚱한 여자 옆에 서서 아무 말도 하지 않던 투아미가 이제 무언가 말을 했고 사람들이 그가 한 말을 받아 되풀이했다. 그들의 목소리가 다시 시끄러워졌다. 노인이 불가에 놓인 수사슴의 머리를 가리켰지만 사람들이 하나의 단어를 계속 반복해 그들이 점점 가까워지는 것처럼 들렸다. 뚱뚱한 여자가 그녀의 동굴로 들어갔고 로크는 사람들이 시선을 동굴 입구에 고정하는 것을 볼 수 있었다. 그녀가 새 아기가 아니라 흐늘거리는 동물과 함께 나왔다. 사람들이 이것을 보고 소리를 지르며 손뼉을 쳤다. 그들이 재빨리 멀어져 빈 나뭇조각들을 가져왔고 뚱뚱한 여자 어깨에 있는 동물이 그 안에 물을 만들었다. 사람들이 그것을 마셨고 로크는 그들의 목구멍에 있는 뼈가 불빛 속에서 움직이는 것을 볼 수 있었다. 노인이 그들에게 동굴로 돌아가라고 손짓했지만 그들은 꿈쩍하지 않았다. 그들이 다시 뚱뚱한 여자에게 다가가 물을 더 얻었다. 뚱뚱한 여자는 더 이상 웃지 않고 노인과 사람들과 투아미를 차례로 쳐다보았다. 그는 그녀 가까이에서 얼굴에 미소를 띠고 있었다. 뚱뚱한 여자가 동물을 동굴로 가져가려 했지만 소나무와 한 여자가 그녀를 막았다. 그것을 보고 노인이 앞으로 달려갔고 사람들이 한데 엉겨 몸부림치기 시작했다. 투아미는 그들이 막대기로 허공에 그려 놓은 것이라도 되는 듯 그 싸움을 지켜보기만 했다. 대부분의 사람들이 합류했다. 군중이 계속 빙빙 돌았고 뚱뚱한 여자가 비명을 질렀다. 흔들리는 동물이 그녀의 어깨에서 떨어져 사라졌다. 몇몇 사람들이 그 위로 넘어졌다. 로크는 물소리 같은 것을 들었고 한 무리의 사람들이 살짝 주저앉았다. 그들이 비틀거리며 떨어졌고 동물은 땅바닥에 납작하게 놓여 있었다. 그것은 투아미가 만든 수사슴 같았지만 훨씬 더 죽은 것처럼 보였다.

노인이 꼿꼿이 일어섰다.

로크가 하품을 했다. 이 광경들은 하나로 합쳐지지 않았다. 그의 눈이 감겼다가 갑자기 열렸다. 노인이 두 팔을 위로 뻗었다. 그가 사람들 앞에 섰고 그가 사용한 목소리가 그들을 두렵게 했다. 그들이 약간 뒤로 물러났다. 뚱뚱한 여자가 몰래 동굴 속으로 들어갔다. 투아미는 사라지고 없었다. 노인의 목소리가 솟아올랐다가 끝이 났고 그의 두 손이 아래로 풀썩 떨어졌다. 침묵과 공포와 죽은 동물에서 나는 쉰 냄새가 흘렀다.

잠시 동안 사람들은 아무 말도 하지 않고 그곳에 남아 뒤로 몸을 기울인 채 살짝 쭈그리고 있었다. 갑자기 한 여자가 앞으로 달려왔다. 그녀가 노인을 보고 비명을 지르며 자신의 배를 문지르고 젖가슴을 내보이고는 그에게 침을 뱉었다. 사람들이 다시 움직이기 시작했다. 고개를 끄덕이기도 하고 소리를 지르기도 했다. 노인이 소리를 지르며 다른 사람들을 조용히 시키고 수사슴의 머리를 가리켰다. 그러자 침묵이 흘렀다. 사람들의 눈이 안쪽으로 향하더니 엿보는 구멍 사이로 여전히 로크를 바라보는 눈이 작은 수사슴을 내려다보았다.

공터 바깥쪽 숲에서 소리가 났다. 사람들이 그 소리를 조금씩 인식하게 되었다. 누군가가 울부짖었다. 가시덤불이 움직이더니 열렸다. 밤톨 머리가 왼쪽 다리에서 피를 번뜩이며 덤불에게 매달린 채 앞으로 깡충깡충 뛰었다. 그가 불을 보더니 몸을 눕혔고 한 여자가 그에게 달려갔다. 덤불이 사람들을 향해 앞으로 왔다.

로크의 눈꺼풀이 미끄러졌다가 다시 번쩍 뜨였다. 짧은 꿈결에 그는 이 모든 것을 라이쿠에게 말하는 그림을 보았고 라이쿠 역시 그만큼이나 이 그림을 이해하지 못했다.

뚱뚱한 여자가 동굴 옆에서 나타났고 새 아기가 젖가슴을 빨고 있었다. 덤불이 질문했다. 어떤 이가 소리치며 답했다. 빈 젖가슴을 내보였던 여자가 노인과 죽은 나무와 사람들을 가리켰다. 소나무가 수사슴 머리에 침을 뱉었고 사람들이 앞으로 움직이며 다시 소리를 질렀다. 노인이 손을 들고 고음으로 악의에 찬 연설을 다시 했지만 사람들이 이번에는 조롱하며 비웃었다. 밤톨 머리가 수사슴 머리 옆에 섰다. 그들은 그의 눈이 두 개의 돌처럼 불빛에 번득이는 것을 볼 수 있었다. 그가 허리에서 잔가지를 꺼내기 시작했고 다른 손에는 굽은 막대기를 쥐고 있었다. 그와 노인이 서로를 바라보았다.

노인이 옆으로 한 발자국 가서 빠르게 이야기했다. 그가 뚱뚱한 여자에게 손을 내밀어 새 아기를 빼앗으려 했다. 그녀가 재빨리 허리를 숙이고 어느 여자라도 그랬을 것처럼 그의 손을 물려 했고 노인이 휘청이며 울부짖었다. 밤톨 머리가 굽은 막대기에 잔가지를 가로놓고 빨간색 깃털을 뒤로 당겼다. 노인이 휘청이기를 멈추더니 손바닥이 잔가지를 향하도록 손을 내밀고 그를 향해 다가갔다. 그가 밤톨 머리가 거의 닿을 듯한 위치에 가만히 서서 가운뎃손가락만 남기고 손가락을 모두 오므렸다. 가운뎃손가락이 옆으로 움직이다가 여러 개의 동굴 중 하나를 가리켰다. 모든 사람들 사이에 깊은 정적이 흘렀다. 뚱뚱한 여자가 고음으로 웃고 다시 조용해졌다. 노인이 공터를 둘러보고 나무 아래 밀집한 어둠을 응시하고는 사람들을 다시 바라보았다. 아무도 말하지 않았다.

로크가 하품을 하고 나무 꼭대기의 움푹 파인 공간으로 내려갔다. 그곳은 사람들이 보이지 않는 안식처였고 나무 위로 어른거리는 불빛만 보일 뿐 사람들이 있는 곳이 보이지 않았다. 그가 파를 올려다보며 옆에 와서 자라는 시늉을 했지만 그녀는 그를 보지 못했다. 그는 그녀의 얼굴과 담쟁이덩굴 사이로 응시하며 깜박하지 않고 크게 뜬 눈을 볼 수 있었다. 그녀는 맹렬히 집중하느라 그가 다리를 만져도 아무 반응 없이 계속 앞만 바라보았다. 그는 그녀의 입이 벌어지고 숨이 빨라지는 것을 볼 수 있었다. 그녀가 죽은 나무의 썩은 부분을 꽉 쥐자 그것이 바스러지고 축축하게 으깨졌다. 로크는 몹시 지쳤음에도 이것을 보고 흥미를 느꼈고 조금 두려워졌다. 사람들 중 한 명이 나무를 타고 올라오는 그림이 떠올라 로크는 다시 애써 올라가 나뭇잎을 헤쳐 열었다. 파가 재빨리 곁눈질을 했고 그녀의 얼굴은 잠을 자며 악몽과 씨

름하는 사람의 얼굴 같았다. 그녀가 그의 손목을 잡고 그를
끌어 내렸다. 그녀가 그의 어깨를 잡고 얼굴을 가슴에 파묻었
다. 로크가 팔로 그녀를 감싸 안았고 밖의 로크는 피부가 닿는
느낌에 따뜻한 쾌감을 느꼈다. 하지만 파는 놀이를 할 생각이
전혀 없었다. 그녀가 무릎을 꿇은 채 다시 몸을 일으키고 그를
잡아당겨 젖가슴에 그의 머리를 갖다 대고는 나뭇잎 사이로
아래를 내려다보았고 그의 볼에 닿은 그녀의 심장이 절박하
게 뛰었다. 그는 그녀가 왜 그렇게 두려움에 떠는지 알아보려
했지만 그가 버둥거리자 그녀가 그를 꼭 안았고 그가 볼 수 있
는 것은 그녀의 턱과 크게 뜬 눈, 응시하며 영원히 뜨고 있는
그녀의 눈뿐이었다.

　하얀 무리가 다시 왔고 그녀의 몸은 따뜻했다. 로크는 사람
들이 잠들면 그녀가 자신을 깨우고 그들이 아이들과 함께 도
망가리라는 것을 알고 더 이상 버티지 않았다. 그가 그를 꼭
붙잡은 팔 안에서 쿵쿵 심장 박동 소리를 들으며 몸을 기대고
파고들었고 이제 어둠 속에 잠겨 우글거리는 하얀 무리가 기
진맥진한 잠 속에 빠진 온 세상이 되었다.

9

그는 깨어나 누군가가 자신을 누르며 두 팔을 어깨에 두르고 손으로 얼굴을 질식할 정도로 누르고 있는 것을 발견했다. 로크가 손가락들이 자신의 얼굴을 누르고 있음에도 이야기하며 재잘거렸고 공포라는 새로운 습관 때문에 그 손가락을 거의 물 뻔했다. 파의 얼굴이 눈앞에 보였고 나뭇잎과 바싹 마른 나무 위에서 발버둥 치고 요동하는 그를 파가 붙잡고 있었다.

"조용히 해!"

그녀가 이전에 나무에서 말했던 것보다 훨씬 큰 소리로, 마치 사람들이 더 이상 주위에 없는 것처럼 평상시보다 큰 목소리로 말했다. 그는 더 이상 몸부림치지 않았고 완전히 깨어 어둠 속에 휩싸인 잎사귀들 위로 빛이 넘나들며 이리저리 어둠 속에 점들을 만드는 것을 보았다. 나무 위에 무수히 많은 별이 있었고 그에 비하면 그들은 미미하고 죽어 가는 존재였다. 파의 얼굴에 땀이 줄줄 흘렀고 그가 만진 그녀의 피부가 흥건히 젖어 있었다. 그녀임을 알아차리며 그는 흥분한 이리 떼처럼 시끄러운 새로운 사람들의 소리도 들었다. 그들이 소리를 지르고 웃고 노래하며 새소리 같은 목소리로 재잘거렸고 불길이 그들과 함께 미친 듯이 뛰어다녔다. 로크가 몸을 돌리고 나뭇잎 사이로 손가락을 찔러 무슨 일인지 살펴보았다.

공터는 불빛으로 가득 차 있었다. 소나무의 뒤를 따라 강을 헤엄쳐 건넌 커다란 통나무들이 뭍으로 끌어 올려져 불 위에 세로로 기대어 세워져 있었다. 이 불은 전혀 따뜻하거나 위안을 주지 않고 마치 폭포나 고양이 같았다. 그는 말을 죽인 통나무의 일부가 통나무 더미 속에서 기대고 있고 딱딱한 귀처럼 생긴 버섯이 시뻘겋게 타는 것을 볼 수 있었다. 불길은 마치 아래에서 누군가가 꽉 쥐고 있는 듯 통나무 더미 꼭대기에서 뿜어 나왔고, 빨간색, 노란색, 하얀색이었으며 그 속에서 나온 작은 불꽃이 시야에서 사라졌다. 희미하게 사라지는 불꽃의 꼭대기가 로크와 같은 높이에 있었고 그 주위를 둘러싼 파란 연기는 거의 보이지 않았다. 불길을 뿜어내는 통나무 더미가 공터 주위에 빛을 발했지만 그것은 따뜻하지 않고 맹렬했고 하얗고 빨갛고 눈이 부셨다. 이 빛은 심장처럼 박동해 공터 주위 나무에 곡선을 그렸고 매달린 잎사귀들이 담쟁이 덩굴 잎사귀 사이의 구멍처럼 옆으로 뛰어다니는 것처럼 보였다.

사람들은 이제 털을 다 벗고 허리와 아랫부분을 가죽 조각으로 가린 것 말고는 아무것도 입지 않아 불처럼 노란색과 하얀색이 돼 있었다. 그들은 나무들과 박자를 맞춰 옆으로 뛰어다녔고 머리카락은 다 내리거나 헝클어져 있어 남자와 여자를 구분하기가 어려웠다. 뚱뚱한 여자는 빈 통나무 중 하나에 기대고 있었다. 손으로 양쪽 허리를 잡고 허리까지는 벗고 있어서 몸이 온통 노란색과 하얀색이었다. 그녀가 머리를 뒤로 젖히고 있어 목이 곡선을 이루었고 입은 벌린 채 웃고 있었으며 풀린 머리카락이 통나무의 빈 공간으로 굽이쳐 내렸다. 투아미가 그녀의 왼쪽 손목에 얼굴을 기대고 그녀 옆에 쭈그리고 있었다. 그는 불빛과 어우러져 몸을 앞뒤로 흔들 뿐 아니라 그녀의 발가벗은 어깨를 향해 손가락으로 유희하고 그녀의 살을 먹는 것처럼 입이 점점 위로 움직이며 기어올랐다. 노인은 발이 양쪽으로 삐져나온 채 저쪽에 있는 빈 통나무에 누워 있었다. 그는 둥근 돌 같은 것을 쥐고 있었는데 가끔씩 그것을 입에 넣었고 그러는 사이에 노래를 했다. 다른 남자들과 여자들은 공터 주위에 흩어져 있었다. 그들은 모두 이 둥근 돌을 잡고 있었는데 이제 로크는 사람들이 그것을 이용해 무언가를 마시는 것을 보았다. 그의 코가 사람들이 마신 것의 냄새를 맡았다. 그것은 다른 물보다 달콤하고 강한 냄새가 났고 마치 불과 폭포 같았다. 그것은 꿀과 밀랍과 퇴락의 냄새가 나는 벌의 물이었고, 그것은 사람을 끌기도 하고 역겹기도 했고, 새로운 사람들이 그랬던 것처럼 로크를 흥분시키기도, 두려움을 느끼게도 했다. 위에 구멍이 있는 다른 돌들이 불에 더 가까이 있었는데 그것에서 그 냄새가 특히 진하게 났다. 로크는 이제 사람들이 돌을 다 마시면 불가에 와서 또 집어 간다는 것을 알았다. 소녀 타나킬은 동굴 앞에 마치 죽은 사람처럼 누워 있었다. 한 남자와 여자가 싸우고 입을 맞추며 꽥꽥 소리를 냈고 다른 남자는 날개가 탄 나방처럼 불 주위를 계속 기어 다녔다. 그는 기어 다니며 빙빙 돌았고 다른 사람들은 개의치 않고 계속 시끄러운 소리를 냈다.

투아미가 뚱뚱한 여자의 목에 이르렀다. 그가 그녀를 잡아 당겼고 그녀는 웃으며 머리를 흔들고 손으로 그의 어깨를 꽉 쥐었다. 노인은 노래했고 사람들은 싸움을 했고 남자는 불 주위를 돌았고 투아미는 뚱뚱한 여자 몸에 파묻혔고 공터는 내내 옆으로 뛰어다녔다.

로크가 파를 볼 수 있을 만큼 빛이 충분했다. 계속해서 흔들리는 불빛을 따라다니느라 로크의 눈은 피곤해졌고 그는 고개를 돌려 대신 파를 바라보았다. 그녀 역시 흔들리고 있었지만 심하게 흔들리지는 않았고 빛을 제외하고 그녀의 얼굴은 매우 고요했다. 그녀의 눈은 그가 잠들기 전부터 깜박이지도 움직이지도 않은 것처럼 보였다. 그의 머릿속 그림들이 불빛들처럼 왔다 갔다 했다. 그것은 아무 의미가 없었고 머리가 쪼개질 것처럼 머릿속에서 번득였다. 그는 혀가 하려는 말을 찾았지만 혓바닥은 말을 어떻게 사용해야 할지 몰랐다.

"왜 그래?"

파는 움직이지 않았다. 매우 혼돈스러운 가운데 참혹한, 일종의 반쯤 아는 지식이 로크 안으로 스며들었고 그는 그녀와 그림을 공유했으나 머릿속에 눈이 없어 볼 수 없는 것처럼 느껴졌다. 그 앎은 이전에 밖의 로크가 그녀와 함께 극한 위험을 감지하며 공유했던 순간과 같았지만 이것은 안의 로크를 위한 것이었고 그에게는 그것을 품을 여지가 없었다. 그 앎이 속으로 파고들어 잠에서 깨어난 편안함과 빙빙 도는 그림들을 대체했고 작은 생각들과 의견, 배고픔과 절박한 목마름을 산산조각 냈다. 이러한 감정에 사로잡힌 로크는 그것이 무엇인지 알지 못했다.

파가 천천히 고개를 옆으로 돌렸다. 불길이 솟은 두 눈은 마치 늙은 여자가 물속에서 위로 올라갈 때의 눈과 같았다. 찡그림도 아니고 말을 하려고 준비하는 입의 모양새와도 다르게 그녀의 입 주위가 움직였고 그녀의 입술이 새로운 사람들의 입술처럼 파르르 떨렸다. 그리고 입술이 다시 열리고 조용해졌다.

"오아는 이 사람들을 배에서 낳지 않았어."

처음에 그 말은 아무 그림과도 연결되지 않았지만 곧 내려앉아 감정을 잉태하고는 그것을 더 강화했다. 그러자 로크는 그 말의 의미를 찾고자 다시 잎사귀 사이를 응시했고 뚱뚱한 여자의 입을 직시했다. 그녀가 투아미를 잡고 나무 쪽으로 왔고 비틀거리며 이가 드러나도록 꽥꽥 웃음소리를 냈다. 그 이는 모두 작고 널찍하지도 않고 먹고 갈기에 유용하지 않았고 두 개는 다른 것들보다 길었다. 늑대를 연상시키는 이였다.

불이 요란한 소리와 함께 불꽃을 마구 쏟아 내며 무너졌다. 노인은 더 이상 음료를 마시지 않으며 빈 통나무에 여전히 누워 있고 다른 사람들은 앉거나 누워 있고 노랫소리가 불처럼 죽어 갔다. 투아미와 뚱뚱한 여자가 괴상하게 죽은 나무 아

래로 지나가 사라져 로크는 그들을 보기 위해 옆으로 움직였
다. 뚱뚱한 여자가 물 쪽으로 향했지만 투아미가 그녀의 팔을
잡고 끌어당겼다. 그들은 서로를 바라보며 그렇게 서 있었고
뚱뚱한 여자의 얼굴이 한쪽은 달빛으로 물들어 창백했고 다
른 쪽은 불 때문에 불그스레했다. 그녀가 투아미를 보며 깔깔
웃었고 그가 그녀에게 빠른 속도로 말하며 혓바닥을 내밀었
다. 그가 갑자기 두 손으로 그녀를 잡고 가슴팍으로 끌어당겼
고 그들은 말없이 헐떡이며 씨름했다. 투아미가 손을 들어 그
녀의 긴 머리카락을 잡고 고통으로 일그러진 그녀의 얼굴이
위로 들릴 때까지 잡아당겼다. 그녀가 오른손 손톱으로 그의
어깨를 내리쳤고 그가 그녀의 머리카락을 잡아당기자 손톱
이 미끄러져 내렸다. 투아미가 그녀와 얼굴을 맞대고 휘청이
며 한쪽 무릎을 그녀 뒤에 놓았다. 그가 손을 들어 그녀의 뒷
머리를 꽉 잡았다. 그의 어깨에 파묻힌 손이 느슨해지더니 더
듬거리며 그의 등을 잡았고 갑자기 그들은 하나가 돼 입과 입,
허리와 허리를 맞대고 서로를 잡아당겼다. 뚱뚱한 여자의 몸
이 미끄러져 내렸고 투아미의 몸이 그녀 위에서 그녀를 내려
다보고 있었다. 그가 어설프게 넘어져 한쪽 무릎을 꿇었고 그
녀의 팔이 그의 목을 감쌌다. 그녀는 눈을 감고 축 처진 채 젖
가슴이 위아래로 움직이는 가운데 달빛 아래 누워 있었다. 투
아미가 무릎을 꿇고 그녀의 허리 근처 털 속을 더듬었다. 그
가 으르렁거리는 소리를 내며 그녀를 덮쳤다. 이제 로크는 늑
대의 이빨을 다시 볼 수 있었다. 뚱뚱한 여자가 얼굴을 좌우로
움직였고 그 얼굴은 그녀가 투아미에게 저항했을 때처럼 일

그러졌다.

　로크가 뒤를 돌아 파를 보았다. 그녀는 아직도 무릎을 꿇고 공터에서 붉게 타오르는 나무를 보고 있었고 그녀의 피부에 흐른 땀이 희미하게 반짝거렸다. 그에게 갑자기 파와 자신이 아이들을 데리고 공터를 가로질러 질주하는 환한 그림이 떠올랐다. 그는 정신이 들었다. 그가 머리를 그녀의 입 옆에 대고 속삭였다.

　"이제 아이들을 데려갈까?"

　그녀가 이제 희미해진 빛 속에서 그의 모습을 분명히 볼 수 있을 만큼 떨어지도록 몸을 뒤로 기울였다. 나무 위에 비친 달빛에 찬기가 든 것처럼 그녀가 갑자기 몸서리쳤다.

　"기다려!"

　나무 아래 있는 두 사람이 싸우는 것처럼 사나운 소리를 냈다. 특히 뚱뚱한 여자가 부엉이 같은 소리를 내기 시작했고 로크는 투아미가 동물과 싸우면서 질 것이라고 생각하는 남자처럼 헐떡이는 소리를 들을 수 있었다. 로크가 그들을 내려다보았고 투아미가 뚱뚱한 여자와 누워 있을 뿐 아니라 그녀를 먹고 있는 것을 보았다. 그녀의 귓불에서 검은 피가 줄줄 흘러내렸다.

　로크는 흥분했다. 그가 손을 파의 몸에 댔지만 그녀는 돌처럼 굳은 표정으로 그를 바라볼 뿐이었다. 그리고 그녀는 즉시 그 이해할 수 없는 감정에 둘러싸였다. 그것은 로크가 알아챌 수 있지만 이해하지 못하는, 오아를 느낄 때의 감정보다 나빴다. 그가 재빨리 그녀의 몸에서 손을 떼고 잎사귀 사이에 손을 넣고 저어 불과 공터가 보이도록 엿보는 구멍을 만들었다. 대부분의 사람이 동굴에 들어가 있었다. 노인의 모습은 보이지 않고 빈 통나무 옆에 두 발만 덩그러니 놓여 있었다. 불 주위를 빙빙 돌던 남자는 벌의 물이 담긴 둥근 돌에 얼굴을 파묻고 누워 있었고 경계를 서던 사냥꾼은 아직도 막대기에 기댄 채 가시울타리 옆에 서 있었다. 로크가 보고 있을 때 이 남자가 막대기 아래로 미끄러져 가시덤불 가까이에 쓰러졌고 맨 살갖에 희미한 달빛을 받으며 조용히 누워 있었다. 타나킬도 그녀와 함께 있던 쭈글쭈글한 여자들도 보이지 않고 공터는 이제 희미하게 꺼져 가는 장작이 중심이 된 공간이 되었다.

로크가 몸을 돌려 투아미를 내려다보았고 요란하게 희열에 이르렀다가 이제 조용히 누워 있는 뚱뚱한 여자는 땀이 반짝거리고 살갖 냄새와 돌에 담긴 꿀 냄새를 풍겼다. 로크가 파를 바라보았고 그녀는 아직도 끔찍한 고요 속에서 담쟁이덩굴의 어둠 속에 존재하지 않는 그림을 바라보고 있었다. 그가 눈길을 아래로 내리고 자동적으로 무언가 먹을 것을 찾으려고 썩은 나무를 더듬거렸다. 하지만 갑자기 그는 갈증을 느꼈고 일단 그것을 느끼자 무시하지 못할 만큼 목이 말랐다. 그는 몸을 들썩이며 투아미와 뚱뚱한 여자를 내려다보았고 공터에서 벌어진 경이롭고 이해할 수 없는 모든 일 가운데 그들 사이에서 벌어진 일이 가장 흥미롭고 이해가 잘되었다.

그들의 맹렬하고도 늑대 같은 전투는 끝이 났다. 그들은 서로에게 맞서 싸우고, 함께 누웠다기보다 여자의 얼굴과 남자의 어깨에 피가 나도록 서로를 먹었다. 이제 싸움은 끝나고 둘 사이에 평화가, 아니, 그 상태가 그 무엇이었든 간에 복원돼 그들은 함께 놀이를 했다. 그들의 놀이는 매우 복잡하고 흥미진진했다. 산이나 들판의 그 어떤 동물이나 덤불이나 숲에 사는 제아무리 유연하거나 날렵한 동물이라도 이런 놀이를 고안할 만큼 정교함과 상상력을 지니거나 이들과 더불어 놀 만큼 여유 있고 끊임없이 깨어 있을 동물은 없을 것이다. 그들은 마치 늑대들이 말을 쫓으며 사냥하는 것처럼 쾌락을 쫓아다녔고, 머리를 갸우뚱하며 비밀스럽게 다가오는 첫 번째 발자국 소리를 듣고자 희미한 빛 속에서 조용히 집중하며 귀를 기울이고 보이지 않는 먹잇감의 발자국을 따라가는 것처럼 보였다. 마치 여우가 통통한 새를 잡았을 때 언제든 마음 내킬 때 잡아먹을 수 있다는 이유로 죽음을 지연시키며 더욱 그 맛을 즐기듯 그들은 즐거움에 빠르게 이르렀을 때 그것을 가지고 놀았다. 가끔씩 끙끙거리고 헐떡거리고 뚱뚱한 여자가 가끔씩 몰래 웃음을 삼키는 소리를 내는 것 외에는 이제 조용해졌다.

흰올빼미가 죽은 나무 위로 날아왔고 잠시 후 로크는 언제나 실제보다 훨씬 멀게 느껴지는 올빼미 소리를 들었다. 투아미와 뚱뚱한 여자를 보는 것은 서로 싸울 때만큼 흥분되지 않았고 아무리 봐도 그의 갈증이 가시지 않았다. 그는 파가 혼자만의 세상에 가 있는 것 같아서 감히 그녀에게 말을 건네지 못했지만 이제 투아미와 뚱뚱한 여자가 거의 아무 소리도 내지 않았기 때문에 말하는 것이 위험해져서 더욱 말을 할 수 없었다. 그는 아이들을 데리고 도망갈 생각에 초조해졌다.

벌건 불이 공터 주위에 있는 가지들과 잔가지로 만든 벽 가까이에 겨우 닿을 정도로 흐릿해져 그것들이 뒤에 있는 더 환한 하늘을 배경으로 어두운 무늬를 그렸다. 공터 땅이 어둠 속에 잠겨 로크는 야간 시각을 써야 볼 수 있었다. 불은 고립돼 떠다니는 것처럼 보였다. 투아미와 뚱뚱한 여자가 휘청거리며 나무 밑에서 나왔고 그들은 함께 걸어가지 않고 깊은 그림자에 허리까지 잠긴 채 각자 다른 동굴로 향했다. 이제 폭포에서 우렁찬 소리가 들렸고 숲의 소리와 보이지 않는 발들이 타탁 하며 허둥지둥 뛰는 소리가 들렸다. 다른 흰올빼미가 공터를 가로질러 유유히 강을 건너 날아갔다.

로크가 파를 향해 돌아 속삭였다.

"지금?"

그녀가 가까이 다가왔다. 단구에서 그에게 명령을 내릴 때와 마찬가지로 목소리에 절박함과 명령조가 묻어 있었다.

"내가 새 아기를 데리고 가시덤불을 뛰어넘을 거야. 내가 가고 나면 따라와."

로크가 생각했지만 아무 그림이 떠오르지 않았다.

"라이쿠는……."

그녀의 두 손이 그의 몸을 조여 왔다.

"파가 '이렇게 해!'라고 말해."

그가 몸을 빨리 움직이자 담쟁이덩굴 잎사귀들이 거칠게 서로 부딪쳤다.

"하지만 라이쿠는……."

"내 머리에는 그림이 많아."

그녀가 손을 거두었다. 그는 나무 위에 누웠고 그날 떠오른 모든 그림이 다시금 머릿속에서 빙빙 돌기 시작했다. 그는 그녀의 숨소리가 옆으로 지나가고 담쟁이덩굴이 다시 바스락하는 소리를 듣고 재빨리 공터 쪽을 바라보았지만 인기척은 없었다. 노인의 발이 빈 통나무 옆으로 삐죽 나온 것과 가지로 만든 동굴들이 있던 곳에서 진한 검은색 점들을 겨우 볼 수 있었다. 불은 나무 위로 파란 불꽃이 느리게 춤추는 곳만 환하게 빛나고 거의 다 흐릿한 붉은 빛이 돼 떠다녔다. 투아미가 동굴에서 나와 불 옆에 서서 그것을 내려다보았다. 파는 이미 반쯤 담쟁이덩굴 밖으로 나가 강 쪽에 있는 두꺼운 가지에 매달려 있었다. 투아미가 가지를 들고 뜨거운 재를 긁기 시작했고 불꽃이 튀어 연기가 모락모락 나며 올라가 깜박하고 꺼졌다. 쭈글쭈글한 여자가 기어 나와 투아미의 가지를 빼앗았고 그들은 잠시 서서 몸을 흔들며 이야기했다. 투아미가 동굴로 들어갔고 잠시 후 로크는 마른 잎들 위로 넘어지면서 쿵 하는 소리를 들었다. 그는 여자가 들어가기를 기다렸지만 그녀가 불 주위의 땅을 파서 꼭대기가 빛나는 어두운 흙무더기를 만들었다. 그녀가 풀 한 포기를 불로 가져가 맨 위에 놓자 풀잎이 타며 탁탁 소리가 나고 빛이 공터 위로 파르르 흘렀다. 그녀가 자신의 긴 그림자 끝자락에 떨며 서 있었고 빛이 잠시 흔들리다가 꺼졌다. 로크는 그녀가 손과 무릎으로 땅을 짚고 동굴 안으로 기어 들어가는 것을 반은 소리로 반은 감각으로 알 수 있었다.

그의 야간 시각이 돌아왔다. 공터는 다시 매우 고요해졌고 그는 파가 나무 아래로 내려가면서 나무의 오래된 껍질에 피부가 닿는 소리를 들었다. 그는 즉각 위험을 감지했고 그들이 이 낯선 사람들과 그들의 불가해한 모든 일을 속이려 한다는 생각과 파가 그들을 향해 살금살금 기어가고 있다는 끔찍한 생각이 로크의 목구멍을 조여 왔다. 그는 숨을 쉴 수가 없었고 그의 심장이 몸을 흔들어 댔다. 그는 죽은 나무가 비교적 안전하던 그때를 간절히 바란다는 사실을 인식하지 못한 채 썩은 나무를 움켜잡고 눈을 꽉 감고 담쟁이덩굴 뒤에서 몸을 웅크렸다. 죽은 나무의 불을 향한 쪽에서 파의 냄새가 솟아올랐고 그는 동굴 입구에 큰 곰이 서 있는 그림을 그녀와 공유했다. 냄새가 더 이상 올라오지 않고 그림이 사라졌고 로크는 그녀가 불 옆에 있는 동굴을 향해 소리 없이 기어가는 눈과 귀와 코가 된 것을 알았다.

심장박동과 호흡 속도가 조금 느려지자 그는 다시 공터를 볼 수 있었다. 달이 짙은 구름 가장자리에서 솟아올라 숲 위로 푸르스름한 회색빛을 쏟아 냈다. 그는 파가 빛에 눌려 납작하게 땅을 붙잡고 기어가는 모습을 볼 수 있었다. 그녀는 어두운 불 언덕과 그녀의 키의 두 배도 안 되는 거리에 있었다. 구름이 다시 몰려와 공터가 완전한 어둠 속에 잠겼다. 길로 들어가는 입구를 막은 가시덤불 옆에 있는 경비가 캑 하는 소리와 함께 비틀거리며 일어났다. 토하는 소리에 이어 긴 신음 소리가 들려왔다. 로크 안의 감정들은 온통 뒤죽박죽이었다. 그는 새로운 사람들이 갑자기 자신들의 참모습을 드러내며 일어나 이야기하며 경계를 하거나 자신들의 힘을 확신하며 무엇이든다 아는 사람들이 되리라고 반쯤 생각하게 되었다. 이 생각과 더불어 파가 단구 옆에 있는 통나무를 용감히 먼저 가로질러 가지 않으려 하는 그림이 떠올랐고 그녀와 함께 있고 싶다는 절박한 갈망과 온기가 솟아올랐다. 그가 담쟁이덩굴로 만들어진 은신처에서 몸을 움직이며 강 쪽에 있는 잎들을 헤쳐 열고 나무 몸통에 있는 가지들을 더듬거렸다. 그는 자신의 감정들이 바뀌어 로크를 순종적인 사람으로 만들기 전에 재빨리 아래로 내려갔다. 그는 죽은 나무 발치에 있는 긴 풀 속에 섰다. 라이쿠에 대한 생각이 그를 사로잡아 그는 살금살금 죽은 나무를 지나가 라이쿠가 어느 동굴에 있는지 보려 했다. 파가 불 오른쪽에 있는 동굴을 향해 움직였다. 로크는 왼쪽으로 가 팔다리로 땅을 짚고 통나무들과 정리되지 않은 꾸러미 뭉치가 있는 곳 너머에서 자라난 동굴 쪽을 향했다. 빈 통나무들도 사람들이 마신 꿀 음료를 먹고 취한 듯 사람들이 남겨 둔 곳에 누워 있고 노인의 발이 더 가까이에 있는 통나무 밖으로 그대로 삐져나와 있었다. 로크가 통나무 아래 몸을 웅크리고 그 위에 있는 발의 냄새를 조심스럽게 맡았다. 거기에는 발가락이 없었다. 아니, 이제 아주 가까이에서 보니 그것은 사람들이 허리에 두른 것과 같은 가죽으로 덮여 있고 소 냄새와 땀 냄새로 진동했다. 로크가 코 위로 눈을 들어 통나무 가장자리를 올려다보았다. 노인은 입을 벌리고 몸을 쭉 뻗고 누워 있었고 얇고 뾰족한 코로 코를 골았다. 로크의 몸에 난 털이 따끔거렸고 그는 노인의 두 눈이 뜨여 있기라도 한 것처럼 몸을 숙였다. 그는 통나무 옆 파헤쳐진 땅과 풀에서 웅크렸고 이제 로크의 코가 노인의 냄새에 적응하자 그를 제외시켰는데, 다른 많은 정보들이 들어왔기 때문이다. 예컨대 통나무들은 바다와 연결돼 있었다. 통나무 양옆의 하얀색은 바다의 하얀색이었고 쓴 냄새는 해변과 끊임없이 밀려오는 파도를 연상시켰다. 송진 냄새도 났는데, 냄새를 맡았을 때 다르다는 것은 알아챌 수 있어도 정확히는 알 수 없었다. 많은 남자들과 여자들과 아이들의 냄새도 났고, 마지막으로 매우 불분명하지만 강렬한 냄새가 있었다. 그것은 각기 다른 정체에 가라앉아 있던 많은 냄새가 하나의 아주 오래된 냄새로 합쳐진 냄새였다.

로크는 떨리는 살과 따끔거리는 털을 잠재우고 통나무 옆을 따라 기어가 뜨겁지만 빛이 없는 불 근처에 둥근 돌들이 남겨진 곳에 이르렀다. 돌들은 그것만의 공기를 유지했는데, 그 냄새가 하도 강렬해 로크의 마음은 꼭대기의 구멍 주위에 떠 있는 구름이나 광채처럼 그것을 볼 수 있었다. 그 냄새는 새로운 사람들의 존재와 같았다. 역겹기도 하고 매혹적이기도 하고 무섭기도 하고 유혹적이기도 했으며, 뚱뚱한 여자처럼 느껴지기도 하고 공포스러운 수사슴과 노인 같기도 했다. 수사슴의 존재가 너무 강렬하게 연상돼 로크는 다시 웅크렸다. 하지만 그는 수사슴이 죽은 나무 뒤에서 공터로 다가갔다는 사실 외에 어디로 갔고 어디에서 왔는지 기억할 수 없었다. 그때 그가 돌아서서 위를 쳐다보니 그곳에 담쟁이덩굴이 휘감긴 거대한 죽은 나무가 충격으로 얼어붙은 듯한 모습으로 동굴 곰처럼 생긴 구름을 뚫고 솟아 있었다. 그가 재빨리 왼쪽에 있는 오두막으로 기어갔다. 가시덤불 옆에 있는 경비가 다시 신음 소리를 냈다.

로크가 냄새를 맡으며 동굴 뒤의 비스듬한 가지들을 따라 갔고 한 명 또 한 명 그리고 또 한 명을 발견했다. 라이쿠와 연결돼 있을지 모르는, 어떤 감에 지나지 않을 만큼 매우 희미한 일종의 일반화된 냄새 외에는 라이쿠 냄새가 나지 않았다. 땅에 몸을 붙일 때마다 그 감이 떠나지 않았지만 어디서 연유한 것인지 도무지 알아낼 수 없었다. 그가 더 대담해졌다. 그는 아무 보람 없는 마구잡이 탐색을 포기하고 동굴 입구 쪽을 시도했다. 사람들이 먼저 막대기를 두 개 세우고 그 위에 다른 막대기를 가로질러 놓았다. 그리고 셀 수 없을 만큼 많은 막대기들을 긴 막대기에 기대 공터에 잎사귀가 많은 돌출부를 만들었다. 이런 것이 세 군데에 있었는데, 하나는 왼쪽, 다른 하나는 오른쪽, 마지막 하나는 불이 있는 곳과 경비가 있는 가시덤불 사이에 있었다. 가지의 잘린 끝부분이 곡선을 그리며 땅에 깊이 묻혀 있었다. 로크가 곡선의 끝으로 기어가 조심스럽게 머리를 집어넣었다. 안에 있는 어떤 형체에서 숨 쉬는 소리와 코 고는 소리가 불규칙적으로 크게 들려왔다. 로크의 머리에서 팔의 길이밖에 떨어지지 않은 곳에서 누군가가 자고 있었다. 그 사람이 끙끙거리며 트림을 하고 몸을 돌렸고 팔 하나가 위에서 떨어져 손바닥이 로크의 얼굴을 스쳤다. 로크가 떨며 몸을 뒤로 휙 뺐고 다시 앞으로 몸을 숙여 손 냄새를 맡았다. 그것은 창백하고 살짝 반짝거렸고 말의 손처럼 여리고 순수했다. 하지만 그것은 더 좁고 길고 색이 완전히 달라 버섯 같은 흰색이었다.

그 팔과 가지의 끝이 비스듬히 땅을 파고 들어간 곳 사이에 아주 좁은 공간이 있었다. 라이쿠의 그림이 너무나 미칠 듯이 생생하면서도 너무나 찾기 어려워 그의 의지를 북돋았다. 그는 자신이 느끼는 감정이 무엇을 요구하는지 몰랐지만 무엇이든 해야 한다는 확신이 있었다. 로크가 뱀이 구멍으로 미끄러져 들어가듯 좁은 공간으로 천천히 몸을 밀어 넣었다. 그는 얼굴에 입김을 느끼고 온몸이 얼어붙었다. 손의 길이밖에 떨어지지 않은 곳에 어떤 얼굴이 있었다. 현란한 머리카락이 간질거렸고 이마가 눈썹 위로 불필요하게 길게 늘어져 있었다. 완전히 감기지 않은 눈꺼풀 밑에서 어슴푸레 빛나는 눈과 들쭉날쭉한 늑대의 이빨을 볼 수 있었고 이제 볼에서 쉰 꿀 냄새가 섞인 입김을 느낄 수 있었다. 안의 로크가 파와 공포스러운 그림을 공유했지만 밖의 로크는 냉철하게 용감하고 얼음처럼 흔들림이 없었다.

로크가 한쪽 팔을 잠든 남자 너머로 뻗어 건너편에 공간이 있고 나뭇잎과 흙이 있는 것을 확인했다. 그가 손바닥을 공간에 단단히 딛고 몸을 굽히고 손과 발을 이용해 자는 사람을 훌쩍 넘어가 멀어지려 했다. 로크가 동작을 취하는 순간 남자가 말을 했다. 입에서 나온 말들은 마치 혓바닥이 없고 말들이 숨을 못 쉬게 하는 것처럼 목구멍 깊숙한 곳에서 울려왔다. 그의 가슴이 오르락내리락 빠르게 움직였다. 로크는 팔을 휙 당기고 다시 웅크렸다. 남자가 나뭇잎 속에서 몸부림쳤고 꼭 쥔 주먹이 로크의 눈을 갈겨 불이 번쩍했다. 로크는 움츠러들었고 남자가 배가 머리보다 높이 솟도록 몸을 휘었다. 내내 그는 어렵사리 헛바닥 없이 단어들을 내뱉으며 비스듬히 서 있는 가지들 쪽으로 팔을 휘둘러 댔다. 남자의 머리가 로크를 향해 돌려졌고 로크는 그 남자가 눈을 크게 뜬 채 허공을 쳐다보며 늙은 여자가 물에서 눈을 멀겋게 뜨고 있을 때와 같은 눈으로 고개를 젓고 있는 것을 볼 수 있었다. 두 눈이 로크를 꿰뚫어 보았고 로크는 공포를 느꼈다. 남자가 몸서리치며 몸을 점점 높이 올렸고 그가 내뱉는 말들은 연속되는 꺽꺽 소리가 되며 점점 커졌다. 다른 오두막에서 다른 소리가 났다. 그것은 여자들의 날카로운 이야기 소리와 공포에 질린 꽥 소리였다. 로크 옆에 있는 남자가 옆으로 굴러 휘청거리며 일어나 가지들을 치자 가지들이 무너져 쌓였다. 남자가 휘청거리며 앞으로 나아갔고 꺽꺽 소리가 외침이 되더니 누군가가 화답했다. 다른 남자들이 동굴에서 소리를 지르고 몸부림치며 가지에 부딪쳐 가지들을 무너뜨렸다. 가시덤불 옆 경비는 그림자와 싸우며 발을 헛디뎠다. 누군가가 로크 옆에 있는 잔해 속에서 일어나 첫 번째 사람을 희미하게 보고는 그를 향해 큰 막대기를 휘둘렀다. 갑자기 공터의 어둠 속이 비명을 지르며 싸우는 사람들로 가득 찼다. 누군가가 발로 불 주위의 풀을 파내자 희미한 불빛에서 갑자기 불길이 솟아나 사람들로 가득한 땅과 그곳을 에워싼 나무들을 환하게 밝혔다. 노인이 그곳에 서 있었고 그의 회색 머리카락이 머리와 얼굴 주위에 헝클어져 있었다. 파가 그곳에서 빈손으로 뛰어다니고 있었다. 그녀가 노인을 보고 몸의 방향을 휙 틀었다. 로크는 옆에 있는 사람이 온 힘을 다해 거대한 막대기를 휘두르는 것을 보고 그것을 잡았다.

곧 로크는 팔다리와 이와 손톱, 발톱이 뒤엉킨 가운데 땅에서 굴러다녔다. 로크가 거기서 빠져나갔고 엉겨 붙은 사람들은 계속 으르렁거리며 싸웠다. 그는 파가 일어나 가시덤불의 꼭대기를 향해 몸을 던져 그 위로 사라지는 것을 보았고 노인이 미친 사람처럼 눈을 번득이며 싸우는 남자들 무리를 향해 끝에 큰 덩어리가 달린 막대기를 휘두르는 것을 보았다. 로크는 가시덤불 위로 몸을 던지며 경비가 사람들 사이를 뚫고 가려고 몸부림치는 것을 보았다. 로크는 두 손으로 착지해 덤불들이 그를 붙잡을 때까지 계속 뛰었다. 그는 굽은 막대기와 잔가지로 무장한 경비가 빠른 속도로 자신을 지나쳐 너도밤나무의 굽은 가지 아래로 몸을 숙이더니 숲으로 사라지는 것을 보았다.

이제 공터에서 불이 환하게 타올랐다. 노인이 그 옆에 서 있고 다른 남자들이 몸을 일으켜 세웠다. 남자들 중 한 명이 가시덤불이 있는 쪽으로 휘청거리며 가 경비를 쫓아갈 때까지 노인이 소리를 지르며 손가락으로 가리켰다. 여자들이 노인 주위에 모였고 아이인 타나킬은 손등으로 눈을 문지르며 그들 사이에 서 있었다. 두 남자가 뛰어 돌아와 노인을 향해 소리 질렀고 가시덤불을 힘겹게 헤치며 공터에 이르렀다. 이제 로크는 여자들이 동굴을 만들었던 가지들을 하나둘 불 속으로 던지는 것을 볼 수 있었다. 뚱뚱한 여자가 그곳에서 새 아기를 어깨에 올리고 두 손을 비비 꼬며 통곡했다. 투아미가 숲과 수사슴의 머리가 있던 땅 쪽을 가리키며 노인에게 절실한 어조로 이야기했다. 불이 점점 크게 타올랐고 잎이 달린 큰 가지들이 폭발하듯 탁탁 소리를 내며 갑자기 빛을 발해 공터의 나무들이 대낮처럼 밝게 보였다. 사람들이 불을 등지고 숲의 어둠을 바라보며 불 주위로 모여들었다. 그들이 재빨리 동굴로 가서 서둘러 가지를 가져왔고 하나둘 가지가 더해짐에 따라 불이 박동하며 더 큰 빛을 발했다. 사람들이 동물의 통가죽을 가지고 나와 자신들의 몸을 둘둘 싸기 시작했다. 뚱뚱한 여자는 새 아기에게 젖을 먹이느라 더 이상 통곡하지 않았다. 로크는 여자들이 새 아기를 두려워하며 쓰다듬고 이야기하고 자신들의 목에 걸린 조개껍데기를 주면서도 줄곧 불빛을 가둔 겹겹의 어둠 속에 있는 나무를 향해 바깥을 보는 것을 볼 수 있었다. 투아미와 노인은 여전히 고개를 계속 끄덕이며 긴박하게 이야기를 나누었다. 로크는 어둠 속에서 자신이 안전하다고 느꼈지만 빛 가운데 서 있는 사람들이 끄떡도 않을 힘을 가지고 있음을 이해했다.

"라이쿠는 어디 있어?"

그는 사람들이 움찔하며 오그라드는 것을 보았다. 아이인 타나킬만 비명을 지르기 시작했고 쭈글쭈글한 여자가 와서 아이의 팔을 잡고 조용해질 때까지 흔들어 댔다.

"라이쿠를 내놔!"

밤톨 머리가 불빛 속에서 목소리를 듣기 위해 양쪽으로 귀를 기울였고 그의 굽은 막대기가 위로 올라갔다.

"파는 어디 있어?"

막대기가 오그라들더니 갑자기 곧아졌다. 잠시 후 무언가가 새의 날개처럼 공중으로 스쳐 지나갔다. 탁 하는 마른 소리가 났고 나무가 튕기더니 달가닥거렸다. 한 여자가 로크가 기어 들어갔던 동굴로 급히 가 가지를 잔뜩 가져다 불 속으로 던졌다. 이해할 수 없게도 사람들의 검은 윤곽이 숲을 응시했다.

로크가 몸을 돌려 코에게 일을 위임했다. 그는 길을 가로질러 가 파와 그녀를 쫓아간 두 남자의 냄새를 발견했다. 그는 코를 땅에 대고 파와 다시 만나게 해 줄 냄새를 따라 앞으로 빠르게 움직였다. 그는 그녀가 말하는 소리를 듣고 몸으로 그녀를 만지고 싶은 욕망이 간절했다. 그는 새벽이 오기 전에 깔린 어둠 사이로 더 빨리 움직였고 한 발자국 나아갈 때마다 그의 코가 모든 것을 알려 주었다. 여기에는 그녀가 도망갈 때의 넓은 보폭들과 발이 땅을 파고들 때 생긴 작은 반달들이 있었다. 나무 뒤로 동이 트고 있어서 불빛에서 멀어지자 이제 모든 것이 훨씬 잘 보였다. 또다시 라이쿠에 대한 생각이 떠올랐다. 그는 돌아가 너도밤나무의 갈라진 몸통으로 몸을 흔들며 올라가 가지 사이로 공터를 바라보았다. 파를 쫓아갔던 경비가 새로운 사람들 앞에서 춤을 추고 있었다. 그가 뱀처럼 기어 다니고 잔해만 남은 동굴 쪽으로 가더니 일어섰다. 그가 늑대처럼 화를 내며 불 쪽으로 돌아오자 사람들이 몸을 웅크렸다. 그가 어딘가를 가리켰고 뛰어다니기도 하고 웅크리고 있는 무언가의 시늉을 내고 새처럼 팔을 파닥거렸다. 그가 가시덤불 옆에 멈춰 서서 그 위 공중에 선을 하나 그렸고 그 선은 나무 위로 계속 올라가 알 수 없는 몸짓과 더불어 끝이 났다. 투아미가 노인에게 빠른 말투로 말했다. 로크는 그가 불 옆에 무릎을 꿇고 공간을 만들어 막대기로 그 위에 그림을 그리기 시작하는 것을 보았다. 라이쿠는 보이지 않았고 뚱뚱한 여자가 새 아기를 어깨에 얹고 빈 통나무 중 하나 안에 앉아 있었다.

　로크는 땅으로 내려가 다시 파의 발자국을 발견하고 그것을 따라서 뛰어갔다. 그녀의 발자국이 공포로 가득 차 있어서 로크는 동정심을 느끼며 머리카락이 쭈뼛 섰다. 그는 사냥꾼들이 멈춰 선 곳에 도착했고 사냥꾼 중 한 명이 발가락 없는 발이 땅에 깊은 자국을 남길 만큼 어떻게 옆으로 서 있었는지 볼 수 있었다. 파가 공중으로 뛰어오르며 남긴 자국들의 틈새와 그녀의 굵은 핏자국이 숲으로부터 나무의 몸통이 놓여 있던 늪까지 비뚤게 곡선을 그리며 이어지는 것을 보았다. 그는 사냥꾼들이 짓밟은 들장미들이 엉켜 있는 곳으로 그녀의 자취를 따라갔다. 그는 가시가 피부를 찢는 것도 모르고 그들보다 깊이 들어갔다. 자신의 발처럼 생긴 그녀의 발이 진흙 깊이 빠져 지금은 물이 고인 큰 구멍을 남긴 것을 보았다. 바로 앞에 놓인 늪의 매끄러운 수면은 경탄할 만했다. 밑에서 거품이 더 이상 올라오지 않았고 수면 위로 끓어오르던 갈색 진흙은 아무 일도 없었다는 듯이 다시 가라앉았다. 심지어 찌꺼기와 수초와 개구리 알 덩어리는 뒤로 흘러가 더러운 가지 아래 죽은 물속에 움직이지 않고 놓여 있었다. 발자국과 피가 로크를 여기까지 데려왔고, 파와 그녀가 느낀 공포의 냄새가 났고, 그 외에는 아무것도 없었다.

10

희미한 빛이 점점 밝아지더니 은색이 돼 늪의 검은 물이 빛났다. 새 한 마리가 갈대와 들장미의 섬들 가운데서 꽥꽥 울었다. 멀리에서 수사슴 중 수사슴이 요란하게 울고 또 울고 계속해서 울었다. 발목 주위의 진흙이 죄어들어 로크는 팔로 균형을 잡아야 했다. 그의 머릿속은 경이로움으로 가득 찼고 경이로움 아래로 희미하고 묵직한 배고픔이 이상하게 심장에서도 느껴졌다. 즉시 그의 코가 음식을 찾아 공중을 탐색했고 그의 눈이 진흙과 들장미가 엉켜 있는 곳을 이리저리 살폈다. 그는 휘청거리며 발가락을 굽히고 진흙에서 발을 빼내 더 단단한 땅으로 비틀거리며 갔다. 공기는 따뜻했고 작은 날벌레들이 머리를 한 대 맞은 다음 귀에서 들리는 소리같이 가느다란 소리로 노래했다. 로크가 몸을 흔들었지만 고음의 가느다란 소리가 계속되었고 로크는 마음이 무거웠다.

나무들이 시작되는 곳에는 알뿌리들이 막 땅에서 초록색의 뾰족한 끝을 내밀고 있었다. 그는 이것들을 발로 파내 손으로 들고 입에 넣었다. 밖의 로크는 별로 먹고 싶어 하지 않았지만 안의 로크가 이에게 씹으라고, 목구멍에게는 올라와 삼키라고 명령했다. 그는 목이 마르다는 사실을 기억하고 뛰어 늪으로 돌아갔지만 진흙이 그사이에 변해서 파의 냄새를 따라갈 때와 달리 들어가기가 쉽지 않았다. 그의 발이 들어가지 않으려 했다.

로크가 몸을 숙이기 시작했다. 그의 무릎이 땅에 닿고 손이 땅에 닿아 천천히 무게를 실었고, 그는 온 힘을 다해 땅속으로 파고들었다. 그는 죽은 잎사귀들과 잔가지에 몸을 비비며 비틀었고 고개를 들고 입을 벌린 채 깜짝 놀란 눈으로 휙 하고 돌아보았다. 그의 입에서 애도의 소리가 터져 나오더니 고통스럽고 거친 소리, 사람의 소리가 계속되었다. 날아다니는 것들의 고음이 계속되었고 폭포는 산기슭에서 윙윙거렸다. 저 멀리서 수사슴이 다시 요란한 소리를 냈다.

하늘에는 분홍색이, 나무 꼭대기에는 새로운 초록빛이 감돌았다. 생명의 점에 지나지 않던 싹들이 손가락만 하게 피어나 어른거리는 초록색이 빛을 배경으로 무성해져 더 큰 가지들만 보였다. 땅이 마치 진액을 나무 몸통으로 올리려는 듯이 진동했다. 로크의 입에서 애도의 소리가 차차 잦아들자 로크는 이 진동에 주의를 기울였고 조금 위안을 받았다. 그는 기어가 구근을 손가락으로 집어 씹었고 그의 목구멍이 올라와 삼켰다. 그는 목마름을 다시 기억하고 웅크리고 앉아 물가의 단단한 땅을 찾았다. 그는 몸을 긁어 대는 가지에서 한 손으로 나무를 잡고 머리를 내려 칠흑의 표면을 빨아 먹었다.

숲에서 발소리가 났다. 그는 단단한 땅으로 재빨리 돌아갔고 새로운 사람 두 명이 굽은 막대기를 손에 들고 나무 몸통들을 획 하고 스쳐 가는 것을 보았다. 나머지 사람들이 있는 공터에서 소리가 났다. 통나무들끼리 부딪치고 나무를 자르는 소리였다. 그는 라이쿠를 기억하고 공터를 향해 달려가 덤불 위로 사람들이 무얼 하는지 보았다.

"아호! 아호! 아호!"

갑자기 그에게 빈 통나무들이 기슭 위로 코를 들고 공터에서 쉬려고 오는 그림이 떠올랐다. 그는 앞으로 살금살금 움직여 웅크렸다. 강에는 더 이상 통나무가 없어 더는 그곳에서 나오지 않을 터였다. 통나무들이 강으로 다시 옮겨지는 다른 그림이 떠올랐고 이 그림은 첫 번째 그림과 어떤 면에서 너무나 선명하게 연결돼 그는 왜 하나의 그림이 다른 그림에서 나왔는지 이해했다. 이것은 뇌에서 혁명이 일어난 것과 같았고 그는 자랑스럽고 슬프고 자신이 말이 된 것처럼 느꼈다. 그가 조르르 새싹이 돋은 들장미들에게 조용히 말했다.

"이제 내가 말이야."

그림들이 한 다발 생겨나 그가 내킬 때 정리하도록 놓여 있는 것처럼 그는 갑자기 머리가 새로워진 듯 느껴졌다. 이 그림들은 평범한 대낮의 회색빛이었다. 그 그림들이 그를 라이쿠와 새 아기와 이어 주는 하나뿐인 생명의 끈을 보여 주었다. 또한 밖의 로크와 안의 로크가 공포에 떨면서도 간절히 사랑하는 새로운 사람들이 할 수만 있다면 자신을 죽일 존재임을 보여 주었다.

그에게 라이쿠가 흠모의 부드러운 눈길로 타나킬을 바라보는 그림이 떠올랐고 하가 두렵고도 열렬한 마음으로 나아가 어떻게 갑작스러운 죽음을 맞게 되었는지 짐작했다. 그는 감정의 소용돌이 속에서 덤불을 꽉 붙잡고 혼신의 힘을 다해 울부짖었다.

"라이쿠! 라이쿠!"

자르는 소리가 멈추고 대신 무언가를 가는 타탁 소리가 길게 이어졌다. 그는 바로 앞에서 투아미의 머리와 어깨가 옆으로 빨리 움직이는 것을 보았고 곧 초록색 팔이 무성하게 퍼져 있는 나무가 넘어지며 박살 났다. 나뭇잎들이 옆으로 놓이자 그는 다시 공터를 볼 수 있었다. 가시덤불도 허물어졌고 사람들이 빈 통나무를 운반하고 있었다. 사람들이 헐떡거리며 통나무를 조금씩 앞으로 움직였다. 투아미가 소리치고 있었고 덤불은 굽은 막대기를 어깨에서 떼려고 안간힘을 썼다. 로크는 사람들이 아주 작게 보일 때까지 길의 초입으로 도망쳤다.

통나무들이 강으로 돌아가는 것이 아니라 산을 향해 오고 있었다. 로크는 이것에서 생기는 다른 그림을 보려 했지만 보이지 않았다. 그러고 나서 그의 머리가 다시 로크의 머리가 돼 텅 비었다.

투아미가 나무를 마구 팼다. 몸통 자체를 자르는 것이 아니라 팔이 삐져나온 얇은 끝부분을 자르고 있었다. 로크는 소리가 달라서 알아챌 수 있었다. 로크는 노인의 소리도 들었다.

"아호! 아호! 아호!"

통나무가 길을 따라 나아갔다. 그 통나무는 다른 통나무들, 그러니까 굴림대 위에 타고 있었는데 그것들이 부드러운 땅속에 빠져 사람들이 기진맥진하고 공포 속에서 헐떡거리며 비명을 질렀다. 노인은 통나무를 직접 만지지는 않았지만 누구보다 열심히 일하고 있었다. 그가 이리저리 뛰어다니며 명령하고 간곡하게 타이르기도 하고 그들과 함께 헐떡거리며 그들의 몸짓을 따라 했다. 그러는 내내 그의 새소리 같은 고음이 떨렸다. 여자들과 타나킬은 빈 통나무의 양옆에 있었고 심지어 뚱뚱한 여자도 뒤에서 큰 숨을 쉬고 있었다. 통나무 안에는 단 한 명만 있었는데 새 아기가 옆을 잡고 서서 시끌벅적한 소동을 바라보고 있었다.

투아미가 나무 몸통의 커다란 부분을 끌며 길옆에서 돌아왔다. 그가 그것을 부드러운 바닥에 놓고는 빈 통나무 쪽으로 굴리기 시작했다. 여자들이 통나무의 크게 뜬 두 눈 주위에 모여들어 큰 숨을 위쪽과 앞쪽으로 내뿜었고 통나무가 부드러운 흙 위로 쉽사리 굴러갔다. 통나무의 눈이 아래로 내려갔고 덤불과 투아미가 뒤에서 작은 굴림대를 가져와 통나무가 절대 땅에 닿지 않도록 했다. 벌들이 바위의 틈새 주위를 맴돌듯 움직임이 끊임없이 소용돌이쳤고 그곳에는 질서 정연한 절박함이 있었다. 새 아기가 몸을 흔들고 위아래로 까딱거리고 가끔 응애 소리를 내며 타고 있는 통나무가 길을 따라 로크 쪽으로 움직였지만 대부분의 시간 동안 통나무는 가장 가까이 있거나 가장 힘차게 일하는 사람들에게 시선을 고정시켰다.

라이쿠는 어디에도 보이지 않았지만 로크는 순간 말처럼 생각하며 다른 통나무와 많은 꾸러미를 기억했다.

새 아기가 그저 보고 있는 것처럼 로크도 물보라가 발에 닿을 때까지 움직이는 것조차 잊은 채 밀물이 드는 것을 쳐다보고 있는 사람처럼 점점 다가오는 그들의 행동에 몰입돼 있었다. 그들이 그에게 아주 가까이 다가와 굴림대 앞의 풀이 납작하게 된 것을 볼 수 있을 때가 돼서야 그는 사람들이 매우 위험하다는 사실을 기억하고 휙 숲 속으로 들어갔다. 그는 그들이 보이지는 않지만 소리가 들릴 정도의 위치에 멈춰 섰다. 여자들이 통나무를 밀며 힘들다고 아우성쳤고 노인의 목소리가 쉬어 갔다. 로크는 몸에 수많은 감정을 느끼며 혼란스러워졌다. 그는 새로운 사람들에게 공포심을 느꼈고 아픈 여자들을 볼 때처럼 그들을 측은히 여겼다. 그는 찾을 수 있는 음식을 다 따고 없어도 개의치 않으며 나무 밑에서 돌아다니기 시작했다. 머릿속의 그림들이 다시 사라졌고 자세히 살펴볼 수도 부인할 수도 없는 감정이 그를 가득 채웠다. 처음에는 배가 고프다고 생각하며 아무것이나 발견되면 입에 쑤셔 넣었다. 갑자기 그는 자신이 미끄러운 나무껍질에서 신맛이 나고 쓸모없는 어린 가지들을 꾸역꾸역 먹고 있는 것을 발견했다. 그는 음식을 쑤셔 넣고 삼키다가 팔다리로 땅을 딛고 먹은 가지들을 모조리 다시 토해 냈다.

사람들의 소리가 점점 잦아들어 노인이 명령을 내리거나 화를 내느라 목소리가 커질 때만 들을 수 있었다. 숲이 늪으로 변하고 덤불과 제멋대로 뻗은 버드나무와 물이 있는 이곳에는 더 이상 그들이 지나간 자취가 없었다. 산비둘기들이 짝짓기에 열중하며 지저귀었고 아무것도 변하지 않았다. 빨간 머리 아이가 그네를 타며 웃던 큰 가지도 여전했다. 바람이 불지 않고 따뜻한 공기 속에서 만물이 혜택을 누리며 번창했다. 로크가 일어서서 늪을 따라 파가 사라진 호수 쪽으로 갔다. 말이 되는 것은 자랑스럽고 매우 부담되는 일이었다. 로크의 새 머리는 어떤 것들이 바다의 파도처럼 사라지고 끝났다는 것을 알았다. 그의 머리는 사람이 가시를 품에 안듯 아픔을 감내하며 고통을 받아들여야 한다는 것을 알았고 모든 변화를 낳은 새로운 사람들을 이해하려고 애썼다.

로크는 '같음'을 발견했다. 그는 평생 '같음'을 의식하지 않고 사용했다. 나무 위의 버섯은 귀였고 그 단어는 같지만 머리 옆쪽에 있는 예민한 것들에 결코 적용할 수 없는 상황으로 구별할 수 있었다. 이제 로크는 새롭게 이해한 사실에 몸서리치며 막대기나 고기를 자르기 위해 돌을 사용한 것처럼 확실하게 '같음'을 도구로 사용하는 자신을 발견했다. '같음'을 통해 손을 사용하는 하얀 얼굴의 사냥꾼들을 이해할 수 있었고 그들이 임의적이고도 무관한 침입자가 아니라 생각이 가능한 존재로 자리매김되었다.

그는 악의를 가지고 능숙하게 굽은 막대기를 가지고 간 사냥꾼들을 떠올렸다.

"그 사람들은 나무 구멍에 사는 굶주린 늑대 같아."

그는 노인으로부터 새 아기를 지키는 뚱뚱한 여자를 떠올렸고 그녀의 웃음소리와 짐을 함께 나르며 서로를 보고 웃는 남자들을 떠올렸다.

"그 사람들은 바위의 틈새에서 흘러내리는 꿀 같아."

그는 타나킬이 노는 모습과 그녀의 능숙한 손가락과 웃음소리와 막대기를 떠올렸다.

"그 사람들은 둥근 돌에 담긴 꿀 같아. 새로운 꿀에서 죽은 것들과 불 냄새가 나."

그들은 손을 한 번 뒤집는 정도로 사람들 사이의 간격을 없앴다.

"그들은 강과 폭포 같고, 그들은 폭포의 사람들이야. 그 무엇도 그들을 당해 낼 수 없어."

그는 그들의 인내심과 색깔 있는 흙으로 수사슴을 창조하는 어깨가 넓은 투아미를 생각했다.

"그들은 오아 같아."

그의 머릿속이 혼란스럽고 깜깜해졌다. 그러고 나서 그는 다시 로크가 돼 늪 옆에서 이리저리 방황하고 다녔고 음식을 먹어도 채워지지 않는 배고픔이 다시 느껴졌다. 그는 사람들이 두 번째 통나무가 있는 공터로 길을 따라 뛰어가는 소리를 들었다. 그들은 말을 하지 않았지만 발소리가 쿵쿵거리고 바스락거리는 소리 때문에 그곳에 있다는 것을 알 수 있었다. 그는 제대로 보기도 전에 사라지는 겨울의 햇빛 한 줄기처럼 그림을 공유했다. 그가 멈춰 서서 고개를 들었고 콧구멍이 벌름거렸다. 그의 귀가 삶에 관한 일을 떠맡았고 귀는 사람들의 소리를 무시하고 매끈한 가슴으로 맹렬하게 물을 가르는 쇠물닭에 집중했다. 쇠물닭들이 넓게 퍼져 로크를 향해 오다가 그를 보고 갑작스럽게 갈라지더니 다 같이 오른쪽으로 갔다. 물쥐 한 마리가 코를 위로 들고 자신이 몸을 뒤트느라 생긴 물결 속에서 쇠물닭들을 쫓아갔다. 늪에 듬성듬성 있는 들장미 덤불 사이에서 무언가가 씻기는 소리가 나며 물이 획 하고 찰랑거렸다. 로크가 도망갔다가 다시 돌아왔다. 그는 진흙 속에 웅크리고 앉아 시야를 가리는 검은딸기나무를 헤치기 시작했다. 씻기는 소리가 멈췄고 그곳에서 흘러오는 물결이 덤불에 부딪쳐 찰랑거리며 그의 발자국 안으로 튀었다. 그가 코로 공기 냄새를 맡고 덤불과 싸운 끝에 빠져나갔다. 그는 물속으로 세 발자국 들어가 진흙에 비뚜름하게 빠졌다. 물에 씻기는 소리가 다시 시작되었고 로크는 웃고 떠들고 휘청거리며 그곳으로 갔다. 허벅지 주위에 차가운 것들이 닿고 보이지 않는 진흙이 발을 세게 빨아들이자 밖의 로크의 털이 삐죽 섰다. 무거움, 그 배고픔이 솟아올라 그를 채우는 구름, 태양이 불로 채운 구름이 되었다. 더 이상 묵직함은 없고 가벼움만이 로크를 꿀 사람들처럼 떠들고 웃게 하고 로크의 눈을 깜빡이며 눈에서 물을 흘리고 웃게 했다. 그들은 이미 그림을 공유했다.

"내가 여기 있어! 내가 갈게!"

"로크! 로크!"

파가 주먹을 꽉 쥐고 이를 꽉 물고 팔을 들고 몸을 앞으로 숙인 채 물을 힘겹게 가르며 왔다. 그들은 허벅지까지 물에 잠긴 채 서로 부둥켜안고 어기적거리며 기슭으로 향했다. 질벅

한 진흙에 빠진 발이 보이기도 전에 로크가 웃으며 떠들었다.

"혼자 있는 건 좋지 않아. 혼자 있는 건 정말 좋지 않아."

파가 그를 잡으면서 절뚝거렸다.

"조금 다쳤어. 어떤 남자가 끝에 돌멩이가 달린 막대기로 다치게 했어."

로크가 그녀의 허벅지 앞쪽을 만졌다. 상처에서 더 이상 피가 흐르지는 않았지만 검은 피가 그 안에 혓바닥처럼 놓여 있었다.

"혼자 있는 건 좋지 않……."

"남자가 날 때린 다음 나는 물속으로 뛰어 들어갔어."

"물은 끔찍한 거야."

"물이 새로운 사람들보다는 나아."

파가 그의 어깨에서 팔을 뗐고 그들은 큰 너도밤나무 아래 쭈그리고 앉았다. 사람들이 두 번째 빈 통나무를 가지고 공터에서 돌아오고 있었다. 그들은 헐떡거리고 울며 움직였다. 먼저 갔던 두 사냥꾼이 산의 바위에서 아래를 향해 소리쳤다.

파가 다친 다리를 앞으로 쭉 뻗었다.

"나는 알과 갈대와 개구리 알을 먹었어."

로크는 자신의 손이 계속 앞으로 뻗어 그녀를 만지는 것을 발견했다. 그녀가 어두운 표정으로 그를 보고 미소 지었다. 그는 연결되지 않은 그림들을 낮처럼 밝게 만든 순간의 연결을 기억했다.

"이제 내가 말이야. 말이 되는 건 마음이 무거워."

"여자가 되는 건 마음이 무거워."

"새로운 사람들은 늑대와 꿀 같아. 썩은 꿀과 강 같아."

"그들은 숲에 난 불 같아."

갑자기 로크에게 자신 안에 있다는 것을 알지 못했던 그림이 머릿속 깊은 곳에서 떠올랐다. 잠시 동안 그 그림은 바깥에 있는 것 같아 세상이 변한 것 같았다. 로크 자신은 전과 같은 크기였지만 그 외의 모든 것이 갑자기 커졌다. 나무가 산처럼 높이 솟았다. 그는 땅에 있지 않고 누군가의 등에 타고 있었는데 손과 발로 붉은 기가 도는 갈색 머리카락을 잡고 있었다. 보이지는 않지만 앞에 있는 머리는 말의 얼굴이었고 더 위대한 파가 그의 앞에서 도망갔다. 위에 있는 나무가 요동하며 불길을 뿜어내고 그를 숨 막히게 했다. 절박감과 피부를 죄는 긴장감이 생기고 공포심이 생겼다.

"지금은 불이 달아나 나무들을 삼켰던 때와 같아."

사람들이 통나무들을 옮기는 소리가 멀리서 들려왔다. 사람들이 길을 따라 쿵쿵거리며 공터로 뛰어갔다. 순간 새소리가 나더니 다시 침묵이 흘렀다. 발자국 소리가 길을 따라 쿵쿵거리다 다시 사라졌다. 파와 로크는 일어나서 길 쪽으로 갔다. 그들은 말하지 않았지만 조심스럽게 다가가며 사람들만 남겨지면 안 된다고 암묵적으로 인정했다. 그들은 불이나 강처럼 무시무시했지만 꿀이나 고기처럼 마음을 끌었다. 그들이 만진 모든 것이 변한 것처럼 길 역시 바뀌었다. 땅은 파헤쳐지고 흩어졌고 굴림대가 땅을 내리누르고 매끄럽게 만들어 로크와 파와 한 사람이 더 나란히 걸을 만큼 넓은 길이 생겼다.

"그들이 빈 통나무들을 굴러다니는 나무 위에 놓고 밀었어.

새 아기는 통나무 안에 있었어. 라이쿠는 다른 통나무 안에 있을 거야."

파가 슬픈 표정으로 그의 얼굴을 쳐다보았다. 그녀가 매끄러운 땅 위에 난 자국은 가리켰다.

"그들이 빈 통나무처럼 우리 위로 지나갔어. 그들은 겨울과 같아."

그 감정이 로크의 몸속으로 다시 돌아왔다. 하지만 앞에 파가 있어서 그 무거움을 견딜 수 있었다.

"이제 파와 로크와 새 아기와 라이쿠만 있어."

잠시 동안 그녀가 아무 말도 하지 않고 그를 바라보았다. 그녀가 손을 내밀었고 그가 그 손을 잡았다. 그녀가 말을 하려고 입을 열었지만 아무 소리도 나지 않았다. 그녀가 온몸을 떨더니 몸서리치기 시작했다. 로크는 그녀가 눈이 온 날 아침 편안한 동굴을 떠날 때처럼 이 몸서리를 다스리는 것을 볼 수 있었다. 그녀가 손을 거둬들였다.

"가자!"

커다란 잿더미에서 불이 아직 타고 있었다. 기둥은 아직 서 있었지만 거처는 다 허물어졌다. 공터의 땅은 마치 동물 떼가 짓밟은 것처럼 다 파헤쳐져 있었다. 로크가 공터의 가장자리로 살금살금 기어갔고 파는 뒤에 머물렀다. 그가 공터를 맴돌기 시작했다. 중앙에는 그림들과 선물들이 있었다.

파가 이것들을 보고 로크를 따라 안쪽으로 들어갔다. 그들은 빙빙 돌며 다가가면서 새로운 사람들이 돌아올까 봐 귀를 기울였다. 불 옆에 있는 그림들은 혼란스러웠고, 이해할 수 없게도 그곳에서 수사슴의 머리가 아직도 로크를 쳐다보고 있었다. 이제 뚱뚱하고 봄의 색깔을 한 새로운 수사슴이 있었고 다른 형상이 그것에 가로놓여 있었다. 이것은 빨간색이었는데 팔과 다리를 아주 넓게 펼치고 흰 조약돌로 된 눈이 달린 얼굴로 로크를 쩨려보았다. 머리 둘레에 머리카락이 삐죽삐죽 달려 있었는데 그것은 광분해 잔인한 행동을 하는 듯한 모습이었고 털이 달린 막대기가 그것을 관통해 깊이 박혀 있었다. 두 사람은 그런 것을 본 적이 없었기 때문에 경외심을 느끼며 뒤로 물러났다. 그러고 나서 주저하며 다시 선물들을 보러 갔다.

날것이기는 해도 비교적 피가 없는 수사슴의 뒷다리 살이 말뚝 꼭대기에 매달려 있었고 쳐다보는 머리 옆에는 열린 돌 속에 꿀 음료가 담겨 있었다. 불에서 연기와 불꽃이 피어오르듯 돌에서 꿀의 향기가 흘러나왔다. 파가 손을 내밀어 고기를 만지자 그것이 흔들렸고 그러자 그녀가 손을 휙 하고 뒤로 뺐다. 로크가 뻗어 있는 사지에 발이 닿지 않도록 하고 손을 천천히 바깥쪽으로 움직이며 형체 주위를 한 바퀴 더 돌았다. 곧 그들은 선물을 향해 달려들어 근육을 뜯고 날고기를 입에 쑤셔 넣었다. 그들은 음식으로 배를 채워 피부가 땅기고 말뚝에 반짝거리는 하얀 뼈만 가죽띠로 매달릴 때까지 쉴 새 없이 먹었다.

마침내 로크가 뒤로 물러나 허벅지에 손을 닦았다. 그들은 여전히 아무 말도 하지 않으며 서로를 향해 몸을 돌리고 냄비 옆에 쭈그리고 앉았다. 멀리 단구로 이어지는 언덕에서 노인의 소리를 들을 수 있었다.

"아호! 아호! 아호!"

열린 냄비에서 심한 악취가 올라왔다. 파리 한 마리가 냄비 가장자리에 앉아 머물다가 로크의 숨이 다가가자 날개를 파다닥하며 잠시 날다가 다시 내려앉았다.

파가 로크의 손목을 잡았다.

"만지지 마."

하지만 로크의 입은 냄비 가까이에 있었고 코를 벌름하며 숨이 가빠졌다. 그가 갈라진 목소리로 크게 말했다.

"꿀이야."

갑자기 그가 머리를 처박더니 냄비에 입을 들이대고 빨아 마셨다. 그는 썩은 꿀에 입과 혓바닥을 데 공중제비를 하며 뒤로 물러났고 파는 불의 재 주위에 있는 냄비로부터 도망갔다. 로크가 침을 뱉고 악취를 풍기며 그를 기다리는 냄비를 향해 집착하며 기어가기 시작했고 그녀는 공포스러운 표정으로 그를 바라보며 서 있었다. 그가 조심스럽게 몸을 낮추고 몇 모금 마셨다. 그가 입을 때리고 다시 빨기 시작했다. 그가 뒤로 물러나 앉아 그녀를 보며 웃었다.

"마셔."

그녀가 불안해하며 냄비 위로 몸을 굽히고 톡 쏘면서도 달콤한 그것 속에 혓바닥을 넣었다. 로크가 갑자기 무릎을 꿇고 앞으로 몸을 기울이더니 이야기하며 그녀를 밀쳐 냈다. 그녀는 너무 놀라 쭈그리고 앉아 입술을 핥고 침을 뱉었다. 로크가 냄비를 파고들며 세 번 빨아들였다. 하지만 세 번째로 빨아들일 때 꿀의 표면이 닿지 않는 바람에 그는 공기를 들이마시고 숨이 막혀 발작적으로 캑캑댔다. 그가 숨을 다시 쉬려고 노력하며 땅에서 굴렀다. 파가 꿀을 먹으려 애썼지만 혓바닥이 닿지 않았고 로크에게 원망조로 말했다. 그녀가 잠시 조용히 서있다가 새로운 사람들처럼 냄비를 손으로 들고 입에 갖다 댔다. 로크는 그녀가 얼굴에 큰 돌멩이를 갖다 댄 것을 보고 웃으며 그 모습이 얼마나 웃긴지 이야기해 주려 했다. 그가 잠시 후 꿀을 기억하고 뛰어올라 돌을 빼앗으려 했다. 하지만 냄비가 들러붙어 있었고 그것을 끌어내리자 그녀의 얼굴이 따라 내려왔다. 그들이 잡아당기며 서로에게 소리를 질렀다. 로크는 고음으로 크게, 야만적으로 소리치는 자신의 목소리를 들었다. 그가 이 새로운 목소리를 조사하기 위해 냄비를 놓았고 파가 냄비와 함께 휘청거리며 뒷걸음질 쳤다. 그는 나무들이 부드럽게 옆과 위로 흔들리는 것을 발견했다. 그는 모든 것을 제자리로 돌아가게 할 근사한 그림이 떠올랐고 파에게 설명해 주려 했으나 그녀는 듣지 않으려 했다. 그러자 그림이 떠올랐던 그림만 떠오르며 모든 생각이 사라지고 그는 몹시 분노하게 되었다. 그는 목소리로 그 그림들을 따라가려 했고 안의 로크와 분리되어 웃으며 오리처럼 꽥꽥대는 자신의 목소리를 들었다. 그림 자체는 시야에서 사라졌지만 그 그림의 시작이었던 한 단어는 남아 있었다. 그가 그 단어를 붙잡았다. 그가 더 이상 웃지 않고 아직 얼굴에 돌을 대고 서 있는 파에게 매우 엄숙하게 말했다.

"통나무!" 그가 말했다. "통나무!"

그가 꿀을 기억하고 화를 내며 그녀의 얼굴에서 돌을 잡아당겼다. 그녀의 빨간 얼굴이 냄비에서 나오자마자 그녀가 웃으며 이야기하기 시작했다. 로크가 새로운 사람들처럼 냄비를 들었고 꿀이 가슴 위로 흘렀다. 그는 얼굴이 냄비 아래 놓이도록 몸을 비비 꼬았고 흘러내리는 방울을 입에 넣으려고 온갖 애를 썼다. 파가 소리를 지르며 웃었다. 그녀가 넘어져 몸을 구르며 뒤로 누워 허공을 발로 찼다. 로크와 벌꿀 불이 어설프게 이 초대에 응했다. 그러자 두 사람 모두 냄비를 기억했고 다시 한 번 냄비를 당기며 싸웠다. 파는 겨우 조금 마셨지만 꿀이 찐득해져서 나오지 않았다. 로크가 냄비를 빼앗아 가 그것과 씨름하며 주먹으로 치고 소리를 질렀다. 하지만 꿀은 더 이상 없었다. 그가 격노하며 냄비를 땅바닥에 내팽개쳤고 냄비가 활짝 웃으며 두 동강이 났다. 로크와 파가 몸을 던져 냄비 조각을 잡고 쭈그리고 앉아 꿀이 있던 곳을 찾기 위해 돌려 가며 핥았다. 로크의 머릿속에서 폭포가 공터에서 고함쳤다. 나무들이 더 빨리 움직였다. 로크는 벌떡 일어나 땅이 통나무처럼 위험한 것을 발견했다. 그가 다가오는 나무를 막기 위해 나무를 세게 쳤고 그러자 하늘이 빙빙 돌며 누워 있게 되었다. 그가 몸을 뒤집어 새 아기가 그러듯 몸을 흔들며 엉덩이를 먼저 들고 일어났다. 파가 날개가 탄 나방처럼 불의 재 주위를 기어 다녔다. 그녀가 하이에나에 대해 혼잣말을 했다. 갑자기 로크는 자신 안에서 새로운 사람들의 힘을 발견했다. 그는 그들 중 하나였고 불가능한 일이 없어졌다. 공터에 태우지 않은 통나무와 가지가 많았다. 로크가 통나무를 향해 옆으로 뛰어가 그것에게 움직이라고 명령했다. 그가 소리쳤다.

"아호! 아호! 아호!"

통나무가 나무들처럼 미끄러졌지만 속도가 더뎠다. 그가 계속 소리 질렀지만 통나무는 더 빨리 움직이지 않았다. 그가 가지를 하나 집어 들고 타나킬이 라이쿠를 때렸던 것처럼 통나무를 계속 내리쳤다. 그에게 사람들이 통나무 양쪽에서 입을 벌리고 안간힘을 쓰는 그림이 떠올랐다. 그가 노인처럼 그들을 향해 소리 질렀다.

파가 옆으로 기어갔다. 그녀는 통나무와 나무들처럼 천천히, 신중하게 움직였다. 로크가 크게 소리치며 막대기로 그녀의 엉덩이를 내리쳤고 가지의 끝이 쪼개져 날아가 나무들 사이에서 튀어 올랐다. 파가 꽥 하고 소리를 지르며 일어나 휘청거렸고 로크가 다시 허공을 내리쳤다. 그녀가 몸을 뒤로 돌렸고, 그들은 소리를 지르며 서로 얼굴을 마주 보고 서 있었고, 나무들은 미끄러졌다. 그는 그녀의 오른쪽 젖가슴이 움직이고 팔이 올라가고 손바닥이 허공에 있는 것을 보았다. 왜 그런지 모르지만 손바닥이 중요해져 이제 즉각 그가 신경 써야 하는 것이 되었다. 그러더니 세상을 눈부시게 하는 번개가 얼굴을 때리고 땅이 불쑥 솟아 오른뺨을 무시무시한 힘으로 쳤다. 그는 이 수직의 땅에 기댔고 오른쪽 얼굴이 열렸다 닫히고 그 속에서 불길이 솟았다. 파는 누운 채 점점 멀어졌다 다시 다가왔다. 그녀가 그를 위나 아래로 잡아당겼고 다시 그의 발아래에는 단단한 땅이 있고 그는 그녀를 꼭 붙잡고 있었다. 그들은 서로를 보며 울다가 웃었고, 폭포는 공터에서 고함치고 있었고, 죽은 나무의 헝클어진 머리는 하늘로 기어오르며 점점 작아지는 것이 아니라 점점 커졌다. 로크는 잘 느끼지는 못했지만 겁을 먹었고 그녀에게 가까이 가는 편이 좋다는 것을 알았다. 그는 머릿속의 졸음과 낯섦을 제쳐 놓고 그녀를 응시하며 죽은 나무의 헝클어진 머리처럼 점점 멀어지는 그녀의 얼굴을 보고 지루함을 느꼈다. 나무들은 여전히 미끄러졌지만 항상 본성적으로 그래 왔다는 듯이 천천히 움직였다.

그가 엷은 안개 사이로 그녀에게 말했다.

"나는 새로운 사람들 중 한 명이야."

그가 이렇게 말하고는 신나게 뛰놀았다. 그러고 나서 그는 새로운 사람들의 걸음걸이라고 생각하며 느릿느릿 흔들면서 공터를 가로질러 걸어갔다. 파가 그의 손가락을 잘라야 한다는 그림이 떠올랐다. 그가 그녀를 찾아 말하려고 애쓰며 공터를 천천히 걸어 다녔다. 그는 강가 가까이에 있는 죽은 나무 뒤에서 그녀를 찾았고 그녀는 아픈 상태였다. 그가 물속의 늙은 여자에 대해 이야기했지만 그녀가 관심을 갖지 않자 그는 깨진 냄비로 돌아가 거의 남지 않은 썩어 가는 꿀을 핥았다. 땅 위의 형체가 노인이 되었고 로크가 그에게 이제 새로운 사람들에게 새 일원이 생겼다고 말했다. 그러고 나서 그는 매우 피곤해졌고 땅이 말랑말랑해지고 그의 머릿속의 그림들이 빙빙 돌았다. 그가 노인에게 이제 로크가 돌출부로 돌아가야 한다고 설명했지만 머리가 빙빙 도는 상황에서도 이 말이 더 이상 돌출부가 없다는 사실을 로크에게 상기시켰다. 그가 속 시원하게 큰 소리로 애도하기 시작했고 그것은 매우 유쾌한 경험이었다. 그는 나무를 쳐다보면 나무가 미끄러지듯 조각나고 지금은 끄집어 낼 수 없는 매우 많은 노력을 기울여야만 나뭇가지들이 다시 하나가 된다는 사실을 발견했다. 갑자기 햇빛과 폭포의 윙윙거리는 소리 위로 산비둘기의 소리 외에 아무것도 존재하지 않았다. 로크는 눈을 뜨고 두 개가 된 가지들이 하늘을 배경으로 만들어 내는 이상한 무늬를 보며 누웠다. 그의 눈이 저절로 감겼고 그는 잠의 절벽 너머로 떨어졌다.

11

파가 그를 흔들고 있었다.

"그들이 떠나고 있어."

파의 손이 아닌 손들이 그의 머리를 꽉 잡고 찌르는 듯한 고통을 주었다. 그가 신음 소리를 내고 그 손에서 멀어지려고 굴렀지만 손이 머리를 놓지 않고 꽉 쥐는 바람에 고통이 머릿속까지 들어왔다.

"새로운 사람들이 떠나고 있어. 그들이 빈 통나무들을 언덕 위 단구로 가져가고 있어."

로크가 눈을 뜨고 태양을 똑바로 쳐다볼 때와 같은 고통에 비명을 질렀다. 눈에서 물이 흘러내리면서 두 눈꺼풀 사이에서 심한 쓰라림을 자아냈다. 파가 그를 다시 흔들었다. 그가 손과 발로 땅을 더듬거리고 몸을 땅에서 살짝 들었다. 그의 배가 수축하며 갑자기 토가 나왔다. 배가 마치 혼자 살아 움직이는 듯했다. 배가 딱딱하게 굳어 올라오며 악하고 꿀 냄새가 나는 물질이 몸서리치게 싫은 듯 뱉어 냈다. 파가 그의 어깨를 잡았다.

"내 배도 토했어."

그가 다시 몸을 뒤집고 눈을 뜨지 않고 힘겹게 웅크렸다. 그는 햇빛이 한쪽 얼굴을 태우는 것을 느낄 수 있었다.

"그들이 떠나고 있어. 새 아기를 데려와야 해."

로크는 세상에 무슨 일이 벌어졌는지 보려고 끈적끈적한 눈꺼풀 사이로 조심스럽게 쳐다보며 눈을 비틀어 떴다. 더 밝아졌다. 땅과 나무가 색깔만 보이고 흔들려 로크는 다시 눈을 감았다.

"아파."

잠시 동안 그녀는 아무 말도 하지 않았다. 로크는 머리를 쥔 손이 머릿속으로 들어가 너무 꽉 쥐어 뇌 속에서 피가 박동하는 것을 느낄 수 있다는 것을 알게 되었다. 그가 눈을 뜨고 깜박였고 세상이 조금 가라앉았다. 눈부신 색깔들이 아직 남아 있었지만 흔들리지는 않았다. 그의 앞에 짙은 갈색과 붉은색 땅이 펼쳐지고 은색과 초록빛 나무들이 있었으며 가지들은 여기저기서 뿜어지는 초록빛 불길로 덮여 있었다. 그는 몸을 웅크린 채 눈을 깜박이며 파가 계속 말하는 동안 얼굴의 여린 살을 느꼈다.

"내가 토했는데 너는 일어나지 않았어. 내가 새로운 사람들을 보러 갔어. 빈 통나무들이 언덕 위로 옮겨져 있어. 새로운 사람들은 겁에 질려 있어. 그들은 겁에 질린 사람들처럼 일어나고 움직여. 그들은 숨을 크게 쉬고 땀을 흘리고 뒤를 돌아 숲을 쳐다봐. 하지만 숲에는 위험한 게 없어. 아무것도 없는데 사람들이 공기를 두려워해. 이제 우리가 새 아기를 빼앗아 와야 해."

로크가 양손을 벌려 땅을 짚었다. 하늘은 밝고 세상은 온갖 색깔로 눈부셨지만 그곳은 여전히 그가 아는 세상이었다.

"우리가 라이쿠를 빼앗아 와야 해."

파가 일어나서 공터 주위를 맴돌았다. 그녀가 돌아와서 그를 내려다보았다. 그가 조심스럽게 일어났다.

"파가 '이렇게 해!'라고 말해."

그가 순종하는 마음으로 기다렸다. 말은 이미 그의 머리에서 떠나 버렸다.

"여기 그림이 있어. 로크가 사람들이 볼 수 없는 절벽 옆길로 올라가. 파는 돌아가서 사람들 위쪽 산으로 올라가. 사람들이 따라올 거야. 남자들이 따라올 거야. 그러면 로크가 뚱뚱한 여자한테 새 아기를 빼앗아 뛰어가."

그녀가 그의 팔을 잡고 애원하는 듯한 표정으로 그의 얼굴을 쳐다보았다.

"다시 불이 생길 거야. 그리고 내가 아이들을 낳을 거야."

로크의 머릿속에 그림이 떠올랐다.

"그렇게 할게." 그가 강한 어조로 말했다. "그리고 라이쿠가 보이면 데려올 거야."

파의 얼굴에 전에도 보았던, 그가 이해할 수 없는 표정이 떠올랐다.

그들은 덤불이 새로운 사람들의 시선으로부터 가려 주는 언덕의 기슭에서 헤어졌다. 로크는 오른쪽으로 갔고 파는 언덕 주위를 크게 돌아가기 위해 숲의 끝자락을 따라 빠르게 움직였다. 뒤를 돌아보았을 때 로크는 나무에 가려진 채 다람쥐처럼 팔다리를 모두 사용하며 뛰어가는 그녀를 볼 수 있었다. 그는 목소리에 귀를 기울이며 올라가기 시작했다. 앞에서 폭포가 울리고 있었고 그는 물 위쪽으로 난 길로 나갔다. 어느 때보다 많은 물이 흐르고 있었다. 아래쪽의 유역에서 훨씬 큰 천둥소리가 났고 연기가 섬 너머 온 사방으로 퍼져 있었다. 떨어지는 겹겹의 폭포수는 우윳빛 타래가 돼 촘촘히 퍼져 나가 그것을 맞이하며 튀어 오르는 물보라나 안개와 구별할 수 없을 만큼 하얗게 풀어졌다. 그는 섬 건너편에서 여린 봄의 잎사귀를 뽐내는 큰 나무들이 폭포 가장자리로 넘어가는 것을 볼 수 있었다. 나무들이 물보라 속으로 사라졌다가 그 너머로 다시 나타나곤 했고 마치 아래쪽에서 거대한 손이 나무를 뽑고 있는 듯 강물 속에서 몸을 뒤틀며 몸을 젖히고 부서졌다. 하지만 섬 이쪽에는 나무들이 찾아오지 않았다. 단지 빛나는 물과 우윳빛 크림이 요란하게 떨어지는 소리와 부유하는 하얀 연기만 끊임없이 가득할 뿐이었다.

그때 요란한 물소리 사이로 새로운 사람들의 목소리가 들려왔다. 그들은 오른쪽에, 얼음 여인이 매달려 있던 솟은 바위에 가려 있었다. 그가 잠시 멈춰 서서 서로를 향해 소리를 지르는 그들의 목소리를 들었다.

너무나 정겨운 광경이 눈앞에 있고 로크의 사람들의 역사가 아직 바위 주위에 남겨진 이곳에서 그의 비참함이 다시 강하게 찾아왔다. 꿀은 비참함을 죽이지 못하고 잠시 동안 무마시켰을 뿐이어서 이제 비참함이 새롭게 뼈저리게 느껴졌다. 그는 공허함을 느끼며 신음했고 언덕 저쪽에 있는 파를 향해 북받치는 감정을 느꼈다. 사람들 사이 어딘가에 라이쿠도 있었고 파나 라이쿠 혹은 둘 모두에 대한 그의 욕구가 더욱 절박해졌다. 그는 마음을 다잡으며 얼음 여인이 매달려 있던 바위의 틈새 위로 올라갔고 새로운 사람들의 소리가 더 커졌다. 곧 그는 작은 땅 한 토막과 제멋대로 자라는 풀과 자라다 만 덤불 위를 내려다보며 절벽의 가장자리에 엎드렸다.

새로운 사람들이 다시 한 번 그를 위해 공연을 했다. 그들이 통나무로 의미 없는 일을 해 놓았다. 통나무 몇 개가 바위 사이에 박혀 있고 그 위로 다른 통나무들이 가로놓여 있었다. 언덕의 상처 난 땅이 단구로 바로 이어져 로크는 다른 통나무가 돌출부에 도착했다는 것을 이해했다. 사람들이 지금 옮기는 통나무가 쐐기 박힌 통나무 사이에서 언덕 위쪽을 향하고 있었다. 두껍게 꼰 가죽띠들이 통나무 밖으로 나와 있었다. 빈 통나무 뒤에는 통나무 하나가 중심점이 튀어나온 바위에 오도록 균형을 잡고 옆으로 쐐기 박혀 있었고 가까운 쪽 끝은 언덕 아래로 굴러갈 준비가 된 큰 바위의 무게로 휘어져 있었다. 로크는 노인이 꼰 가죽띠를 당기자 바위가 풀리는 것을 보았다. 그것이 통나무를 눌러 언덕 아래쪽으로 내려가게 했고 빈 통나무는 반대쪽으로 단구를 향해 미끄러졌다. 큰 바위가 할 일을 다 하고 덜컹거리며 숲으로 굴러떨어졌다. 투아미가 빈 통나무 뒤에 돌을 하나 쑤셔 넣었고 사람들이 소리쳤다. 통나무와 단구 사이에 더 이상 큰 바위가 없었고 이제 사람들이 큰 바위의 일을 대신 했다. 그들이 통나무를 잡고 큰 숨을 쉬었다. 노인이 그들 옆에 섰고 그의 오른손에는 죽은 뱀이 늘어져 있었다. 그가 "아호!"라고 외치기 시작했고 사람들이 얼굴이 쭈글쭈글해질 때까지 안간힘을 썼다. 노인이 뱀을 공중으로 들어 올려 몸서리치는 그들의 등을 향해 내리쳤다. 통나무가 앞으로 움직였다.

잠시 후 로크는 다른 사람들을 눈여겨보았다. 뚱뚱한 여자는 통나무를 밀고 있지 않았다. 그녀는 로크와 빈 통나무 사이에 한쪽으로 서서 새 아기를 안고 있었다. 이제 로크는 파가 말한 새로운 사람들의 공포가 무슨 뜻인지 알게 되었다. 뚱뚱한 여자가 공터에서보다 창백한 표정으로 내내 주위를 둘러보고 있었기 때문이다. 타나킬은 그녀에게 바짝 붙어 몸이 다 보이지 않게 서 있었다. 마치 이제 눈을 뜬 사람처럼 로크는 사람들이 이 공포심 때문에 통나무를 밀며 얼마나 절박하게 숨을 쉬는지 알게 되었다. 사람들은 이미 너무나 마른 몸에서 자신들이 자아낼 수 없는 기력을 죽은 뱀이 불러올 수 있을 것처럼 순종했다. 투아미의 노력과 노인의 고함 소리에는 발작적인 속도가 있었다. 그들은 마치 악한 이빨의 고양이들이 쫓아오는 듯, 마치 강 자체가 언덕 위로 흐르는 것처럼 언덕 위로 후퇴하고 있었다. 하지만 강은 강바닥에 있었고 언덕에는 새로운 사람들 외에 아무도 없었다.

"그들은 공기를 무서워해."

소나무가 소리를 지르며 미끄러졌고 곧 투아미가 통나무 뒤에 바위를 박았다. 사람들이 재잘거리며 소나무 주위에 모였고 노인이 뱀을 펼쳐 들었다. 투아미가 위쪽의 산비탈을 가리켰다. 그가 몸을 수그렸고 돌멩이가 쿵 소리를 내며 빈 통나무에 부딪쳤다. 재잘거리는 소리가 비명 소리로 변했다. 온 힘을 다해 기댄 투아미가 옆으로 파고드는 통나무를 가죽 한 줄로 잡고 있었다. 그가 가죽띠를 바위에 맸고 남자들이 산을 바라보며 한 줄로 넓게 섰다. 파가 그들 위에서 빨간 점이 돼 몸짓을 하는 것이 보였다. 로크는 그녀가 팔을 흔드는 것을 보았고 돌멩이가 다시 남자들 사이로 웅웅거리며 날아왔다. 남자들이 막대기를 굽혔다가 갑자기 똑바로 폈다. 로크는 잔가지들이 바위 위로 날아가 파가 있는 곳에 닿기 전에 머뭇거리다가 다시 돌아오는 것을 보았다. 통나무 옆에 있는 바위에 돌멩이가 하나 더 날아와 부딪쳤고 뚱뚱한 여자가 로크가 있는 절벽으로 뛰어왔다. 그녀가 멈춰 서서 뒤로 돌았지만 타나킬이 절벽 가장자리로 다가왔다. 그녀가 그를 보고 꽥 소리를 질렀다. 그가 일어나 뚱뚱한 여자가 다시 돌아서기 전에 타나킬을 잡았다. 그가 타나킬의 빼빼 마른 팔을 꽉 잡고 절박한 목소리로 말했다.

"라이쿠는 어디 있어? 말해. 라이쿠는 어디 있어?"

타나킬이 라이쿠의 이름을 듣고는 깊은 물에 빠진 것처럼 몸부림치며 소리를 지르기 시작했다. 뚱뚱한 여자도 소리를 질렀고 새 아기는 그녀의 어깨 위로 기어 올라가 있었다. 노인이 절벽의 가장자리를 따라 뛰었다. 통나무 쪽에 있던 밤톨 머

리가 다가왔다. 그가 로크를 향해 곧바로 돌진했고 그의 이가
드러나 있었다. 비명 소리와 이가 로크를 공포로 몰아넣었다.
그가 타나킬을 놓자 아이가 비틀거리며 뒤로 물러났다. 밤톨
머리가 로크를 향해 달려드는 찰나 타나킬의 발이 밤톨 머리
의 무릎을 쳤다. 그가 아주 작은 소리로 끙끙거리며 공중에 떠
서 로크 옆을 지나가 절벽을 넘어갔다. 그는 몸에 꼭 맞게 우
아한 하강 곡선을 그리며, 바위에서 한 뼘 이상 떨어지지 않
지만 결코 닿지 않는 거리에서 배를 대고 미끄러져 내리는 것
처럼 떨어졌다. 그는 비명 소리조차 남기지 않고 사라졌다. 노
인이 로크를 향해 막대기를 던졌고 로크는 막대기 끝에 날카
로운 돌멩이가 있는 것을 보고 피했다. 그러고 나서 로크는 입
을 벌리고 있는 뚱뚱한 여자와 등을 땅에 대고 누워 있는 타나
킬 사이로 뛰었다. 파를 향해 잔가지를 던진 남자들이 뒤로 돌
아 로크를 보고 있었다. 로크는 언덕을 가로질러 빠르게 뛰어
가 통나무를 고정시킨 가죽띠에 이르렀다. 그가 이것을 끊으
면서 뛰어갔고 그 바람에 정강이 피부가 다 뜯겨 나갔다. 통나
무가 뒤로 미끄러져 내려가기 시작했다. 사람들이 더 이상 로
크를 쳐다보지 않고 다시 통나무를 바라보았다. 로크도 사람
들이 무엇을 쳐다보는지 보기 위해 뛰면서 고개를 돌렸다. 두
개의 굴림대 위에서 통나무에 속도가 붙었지만 그 후에는 굴
림대가 더 이상 필요하지 않았다. 통나무가 더 가팔라진 언덕
을 떠나 공중으로 움직였다. 뒤쪽 끝이 바위 끝에 부딪쳤고 통
나무는 세로로 반으로 쪼개졌다. 두 동강 난 통나무가 계속 돌
며 굴러갔고 결국 숲에 부딪쳐 산산조각이 났다. 로크가 골짜

기로 뛰어들었고 사람들은 더 이상 보이지 않았다.

파가 골짜기 어귀에서 뛰고 있었고 로크가 그녀를 향해 최대한 빨리 달렸다. 남자들이 굽은 막대기들을 가지고 바위를 가로질러 앞으로 나아갔지만 파가 있는 곳에 로크가 먼저 도달했다. 로크와 파가 더 올라가려 할 때 노인이 소리를 지르자 남자들이 멈춰 섰다. 말을 알아들을 수는 없어도 로크는 노인의 몸짓을 이해할 수 있었다. 남자들이 바위 밑으로 내려가 사라졌다.

파도 이를 드러내고 있었다.

그녀가 팔을 휘저으면서 로크에게 다가왔고 한 손에는 날카로운 돌을 그대로 들고 있었다.

"왜 새 아기를 빼앗아 오지 않았어?"

로크가 방어하는 몸짓으로 손을 내밀었다.

"나는 라이쿠를 달라고 했어. 타나킬에게 물었어."

파의 팔이 천천히 내려갔다.

"가자!"

해가 틈새를 향해 지면서 금색과 붉은색의 소용돌이를 만들었다. 파가 돌출부 위 절벽을 향해 길을 이끄는 동안 그들은 새로운 사람들이 단구에서 분주하게 움직이는 것을 볼 수 있었다. 새로운 사람들이 빈 통나무를 단구의 상류 쪽 끝으로 가져가 로크와 파가 섬으로 건너갔던 곳에 엉겨 붙어 있는 나무 몸통들 사이로 뚫고 가려 했다. 그들이 단구에서 빈 통나무를 미끄러뜨리자 그것이 통나무가 가득한 물에 놓였다. 남자들이 나무 몸통이 폭포 너머로 휩쓸려 갈 수 있도록 바위의 다른 쪽으로 방향을 바꾸려고 노력하며 그것들을 향해 큰 숨을 쉬었다. 파가 산 위에서 뛰어다녔다.

"그들이 새 아기를 데려갈 거야."

해가 틈새로 가라앉자 그녀가 가파른 바위 아래로 뛰어가기 시작했다. 산 위가 붉은색으로 물들고 얼음 여인들이 불타고 있었다. 로크가 갑자기 소리쳤고 파가 멈춰 서서 물을 내려다보았다. 나무 한 그루가 엉겨 있는 나무 몸통들 쪽으로 오고 있었는데, 작은 나무 몸통이나 쪼개진 조각이 아니라 수평선 너머 어느 숲에 있던 나무가 통째로 오고 있었다. 그것은 틈새 이쪽을 따라 오고 있었고 싹이 돋은 잔가지와 가지들의 집합체로 반쯤 가려진 거대한 몸통과 뿌리였다. 뿌리는 물 위로 퍼져 있고 세상 모든 사람을 위한 난로를 만들 수 있을 만큼의 흙을 사이사이에 움켜쥐고 있었다. 그 나무가 시야에 들어오자 노인이 소리 지르며 춤추기 시작했다. 여자들이 빈 통나무에 내려 싣던 꾸러미들을 보다가 위를 쳐다보았고 남자들이 엉겨 있는 나무 몸통들을 가로질러 재빨리 돌아왔다. 그 나무의 뿌리가 나무 몸통들에 부딪쳤고 부서진 통나무들이 공중으로 튀어 오르거나 천천히 일어났다. 그것들이 뿌리에 달라붙어 매달렸다. 그 나무가 멈춰 섰고 옆으로 흔들리며 단구 건너편의 절벽을 따라 놓였다. 빈 통나무와 펼쳐진 물 사이에 통나무들이 가시로 만든 거대한 선처럼 엉겨 있었다. 엉겨 있는 통나무들이 지나갈 수 없는 장벽이 되었다.

노인이 소리 지르기를 그쳤다. 그가 꾸러미 하나를 향해 뛰어가 그것을 열기 시작했다. 그가 타나킬의 손을 잡고 뛰어가는 투아미에게 소리쳤다. 그들은 단구를 따라 뛰고 있었다.

"빨리!"

파가 산비탈을 따라 재빨리 뛰어 단구 입구와 돌출부 쪽으로 갔다. 그녀가 뛰어가며 로크에게 외쳤다.

"우리가 타나킬을 데려갈 거야. 그러면 그들이 새 아기를 돌려줄 거야."

바위가 달랐다. 로크가 꿀에 젖은 잠에서 깨어났을 때 세상을 물들게 한 색깔이 더 깊고 진했다. 그는 빨간 공기의 물결 사이로 뛰어다니는 것 같은 느낌이었고 바위들 뒤의 그림자가 연보라색이었다. 그는 언덕을 내려갔다.

그들은 함께 단구 입구에 멈춰 쭈그리고 앉았다. 강이 진홍색으로 물들었고 수면에 금빛이 반짝거렸다. 강 건너편 산이 너무 어두워져서 그것이 짙푸른 색이라는 것을 알아차리려면 한참 들여다보아야 했다. 엉겨 있는 통나무들과 거대한 나무와 그 위에서 열심히 일하는 형체들이 까맣게 보였다. 하지만 단구와 돌출부는 여전히 빨간빛으로 환하게 타고 있었다. 수사슴이 돌출부로 이르는 언덕의 땅 위에서 다시 춤을 추다가 오른쪽 오목한 공간 앞 말이 죽은 곳을 바라보았다. 그는 해가 가라앉는 곳의 불이 비쳐 검은색으로 변했고 눈부시게 하는 긴 햇살에 저항하며 움직였다. 투아미가 두 개의 오목한 공간 사이 기둥에 기댄 형태에 색깔을 문지르며 돌출부 안에서 작업을 했다. 불이 있던 곳에 작고 마른 타나킬이 쭈그리고 있는 모습이 거무스름하게 보였다.

단구의 반대쪽에서 타가닥! 타가닥! 하는 소리가 규칙적으로 들려왔다. 로크가 밀어 넣은 통나무를 두 명의 남자가 자르고 있었다. 해는 구름 속에 파묻혀 높은 하늘에서 빨간 덩어리로 빛났고 산들은 검은색으로 보였다.

수사슴이 요란한 소리를 냈다. 투아미가 돌출부에서 뛰어나와 남자들이 일하고 있는 엉겨 있는 나무 쪽으로 뛰어갔고 타나킬이 비명을 지르기 시작했다. 구름들이 해 위로 떼 지어 몰려들었고 빨간 빛의 압력이 사라져 이제는 틈새에서 가느다란 물줄기처럼 떠다니는 듯 보였다. 이제 수사슴이 엉겨 있는 통나무들 쪽으로 뛰어 올랐고 남자들이 죽은 새에 들러붙은 딱정벌레처럼 통나무를 가지고 몸부림쳤다.

로크가 앞으로 달려갔고 타나킬의 비명 소리가 물을 가로지르는 라이쿠의 비명 소리를 울렸고 그는 공포에 떨었다. 그가 횡설수설하며 돌출부 입구에 섰다.

"라이쿠는 어디 있어? 라이쿠를 어떻게 한 거야?"

타나킬의 몸이 쭉 펴졌다가 휘었고 그녀의 눈이 돌아갔다. 그녀가 비명을 멈추고 누웠고 웃는 이 사이에 피가 보였다. 파와 로크가 그녀 앞에 쭈그리고 앉았다.

돌출부도 모든 것들과 마찬가지로 변했다. 투아미가 노인을 위해 형체를 만들었고 그것이 기둥에 기대서서 그들을 노려보았다. 그가 얼마나 서둘러 거칠게 일을 했는지 볼 수 있었다. 그 형체는 공터에 그린 형체만큼 조심스럽게 칠해져 있지 않았다. 그것은 일종의 사람이었다. 팔과 다리가 앞으로 뛰어오르는 듯 뻗쳐 있고 물처럼 빨간색이었다. 머리에는 온통 삐죽삐죽한 머리카락이 있었는데 그것은 노인이 격노하거나 공포에 떨 때 머리카락이 삐친 것과도 같았다. 얼굴은 진흙 한 덩이였지만 맹목적으로 쳐다보는 조약돌이 그 안에 있었다. 노인이 목에 걸던 이빨을 가져다 그 얼굴 위에 붙여 놓았고 귀에 걸었던 큰 고양이 이빨 두 개로 완성시켰다. 그 생물의 가슴에 있는 틈새에 막대기가 꽂혀 있고 그 막대기에 가죽띠가 묶여 있었다. 가죽띠 반대편에는 타나킬이 묶여 있었다.

파가 소리를 내기 시작했다. 그것은 단어가 아니고 비명 소리도 아니었다. 그녀가 막대기를 잡고 큰 숨을 쉬기 시작했지만 막대기가 꿈쩍도 하지 않았는데, 투아미가 그 끝을 틸 속에 박아 놓았기 때문이다. 로크가 그녀를 한쪽으로 밀고 잡아당겼지만 막대기는 꿈쩍하지 않았다. 물에서 붉은빛이 떠나기 시작하고 돌출부는 그림자로 가득 찼는데 그 속에 눈과 이빨로 쏘아보는 그 생물이 놓여 있었다.

"잡아당겨!"

그가 몸무게를 다 실어 막대기를 흔들었고 그것이 구부러지는 것을 느낄 수 있었다. 그가 빌을 들어 그 생물의 빨간색 배 위에 단단히 놓고 근육에 통증이 느껴질 때까지 밀쳤다. 산이 움직이는 것 같았고 그 형체가 미끄러져 팔로 로크를 잡으려 했다. 그러자 막대기가 틈새 밖으로 튕겨 나왔고 로크가 그것을 잡고 땅에서 굴렀다.

"그녀를 빨리 데려와."

로크가 휘청이며 일어나 타나킬을 들어 올리고 단구를 따라 파를 뒤쫓아 갔다. 빈 통나무 옆에 있는 사람들 사이에서

비명 소리가 들리고 엉겨 있는 나무들이 부딪치는 큰 소리가
났다. 거대한 나무가 앞으로 움직이기 시작했고 통나무들이
거인의 다리처럼 느릿느릿 움직였다. 얼굴이 쭈글쭈글한 여
자가 빈 통나무 옆 바위 위에서 투아미와 몸싸움을 하다가 갑
자기 풀려나 로크 쪽으로 뛰어왔다. 온 사방이 소란스러워졌
고 사람들이 소리를 지르고 귀신 들린 듯 정신없이 움직였다.
노인이 어지럽게 움직이는 통나무를 건너왔다. 그가 파를 향
해 무언가를 던졌다. 사냥꾼들이 빈 통나무를 단구에 기대고
잡고 있었고 가지들과 젖은 잎사귀의 모든 무게가 실린 거대
한 나무의 머리 부분이 그들을 질질 끌었다. 뚱뚱한 여자는 통
나무에 누워 있고 얼굴이 쭈글쭈글한 여자는 타나킬과 함께
통나무 안에 있었고 노인이 뒤쪽으로 굴러 떨어졌다. 가지들
이 부딪치고 고통에 찬 끼익 소리를 내며 바위를 따라 질질 끌
렸다. 파는 머리를 잡고 물가에 앉아 있었다. 가지들이 그녀를
낚아 갔다. 그녀가 가지들과 함께 움직이며 물속으로 들어갔
고 빈 통나무는 바위에서 풀려나 멀어져 갔다. 흔들리며 물속
으로 들어갔다. 로크가 다시 횡설수설하기 시작했다. 그는 단
구에서 위아래로 뛰어다녔다. 거대한 나무는 달랠 수도, 설득
할 수도 없었다. 그것이 폭포의 가장자리로 움직여 가 몇 차례
흔들리다가 가장자리에 걸렸다. 물이 그 나무의 몸을 세우고
몸통을 덮치고 밀어 뿌리가 뒤집어졌다. 그 나무는 한동안 머
리가 상류를 향한 채 허공에 매달려 있었다. 천천히 뿌리 쪽이
가라앉고 머리 쪽이 위로 솟았다. 그러고 나서 소리 없이 앞으
로 미끄러져 폭포 너머로 떨어졌다.

붉은 생물은 단구 가장자리에 서서 아무것도 하지 않았다. 빈 통나무는 해가 진 곳을 향한 채 물 위에 어두운 점으로 남아 있었다. 틈새의 공기는 맑고 파랗고 고요했다. 이제 폭포 소리 외에는 아무 소리도 나지 않았는데, 초록빛 하늘은 맑고 바람도 불지 않았기 때문이다. 붉은 생물은 오른쪽으로 돌아 단구 저 끝까지 천천히 걸어갔다. 산에서 얼음이 녹아 단구 너머의 바위로 물이 폭포처럼 흘렀다. 강이 높고 평평하게 흐르며 단구의 가장자리를 잠식했다. 물 옆으로 나무의 가지가 끌려간 자국이 바위와 땅에 긴 상처처럼 남아 있었다. 붉은 생물은 거주의 흔적이 있는 절벽 옆쪽의 어두운 구멍으로 빠르게 돌아갔다. 그것이 이제 어두워진 다른 형체를 쳐다보았고 그 형체가 빈 공간 뒤에서 웃으며 쳐다보았다. 그러고 나서 그것은 뒤로 돌아 단구와 언덕을 이어 주는 좁은 통로 사이로 뛰어갔다. 그것이 잠시 멈춰 서서 상처들과 버려진 굴림대들과 끊어진 밧줄들을 내려다보았다. 그것이 다시 돌아서 바위를 둘러 옆으로 가 무시무시한 바위들을 따라 나 있는 거의 보이지 않는 길 위에 섰다. 그 생물이 길을 따라 옆걸음으로 가서 다리만큼 단단한 긴 팔을 흔들며 땅을 짚고 쭈그리고 앉았다. 그것이 우렁차게 쏟아지는 물을 응시했지만 물이 쏟아져 움푹 파인 바위에 희미하게 빛나는 안개 기둥들만 있을 뿐 아무것도 보이지 않았다. 그것이 더 빨리 움직이며 성큼성큼 이상한 모양으로 뛰기 시작했고 머리가 위아래로 철렁거리고 두 팔뚝이 말의 다리처럼 번갈아 나왔다. 그것이 길 끝에 서서 물속에서 앞뒤로 움직이는 긴 수초를 내려다보았다. 그것이 손을 들어 입 아래 쑥 들어간 턱을 긁적거렸다. 강이 희미하게 빛나며 길게 뻗어 있고 저 멀리에 나무가 한 그루 있었다. 잎이 무성한 그 나무는 물줄기가 그것을 바다 쪽으로 밀쳐 대는 바람에 계속 돌고 돌았다. 이제 땅거미가 몰려와 푸르른 회색빛이 된 붉은 생물이 언덕 아래로 성큼성큼 내려가 숲 속으로 뛰어들었다. 그것은 수레가 다니는 길만큼이나 넓고 상처 난 길을 따라 강가의 죽은 나무 아래 공터로 갔다. 그것이 재빨리 물가로 가 나무 위로 기어올라 담쟁이덩굴 사이로 강 속에 있는 나무를 바라보았다. 그러고 나서 내려가 강가 덤불 사이로 이어지는 길을 따라 돌진해 길이 갈라진 곳에 이르렀다. 이곳에서 그것은 멈춰 섰다가 물가에서 오르락내리락 뛰어다녔다. 그것이 흔들리는 거대한 너도밤나무 가지를 잡고 앞뒤로 힘껏 끌고 다니며 불규칙적이고 맹렬한 숨소리를 냈다. 그것이 공터로 다시 뛰어가 그곳에 산더미처럼 쌓여 있는 가시덤불 사이와 주위를 맴돌기 시작했다. 그것은 아무 소리도 내지 않았다. 하늘에 작은 별들이 떴고 하늘은 더 이상 녹색이 아니라 짙푸른 색으로 변했다. 흰올빼미가 강 건너에 있는 섬의 나무들 사이에 있는 둥지를 찾아 공터를 가로질러 떠갔다. 그 생물이 잠시 멈춰서 한때 불이었던 곳 옆의 얼룩진 무언가를 내려다보았다.

이제 햇빛이 완전히 사라져 수평선 저 아래로부터도 더 이상 빛이 하늘로 올라오지 않고 달의 차례가 되었다. 나무마다 앞으로 기울고 덤불마다 뒤따르는 모든 그림자의 윤곽이 뚜렷해지기 시작했다. 붉은 생물이 불가에서 쿵쿵거리며 돌아다니기 시작했다. 모든 무게를 관절에 싣고 코는 거의 땅에 닿을 만큼 낮추고 그 일을 했다. 강으로 돌아가던 물쥐가 다리 네 개를 언뜻 보고는 옆으로 훌쩍 뛰어가 덤불 아래에서 조용히 기다렸다. 그 생물이 불이 타고 남은 재와 숲 사이에서 멈춰 섰다. 그것이 눈을 감고 재빨리 숨을 들이마셨다. 그것이 줄곧 코로 무언가를 찾으며 땅에서 재빨리 움직이기 시작했다. 헤쳐진 땅속에서 오른쪽 앞발이 작고 하얀 뼈를 집었다.

그것이 몸을 조금 펴고 서서 뼈를 보지 않고 조금 떨어진 곳을 바라보았다. 그것은 자그마하고 허리가 굽은 낯선 생물이었다. 다리와 허벅지는 굽어 있고 팔다리의 바깥쪽에 곱슬곱슬한 털이 덥수룩했다. 등은 높이 솟아 있고 어깨까지 곱슬곱슬한 털로 뒤덮여 있었다. 발과 손은 넓적하고 엄지발가락은 무언가를 꽉 움켜잡을 수 있도록 안쪽으로 굽어 있었다. 네모난 두 손은 무릎께에서 흔들리고 있었다. 머리는 튼튼한 목 위에 살짝 앞으로 고정돼 있고 목은 입술 바로 아래 겹겹이 난 곱슬곱슬한 털까지 바로 연결돼 있었다. 입은 넓고 부드러웠고 윗입술에 난 곱슬곱슬한 털 위로 커다란 콧구멍이 날개처럼 벌름거렸다. 코에는 콧대가 없고 코가 끝나는 곳 바로 위에 튀어나온 눈썹이 달빛에 그림자를 드리웠다. 그림자들은 광대뼈 위의 동굴들 속에 가장 어둡게 놓여 있고 그 안의 눈은 보이지 않았다. 다시 그 위의 눈썹은 털이 숭숭 직선으로 나 있고 그 위에는 아무것도 없었다.

그 생물은 서 있었고 달빛이 그 위로 비쳤다. 빈 눈이 뼈를 보지 않고 강 쪽의 보이지 않는 지점을 응시했다. 이제 오른다리가 움직이기 시작했다. 그 생물은 다리와 발에 온 정신을 모으고 집중하는 것처럼 보였고 발이 손처럼 땅을 짚으며 무언가를 찾기 시작했다. 엄지발가락이 구멍을 파서 잡았고 다른 발가락들이 헤쳐진 땅속에 거의 다 묻혀 있는 물체를 감싸 쥐었다. 발이 위로 올라오고 다리가 구부려져 내려온 손에게 그 물체를 건네주었다. 머리가 조금 내려왔고 보이지 않는 구멍에서 시선이 안쪽으로 향해 손에 있는 것을 가만히 보았다. 그것은 낡고 썩은 뿌리였는데 양쪽 끝이 닳아 버렸지만 여성의 몸의 과장된 윤곽은 그대로 있었다.

그 생물이 다시 물 쪽을 바라보았다. 두 손은 가득 차 있고 눈이 감춰진 큰 동굴들 위로 눈썹의 선이 달빛에 빛났다. 광대뼈와 넓은 입술 위로 빛이 쏟아졌고 곱슬곱슬한 털 위로 빛이 반사돼 머리카락이 하얗게 보였다. 하지만 동굴들은 머리 전체가 이미 해골이 된 것처럼 어둠 속에 잠겨 있었다.

물쥐는 그 생물이 움직이지 않는 것을 보고 위험하지 않다고 결론을 내렸다. 물쥐가 덤불 아래에서 재빨리 뛰어나와 공터를 가로질러서는 고요한 생물의 존재를 잊고 먹을 것을 찾으러 바삐 돌아다녔다.

각각의 동굴에 화강암 절벽의 수정에 별빛이 빛나는 것처럼 희미한 불빛이 비쳤다. 빛이 점점 밝아지며 선명해지고 동굴 아래쪽 가장자리에서 밝게 빛났다. 빛이 갑자기 아무 소리 없이 얇은 초승달이 돼 꺼지고 양쪽 뺨에 줄무늬로 남아 반짝였다. 빛이 다시 나타나 곱슬곱슬한 은빛 수염 사이에 머물렀다. 빛이 가닥에서 가닥으로 떨어져 길게 늘어지다가 가장 아랫부분에 모였다. 방울들이 뺨을 타고 흐르자 뺨의 줄무늬들이 박동하고 수염의 가장 끝부분에 방울들이 모두 모여 밝게 전율하며 부풀어 올랐다. 빛이 갑자기 떨어져 나와 시든 잎사귀 위에 은빛이 번쩍하며 날카롭게 떨어졌다. 물쥐가 종종걸음으로 도망쳐 강 속으로 퐁당 뛰어들었다.

달빛이 몰래 푸른 그림자들을 움직였다. 그 생물이 늪에서 오른발을 빼내 휘청거리며 한 발을 내딛었다. 그것이 반원을 그리며 비틀거리다가 넓은 길이 시작되는 가시덤불 사이의 틈새에 이르렀다. 그것이 길을 따라 뛰기 시작했고 달빛 아래에서 청회색 빛이 되었다. 그것이 머리를 위아래로 빠르게 움직이며 힘겹게 천천히 앞으로 갔다. 그것은 다리를 절뚝거렸다. 언덕 위로 올라가 폭포 꼭대기에 이르렀을 때는 팔다리로 땅을 짚고 있었다.

그 생물은 단구에서 더 빨리 움직였다. 얼음이 녹아 폭포처럼 쏟아지는 저 끝까지 뛰어갔다. 그것이 몸을 돌려 돌아와 다른 형체가 있는 빈 공간까지 팔다리로 짚어 가며 살금살금 기어갔다. 그 생물이 솟은 땅 위에 놓여 있는 바위와 씨름을 했지만 그것을 움직일 기운이 없었다. 그것은 마침내 포기하고 불타고 남은 것 주위를 기어 다녔다. 그것이 재 가까이 다가가 옆으로 누웠다. 그것이 다리를 올려 무릎을 가슴에 갖다 댔다. 그것이 뺨 아래에 손을 가지런히 모으고 가만히 누웠다. 뒤틀리고 매끈한 뿌리가 얼굴 아래에 놓여 있었다. 그것은 아무 소리도 내지 않고 몸의 보드라운 살을 심장 박동과 숨소리가 막힐 정도로 땅에 아주 가까이 붙이고 있어 땅속으로 자라는 것처럼 보였다.

빈 공간 위에 초록빛 불처럼 생긴 눈들이 있었고 회색 개들이 달빛 그림자 속으로 살며시 미끄러져 옆걸음질 쳤다. 그들이 단구로 내려와 돌출부로 다가갔다. 그들이 호기심을 가지고 조심스럽게 빈 공간 밖의 땅 냄새를 맡았지만 감히 더 가까이 다가가지 않았다. 별들의 행렬이 산 뒤로 서서히 내려앉고 밤이 지나갔다. 단구에 회색빛이 비치고 새벽의 바람이 산의 틈새로 살며시 불어왔다. 재가 뒤척이고 날아다니며 움직임 없는 몸 위로 이리저리 흩어졌다. 하이에나들은 혀를 늘어뜨리고 헐떡거리며 앉아 있었다.

바다 위의 하늘이 분홍빛이 되었다가 황금색으로 변했다. 빛과 색깔이 돌아왔다. 빛이 비친 세상이 두 개의 붉은 형체를 보여 주었다. 하나는 바위에서 쏘아보고 있었고 다른 하나는 연갈색과 밤색과 붉은빛으로 땅에 박혀 있었다. 얼음이 녹아 흐르는 물이 점점 많아져 긴 곡선을 그리며 틈새 앞으로 반짝이며 흘러내렸다. 하이에나들이 땅에서 엉덩이를 들어 올리고 헤어졌다가 양쪽에서 빈 공간의 안쪽으로 다가갔다. 산들의 얼음 왕관들이 일제히 반짝였다. 그들이 태양을 반겼다. 갑자기 어디선가 굉음이 들려왔고 하이에나들이 떨며 절벽으로 돌아갔다. 그 소리가 물소리를 삼키고 산을 따라 흘러내려 절벽과 절벽 사이에서 쿵 소리를 내고 해가 비치는 숲들과 바다 너머까지 끊임없이 진동하며 퍼졌다.

12

투아미는 왼팔 아래 노를 끼우고 통나무배의 선미에 앉아
있었다. 빛은 충분했고 가죽 돛에 묻은 소금 자국들은 더 이
상 구멍처럼 보이지 않았다. 그는 정신없는 마지막 순간에 산
속 어딘가에 뭉쳐 놓고 온 크고 네모난 돛을 생각하며 마음이
쓰라렸다. 틈새로 바람이 불고 그 돛이 있었더라면 그 긴 시간
동안 근육 긴장을 견디지 않아도 되었을 터였다. 몇 명이 남아
있는지 모르겠지만 사람들이 지쳐 쓰러져 잠든 동안 밤새도
록 과연 물의 흐름이 바람을 이기고 폭포 쪽으로 밀고 가지 않
을지 고민하지 않아도 되었을 터였다. 하지만 그들은 전진했
고 겹겹의 바위들이 점점 뒤로 멀어지고 호수가 넓게 펼쳐졌
다. 통나무배가 움직이고 있는지 감지할 수 없을 만큼 물이 넓
게 펼쳐졌고 다만 잔잔한 물 위로 산이 어렴풋이 보이고 충혈
된 눈에 고단한 눈물이 괴었다. 배의 둥근 밑바닥은 딱딱하고

많은 키잡이들이 편하게 앉도록 자리가 잡힌 가죽 조각은 숲에서 올라가는 언덕에서 잃어버린 터라 그는 이제 몸을 조금 움직였다. 그는 노 자루를 따라 팔뚝까지 약간의 압박감이 올라오는 것을 느낄 수 있었고 옆으로 손을 내밀어 만지면 물이 손바닥에 부딪쳐 찰랑 소리를 내고 팔목 위로 올라오리라는 것을 알았다. 뱃머리 양쪽으로 퍼지는 어두운 선들은 예각을 그리며 뒤로 눕지 않고 배의 선에 거의 직각으로 앞서 있었다. 바람이 방향을 틀거나 머뭇거리면 그 선들이 위로 올라가 사라지고 노에 가해지는 압력이 줄어들고 선미가 산 쪽으로 미끄러져 갈 것이다.

그는 눈을 감고 지친 듯 한 손으로 이마를 쓰다듬었다. 바람이 점점 잦아들 수도 있고 그러면 물의 흐름이 그들을 다시 휩쓸어 가기 전에 기슭에 도달하기 위해 남은 힘을 다해 노를 저어야 할 것이다. 그가 갑자기 손을 치우고 돛을 바라보았다. 돛은 활짝 펴졌지만 약하게 펄럭였고 이쪽 선미에서 밧줄걸이에 연결되어 있는 두 개의 돛은 함께, 따로 그리고 위아래로 움직였다. 그는 이제 잘 보이는 회색 물이 멀리 눈앞에 펼쳐진 광경을 보았고 오른쪽으로 멀찍이 뿌리가 매머드의 상아처럼 수면 위로 들린 괴물이 미끄러져 지나갔다. 그것은 폭포와 숲의 악마들을 향해 미끄러졌다. 통나무배는 아직도 바람이 점점 잦아들기를 기다리며 가만히 있었다. 그는 깨질 것 같은 머릿속으로 계산을 시도하며 물의 흐름과 바람과 통나무의 균형을 잡고자 했지만 결론을 내릴 수 없었다.

그가 짜증을 내며 몸을 흔들었고 물결이 배 양옆에서 평행선으로 흘렀다. 잔잔한 바람, 타효 속력[2]과 온 사방에 물이 있는데 사람이 더 이상 무엇을 원하겠는가? 양쪽에 단단해져 가는 구름들은 나무가 있는 언덕들이었다. 돛 아래 저 앞쪽으로 있는 것은 저지대나 초원일 수도 있었다. 남자들이 어두운 숲이나 귀신이 나오는 바위들 사이에서 비틀거리는 것이 아니라 넓은 공간에서 사냥할 수 있는 곳 말이다. 더 이상 무엇을 원하겠는가?

하지만 이것은 혼돈이었다. 그는 손등에 눈을 대고 생각하려고 애썼다. 그는 또렷한 정신과 사라져 버린 듯한 남성성을 되찾고자 아침이 돼 다시 빛이 비치기를 기다렸지만 이 새벽에, 새벽이 지난 지금 그들은 여전히 틈새에서와 마찬가지로 귀신 들리고 괴로움에 시달리고 있거나 그 자신처럼 이해할 수 없는 이상한 슬픔으로 가득 차 있거나 공허 속에 있거나 지쳐 쓰러지거나 무기력하게 잠들어 있었다. 그것은 마치 숲에서 폭포의 꼭대기에 이른 배들이, 아니, 하나가 사라졌으니 배 한 척이 땅뿐 아니라 경험과 감정에 있어서 새로운 차원으로 이끈 것과 같았다. 한복판에 아주 천천히 움직이는 배를 안고 있는 세상은 빛 속에서도 어둡고 혼란스럽고 절망적이고 더러웠다.

그가 물속에서 노를 움직였고 돛이 일렁였다. 돛이 졸린 듯한 소리를 내다가 다시 조심스럽게 활짝 펴졌다. 배를 정돈하고 물건들을 제대로 정리한다면? 투아미는 그 일을 검토하고

---

2) 키를 조종하는 데 필요한 최저 진항 속도.

한편으로는 생각을 딴 곳으로 돌리려고 앞에 놓인 선체를 살펴보았다.

꾸러미들은 여자들이 던져 놓은 곳에 있었다. 배 중앙 좌현에 있는 두 사람이 비바니를 위해 천막을 만들었지만 그녀는 늘 그러듯 반대로 잎사귀들과 가지들로 만든 안식처를 선호했다. 그 아래에는 창 꾸러미가 있었는데 바타가 그 위에 엎드려 자고 있었기 때문에 망가지고 있었다. 자루가 구부러지거나 깨졌을 것이고 쓸 만한 부싯돌 촉이 조각났을 것이다. 우현에는 아무에게도 별 쓸모가 없는 가죽들이 얼기설기 있었다. 여자들이 돛을 대신 가져올 수 있었을 텐데 던져 놓은 것들이었다. 빈 냄비 하나는 깨졌고 다른 하나는 진흙 뚜껑이 제대로 닫힌 채 옆으로 쓰러져 있었다. 물 외에는 마실 것이 없을 터였다. 비바니는 쓸모없는 가죽 위에 웅크리고 누워 있었다. 소중한 돛은 아랑곳하지 않고 자신이 편하고자 그 가죽들을 그곳에 놓으라고 한 것일까? 그녀는 그럴 사람이었다. 그녀는 정말 멋진 가죽으로 칭칭 감겨 있었다. 그것은 두 명의 생명을 바쳐 얻어 낸 동굴곰의 가죽이었고 그녀의 첫 번째 남자가 그녀를 얻기 위해 지불한 대가였다. 비바니가 편하게 눕고 싶다면 돛 정도야 없으면 어떤가? 투아미는 씁쓸하게 생각했다. 그 나이에 그녀의 따뜻한 마음과 위트, 웃음과 하얗고 멋진 몸 때문에 그녀와 도망친 말런은 얼마나 바보였나! 그리고 그의 마법, 아니면 어쨌건 뭐라고 표현하기 어려운 어떤 충동 때문에 그와 함께 온 우리는 얼마나 바보들이었나! 그가 증오심에 불타 말런을 바라보았고 아주 오랫동안 뾰족하게 갈아 온 상아로 만든 단검을 떠올렸다. 말런은 바닥에 다리를 뻗고 돛대에 머리를 기댄 채 선미를 향하고 있었다. 그의 입은 벌어져 있고 머리카락과 수염은 회색 덤불 같았다. 투아미는 밝아 오는 빛 속에서 그가 얼마나 힘이 빠져 있는지 볼 수 있었다. 전에도 입가에 주름이 있고 콧구멍부터 아래쪽으로 깊게 파여 있었지만 머리카락에 가려진 얼굴은 이제 주름투성이일 뿐 아니라 여위었다. 경사진 이마와 아래쪽과 양옆으로 처진 턱은 기진맥진해 보였다. 이제 얼마 안 있으면 우리가 이 악마의 땅에서 완전히 벗어나 안전해질 테고 그때 내가 상아 칼을 쓰겠어. 투아미는 생각했다.

하지만 말런의 얼굴을 바라보며 그를 죽일 생각을 하는 것은 두려운 일이었다. 그가 눈을 돌려 돛대 너머로 뱃머리에 웅크리고 있는 사람들의 몸을 언뜻 보고 다시 자신의 발 옆을 바라보았다. 타나킬이 똑바로 누워 있었다. 아이는 말런처럼 생기가 모조리 빠져 있지 않고 자신의 것이 아닌 새로운 생명을 풍성하게 지니고 있었다. 그녀는 별로 움직이지 않았고 숨을 가쁘게 쉬어 아랫입술에 달린 마른 피 조각이 파르르 떨렸다. 눈은 자고 있지도 깨어 있지도 않았다. 이제 아이의 눈을 분명히 볼 수 있게 되자 투아미는 아이의 눈이 푹 꺼져 어둠 속에 잠겨 있고 지력이 없는 불투명한 무엇처럼 보인다는 것을 알았다. 그가 몸을 앞으로 숙여 아이가 틀림없이 그를 보았을 테지만 아이의 눈은 그의 얼굴에 초점을 맞추지 않고 오히려 계속 밤을 향해 내면으로 오그라들고자 애썼다. 아이 옆에 누워 있는 트왈이 아이를 보호하듯 한 팔로 아이의 몸을 감싸고 있었다. 트왈은 투아미보다 젊고 타나킬의 엄마임에도 그녀의 몸은 늙은 여자의 몸처럼 보였다.

투아미가 다시 손으로 이마를 문질렀다. 내가 이 노를 놓고 단검을 갈 수 있다면, 아니면 내게 석탄이나 납작한 돌이 있었더라면……. 그는 주의를 집중할 무언가를 찾아 절박한 표정으로 배를 둘러보았다. 나는 웅덩이 같아. 그가 생각했다. 조수가 나를 가득 채웠고 모래가 소용돌이치고 물은 탁하고 내 마음속 구석구석에서 이상한 것들이 스멀스멀 기어 나오고 있어.

비바니의 발을 싼 가죽이 뒤척이고 들려 그는 그녀가 깨어나는 줄 알았다. 그러더니 곱슬곱슬한 털로 덮이고 그의 손보다 길지 않은 작고 붉은 다리 하나가 삐죽 나왔다. 그것이 더 듬거리더니 냄비 표면을 만지고는 그것을 버리고 가죽을 만지고 다시 움직이며 엄지발가락과 다른 발가락 사이에 털을 한 줌 넣고 문질렀다. 그것이 만족스러운 듯 곰 가죽을 잡고 발가락으로 곱슬곱슬한 털 두어 가닥을 꽉 잡고는 조용해졌다. 투아미가 경련을 일으키는 사람처럼 몸을 홱 움직였고 노가 발작하며 배에서 평행선들이 퍼져 나갔다. 붉은 다리는 틈새에서 스멀스멀 기어 나오던 여섯 가운데 하나였다.

그가 외쳤다.

"어쩔 도리가 없었잖아?"

돛대와 돛이 서서히 눈에 들어왔다. 그는 말런의 눈이 뜨여 있는 것을 보았고 얼마나 오랫동안 자신을 보고 있었는지 알 수 없었다.

262

말런의 몸 깊은 곳에서 목소리가 솟아올랐다.

"악마들은 물을 좋아하지 않아."

그것은 사실이고 위안이 되었다. 물이 수킬로미터에 걸쳐 눈앞에 넓고 밝게 펼쳐졌다. 투아미가 마음의 소용돌이 속에서 말런을 애원하듯 쳐다보았다. 그는 뾰족하게 완성된 단검을 거의 잊었다.

"그러지 않았더라면 다 죽었을 거야."

말런이 딱딱한 나무 위에서 뼈를 편하게 하려고 몸을 이리저리 뒤척였다. 그러고는 투아미를 쳐다보고 근엄하게 고개를 끄덕였다.

돛이 적갈색으로 빛났다. 투아미가 산 사이로 틈새를 흘끗 보았고 그곳에 금빛이 가득하고 태양이 그 위에 앉아 있는 것이 보였다. 마치 어떤 신호에 일제히 순종하듯 사람들이 뒤척이기 시작했고 일어나서 물 너머의 푸른 언덕들을 바라보았다. 트왈이 타나킬 위로 몸을 숙이고 뽀뽀를 하고 아이에게 속삭였다. 타나킬의 입술이 벌어졌다. 아이의 목소리가 거칠고 멀고 깊은 밤에서 울려왔다.

"라이쿠!"

투아미가 돛대 옆에서 말런이 자신에게 속삭이는 소리를 들었다.

"그건 악마의 이름이야. 저 아이만 그 이름을 입 밖에 낼 수 있어."

이번에는 비바니가 진짜 깨어나기 시작했다. 그들은 그녀의 아주 편안한 큰 하품 소리를 들었고 곰 가죽이 던져졌다.

그녀가 일어나 긴 머리를 흔들어 뒤로 넘기고 말런을 먼저 쳐
다보고 다시 투아미를 쳐다보았다. 갑자기 투아미는 욕정과
증오심으로 가득 찼다. 그녀가 가만히 있었더라면, 말런이, 그
녀의 남자가, 그녀가 소금물에서 폭풍이 일었을 때 아기를 구
했더라면…….

"젖가슴이 아파."

그녀가 데리고 놀 아이를 원하지 않았더라면, 내가 장난으
로 다른 아이를 구하지 않았더라면…….

그가 빠른 고음으로 말하기 시작했다.

"저 언덕 너머에 초원이 있어, 말런. 언덕이 점점 작아지잖
아. 그리고 사냥할 짐승 떼가 있을 거야. 저쪽 기슭으로 저어
가자. 우리에게 물이 있나? 물론 물이 있지! 여자들이 음식을
가져왔나? 트왈, 음식을 가져왔어?"

트왈이 그를 향해 얼굴을 들었고 그 얼굴이 슬픔과 증오로
일그러져 있었다.

"음식이 나랑 무슨 상관이에요, 주인님? 당신과 저분이 내
아이를 악마에게 주었고 그들이 보지도 못하고 말도 못하는
아이로 바꿔치기해서 주었어요."

투아미의 머릿속에서 모래가 소용돌이쳤다. 그가 극심한
공포를 느끼며 생각했다. 그들이 내게 변한 투아미를 돌려주
었어. 어떡하지? 말런만 똑같아. 더 작고 기운이 빠졌지만 그
래도 변하지 않았어. 그는 무언가 붙잡을 것이 필요해 변하지
않은 그를 찾으려 몸을 앞으로 기울였다. 태양이 붉은 돛 위로
타오르고 있었고 말런은 붉은색이었다. 그의 팔과 다리는 오

그라들고 머리카락은 뻗쳐 있었으며 그의 수염과 이는 늑대 같고 눈은 보이지 않는 돌멩이 같았다. 그의 입이 벌어졌다 닫혔다.

"그들이 우리를 따라올 수 없다니까. 그들은 물을 건널 수 없어."

붉은 안개가 서서히 희미해져 해 아래에서 빛나는 돛이 되었다. 바키티가 돛에 닿으면 흐트러질까 그 자랑스러운 찬란한 머리카락을 조심하면서 돛대 주위로 기어왔다. 그가 매우 좁은 배에서 최대한의 존경심을 말런에게 표하며 너무 가까이에 간 점에 대해 유감을 표하고 말런 옆으로 살며시 지나갔다. 그가 비바니 옆을 조심스럽게 지나 후회스러운 미소를 띠며 투아미에게 다가갔다.

"죄송합니다, 주인님. 이제 주무세요."

그가 노를 왼팔 아래 넣고 투아미 대신 노를 저었다. 책임에서 벗어난 투아미가 타나킬 위로 기어가 냄비 옆에 무릎을 꿇고 그것을 갈망하는 눈빛으로 바라보았다. 비바니가 팔을 들고 빗으로 머리를 가로로, 밑으로, 밖으로 매만지고 있었다. 그녀는 변하지 않았고 변한 것이 있다면 그녀를 소유한 작은 악마를 존중하는 것뿐이었다. 투아미가 타나킬의 눈 속의 밤을 기억하고 잠을 미루었다. 어쩌면 곧, 꼭 잠을 자야 할 때 냄비의 도움을 얻어 잘 것이다. 그의 무료한 손이 허리끈을 더듬어 갈고 있던, 형태가 없는 자루가 달린 상아를 꺼냈다. 그가 주머니에서 돌을 찾아 갈기 시작했고 침묵이 흘렀다. 다시 바람이 불기 시작했고 노가 깨어나 급히 움직이는 소리를 냈다.

통나무배는 아주 무거워 나무껍질로 만든 배들처럼 위로 들리거나 바람에 휩쓸리지 않았다. 바람이 따뜻하게 그들을 감싸 안아 그의 마음을 조금 진정시켰다. 그가 우울한 마음으로 단검의 날을 갈았고 그는 완성시키는 것에는 관심이 없었다. 무언가 할 일이 생긴 것뿐이었다.

비바니가 머리 손질을 마치고 사람들을 모두 둘러보았다. 그녀가 다른 사람이 냈다면 불안한 웃음소리로 들렸을 웃음소리를 냈다. 그녀가 가슴팍에 달린 가죽 주머니를 고정시킨 끈을 당겨 햇빛이 비쳐 들게 했다. 투아미는 그녀 뒤에서 낮은 언덕들과 그 아래 어둠이 깔린 나무들의 초록빛을 볼 수 있었다. 어둠이 얇은 선처럼 물 위로 이어졌고 그 위에는 생생하게 살아 있는 초록빛 나무들이 보였다.

비바니가 몸을 숙이고 곰 가죽의 접힌 곳을 만지작거렸다. 작은 악마가 날가죽을 손과 발로 꽉 쥐고 있었다. 빛이 쏟아지자 그가 털 위의 고개를 위로 들고 깜박이며 눈을 떴다. 그가 앞다리로 딛고 일어나 밝고 엄숙한 표정으로 목과 몸을 재빨리 놀리며 둘러보았다. 그가 하품을 하고 입을 벌려 그들은 이빨이 어떻게 났는지 볼 수 있었고 분홍색 혓바닥이 입술을 훅 핥았다. 그가 쿵쿵 냄새를 맡고 돌아서서 비바니의 다리로 덤벼들어 젖가슴 위로 재빨리 올라갔다. 그녀가 마치 이 즐거움과 사랑이 공포스러우면서 고통스럽기도 한 듯 웃으면서 몸서리쳤다. 악마의 손과 발이 그녀를 잡았다. 머뭇거리며 반쯤은 수치스러운 듯 공포에 질린 웃음소리를 내며 그녀가 머리를 숙이고 팔로 그를 감싸 안고 눈을 감았다. 사람들은 마치 그 이상한 입이 자신들도 잡아당기는 것처럼 느끼고 그럼에도 사랑과 공포 속에서 감정의 우물이 열린 것처럼 그녀를 보고 싱긋 웃었다. 그들은 아기가 예쁘다는 듯 순종적인 소리를 내며 손을 내미는 동시에 너무나 날렵한 발과 붉은 곱슬머리에 역겨움을 느끼며 몸서리쳤다. 머릿속이 소용돌이치는 모래로 가득한 투아미는 악마가 다 컸을 때를 떠올리려 애썼다. 부족의 추격에서는 안전하지만 악령이 출몰하는 산에 의해 사람들과 분리된 이 고지대에서 그들이 혼란한 세상을 향해 어떤 희생물을 바쳐야 할까? 그들은 젖은 깃털이 마른 깃털과 완전히 다른 것처럼 강을 따라 폭포를 향해 배를 타고 간 무모한 사냥꾼들과 마법사들과는 확연히 달랐다. 투아미가 무료한 듯 상아를 만지작거렸다. 사람에 대항해 단검의 날을 갈아 봐야 무슨 소용이 있는가? 누가 세상의 어둠에 대항해 날을 갈겠는가?

말런이 명상에 잠겨 있다가 쉰 목소리로 말했다.

"그들은 산이나 숲 아래 어둠을 벗어나지 않아. 우리는 물과 초원을 벗어나지 않을 거야. 우리는 나무의 어둠으로부터 안전할 거야."

투아미가 자신이 무엇을 하는지 의식하지 못한 채 기슭이 물러나면서 숲 아래로 곡선을 그리며 멀어지는 어둠의 선을 다시 바라보았다. 악마 새끼는 배불리 먹었다. 그가 비바니의 움찔하는 몸을 타고 내려와 배의 마른 바닥으로 떨어졌다. 악마가 호기심을 갖고 팔로 몸을 떠받치고 햇빛이 가득한 눈을 크게 뜨고 쳐다보며 기어 다니기 시작했다. 사람들이 몸을 내

빼면서도 사랑스럽게 악마를 바라보고 킥킥대면서 주먹을 꽉 쥐었다. 심지어 말런도 발을 움직여 몸 아래로 집어넣었다.

아침이 온전히 시작되었고 해가 산 너머에서 빛을 쏟아 내렸다. 투아미는 더 이상 돌멩이로 뼈를 문지르지 않았다. 그는 완성되면 자루가 될 형태가 없는 덩어리를 만져 보았다. 손에는 힘이 없고 머리에는 그림이 없었다. 칼이나 자루 모두 이 물 위에서는 전혀 중요하지 않았다. 잠시 그는 칼을 물속으로 던져 버리고 싶은 유혹을 느꼈다.

타나킬이 입을 열고 아무 생각 없이 음절들을 내뱉었다.

"라이쿠!"

트왈이 울부짖으며 딸을 향해 몸을 던져 그 몸을 떠난 아이를 잡으려는 것처럼 꼭 부둥켜안았다.

투아미의 뇌에 모래가 돌아왔다. 그가 옆으로 조금씩 움직이며 별 뜻 없이 손으로 상아를 만지작거리며 쭈그리고 앉았다. 악마가 비바니의 발을 관찰했다.

산 쪽에서 천둥소리가 들려와 울리고 반짝이는 물을 가로질러 퍼졌다. 말런이 쪼그리고 앉아 손가락으로 산을 향해 찌르는 동작을 했고 그의 눈이 돌처럼 이글거렸다. 바키티가 몸을 숙였고 노가 바람의 리듬과 엇나가 돛이 덜거덕거렸다. 악마도 이 모든 혼란의 상황을 느꼈다. 그는 비바니가 두려움을 느끼며 앞으로 내민 팔 사이로 몸을 타고 재빨리 올라가 그녀의 머리 뒤에 있는 털모자 안으로 파고들었다. 그는 그 안으로 들어가 나오지 않았다. 모자가 몸부림쳤다.

산에서 들려오는 소리가 잦아들었다. 사람들은 더 이상 무기가 자신들을 조준하지 않는 것처럼 풀려나 악마를 향해 안도의 한숨을 쉬고 웃었다. 비바니의 등은 휘어 있고 그녀가 마치 털 속에 거미가 들어간 것처럼 온몸을 비틀었다. 그러자 악마가 엉덩이를 위로 들고 나타나 작은 엉덩이로 비바니의 목덜미를 밀었다. 심지어 근엄한 말런도 지친 얼굴로 활짝 웃었다. 바키티가 미친 듯이 웃어 대느라 배를 똑바로 젓지 못하는 바람에 투아미가 손에서 상아를 떨어뜨렸다. 햇빛이 그것의 머리와 엉덩이를 비추었고 갑자기 모든 것이 정상으로 돌아와 모래가 소용돌이 밑바닥으로 가라앉았다. 엉덩이와 머리가 잘 어우러져 손으로 만질 수 있는 형태가 되었다. 그것들은 날보다 훨씬 중요한 칼자루의 거친 상아 속에서 기다리고 있었다. 겁에 질린 여인의 분노하는 사랑과 그녀의 머리에서 꼬리를 흔드는 무섭고도 우스꽝스러운 엉덩이가 해답이고 암호였다. 투아미의 손이 배의 밑바닥에서 상아를 더듬거렸고 비바니와 악마가 그것에 얼마나 잘 들어맞는지 손가락으로 느낄 수 있었다.

드디어 악마가 뒤로 돌아 자리를 잡았다. 그가 비바니 곁에 꼭 붙어 그녀의 어깨 너머로 머리를 쏙 내밀고 그녀의 목에 머리를 기댔다. 그러자 여자가 곱슬머리에 뺨을 비비고 낄낄 웃으며 도전적인 표정으로 사람들을 바라보았다. 말런이 침묵 속에서 입을 열었다.

"그들은 숲 아래 어둠 속에서 살아."

투아미가 손에 상아를 꼭 붙잡고 졸음이 쏟아지는 것을 느끼며 어둠의 선을 바라보았다. 그것은 멀리 떨어져 있고 그것과의 사이에 넓은 물이 펼쳐져 있었다. 그가 배 너머 호수의 다른 쪽 끝에 무엇이 있는지 보려고 앞쪽을 응시했지만 그곳 은 너무 멀고 물이 너무 반짝여 어둠의 선의 끝이 어디인지 보 이지 않았다.

작품 해설

『파리대왕』으로 사랑을 받아 온 윌리엄 골딩은 사람들이 자신을 『파리대왕』과 지나치게 동일시한다는 점에 불만을 표하며 정작 자신이 가장 아끼는 작품은 바로 『상속자들(The Inheritors)』이라고 언급한 바 있다.[1] 무인도에 남겨진 소년들의 끔찍한 폭력성을 다룬 처녀작 『파리대왕』의 후속작이자 골딩의 두 번째 소설인 『상속자들(The Inheritors)』은 네안데르탈인과 호모 사피엔스의 비극적인 대면을 소재로 한 소설이다. 언뜻 보기에 별 유사성이 없어 보이는 이 두 소설은 더 깊이 들여다보면 주제 면에서 연속성이 있다. 골딩은 문명과 야만의 대립, 순진무구한 존재의 희생, 인간의 폭력성 등의 문제들

---

1) James R. Baker, "An Interview with William Golding", Twenty Century Literatuere (28 February 1982: 130-69), p. 139

을 집요하게 파고들며 인간을 규정하는 가장 핵심적인 속성은 무엇인가 하는 질문을 끈질기게 사유하고 있다. 문명의 옷을 입고 야만성을 끊임없이 자행해 온 인류 역사와 특히 참혹한 살육을 초래했던 2차 세계 대전 이후의 허망한 폐허를 목도한 골딩은 인간이 앞으로 어떤 모습으로 살아가야 하는지의 윤리적인 문제에 대한 고민을 이 작품들에 담아내고 있다.

"나에게 그림이 있어."

로크(Lok)와 파(Fa)와 그 사이에 낳은 아이로 추정되는 여자아이 라이쿠(Liku), 로크의 부모로 보이는 말(Mal)과 늙은 여자(The old woman), 하(Ha)와 닐(Nil)과 둘 사이에 생긴 갓난쟁이로 보이는 새 아기(The new one)로 구성된 네안데르탈인 공동체는 극심한 굶주림 속에서 먹을거리를 어렵사리 구해 가며 안식처를 찾아 해변가에서 얼음이 녹아내리는 산으로 이동한다. 이들이 거대한 폭포수 옆에 있는 절벽 위의 안식처 테라스(terrace)에 도착하는 여정을 거치며 원시인들의 세계에서 상상할 수 없었던 자신들과는 다른 새로운 존재(The New People)의 실체를 맞닥뜨리며 하나 둘씩 죽음을 맞는다는 내용이 소설의 주된 골자를 이룬다. 줄거리만으로 치자면 온갖 자극에 익숙한 현대 독자들이 극적인 재미를 자아내는 플롯의 묘미는 없다. 실제로 줄거리만을 따라가다 보면 사건의 전개가 매우 느린 편이다. 그렇기 때문에 이 플롯의 '밋밋함'

을 극복하며 이야기를 풀어가는 소설가의 작업은 녹록지 않다. 호모 사피엔스의 등장으로 네안데르탈인이 멸망한다는 진화론을 배운 현대인이라면 누구나 다 알고 있는 익숙한 과학사의 구도 안에서 독자들이 관심을 가질 만한 문제를 제시하고 해결해 가는 작업은 쉽지 않은 도전이다. 그렇다면, 골딩은 어떻게 독자들로 하여금 주인공 로크와 사랑에 빠지게 만드는 것일까?

『상속자들』의 위대함은 사물을 표면적으로 인식할 뿐 아니라 생각을 정교한 언어로 표현할 능력이 없는 네안데르탈인의 시선에서 그들이 느끼고 생각하는 것들을 단순하지만 명료하고도 아름답게 독자들에게 전달하며 세상을 '새롭게' 보게 만든다는 데에 있다. 우리가 익숙하지 않은 방식으로 세상을 바라보게끔 하는 주인공 로크의 시선을 통해 하늘과 바다와 나무와 나뭇잎의 흔들림 등 자연 세계가 얼마나 아름다운지 그리고 살아 있는 생명이 또 다른 살아 있는 생명에게 느끼는 정이 얼마나 깊을 수 있는지를 골딩은 섬세한 필체로 그려 낸다. 이 소설의 가장 놀라운 점은 독자들이 네안데르탈인 주인공인 로크의 시선으로 세상을 인식하고 경험하는 데 익숙해진 나머지 오히려 호모 사피엔스의 행동들이 기이하고도 잔인하게 느끼도록 하는 골딩의 독특한 서술기법이라 할 수 있다. 순진무구한 네안데르탈인이 지적으로나 육체적으로나 진화하고 우월한 '새로운 사람들'에 의해 파멸당하는 이야기를 통해 골딩은 원시인의 눈에 비친 호모 사피엔스를 해부하며 그 호모 사피엔스의 후손인 우리 자신을 철저하게 '낯설게(defamiliarize)'한다.

로크가 속한 공동체 일원들은 인상이나 감정과 신체적인 감각에 의존하여 세상을 인식하고 소통한다. 이들은 생각을 "그림(picture)"이라고 표현하며 몸짓과 춤과 텔레파시를 통한 의사소통을 한다.

"세 사람이 서서 서로를 바라보았다. 그리고 가끔 사람들 사이에서 그랬듯 그들 사이에 감정이 생겼다. 파와 닐은 하가 생각하는 그림을 공유했다."(15쪽)

그림의 조각들이 이들의 사고를 담는 그릇인데, 놀랍게도 이들은 언어 구사력과 상관없이 공감력이 뛰어나 서로의 생각을 공유한다. 또 특이할 만한 점은 이들은 시간을 직선적으로 파악하고 분석하는 현대인들과는 다르게 세상을 늘 현재로만 파악한다는 것이다. 시간의 흐름에 대한 이해가 없는 이들에게는 기억조차도 현재의 그림으로밖에 존재하지 않는다. 예컨대 돌을 사용했던 기억을 되살리려고 애쓰는 말은 이렇게 말한다. "나에게 이 돌에 대한 그림이 있어. 말이 이 돌로 가지를 잘랐어. 봐! 여기가 자르는 부분이야."(34쪽) 현대인의 시각에서 몹시 어색하고 답답한 이들의 소통 방식을 따라가다 보면 오히려 언어와 사고 체계가 없는 이들이 더 깊은 교감을 하며 서로를 보듬고 있다는 사실을 발견하게 된다. 또한 사고와 언어가 빈약하여도 이들에겐 생명에 대한 깊은 경외심이 있다. 로크와 그 공동체는 상상할 수 없는 배고픔을 경험하면서도 눈앞에 보이는 식물만을 따서 먹고 동물을 죽이는 것에 대해서는 깊은 죄책감을 느낀다. 배고픔 끝에 고기를 발견한 로크와 파는 고기를 향해 "하지만 고양이가 널 죽였으니 잘못은 없어."(62쪽)라고 하며 죽은 생명에 대한 죄책감을 달랜다. 배고픔 끝에 다른 육식 동물이 살육한 동물을 먹으면서도 생명을 죽인다는 것에 대해 거의 종교적인 경지의 두려움을 느끼는 것이다. 특히 주인공 로크는 자신이 속한 원시인 공동체 안에서도 지적 수준이 가장 낮은 존재로 그려지며 공동체 일원들의 놀림의 대상이 되기도 하지만 로크야말로 이 공동체를 이끌어 가며 항상 자신보다는 다른 존재를 배려하는 인물로 그려진다. 굶주림 끝에 발견한 음식을 보며 "이 고기는 아픈 말을 위한 거야."(64쪽)라고 진심으로 기뻐하기도 하고 후에 숨이 끊어진 말을 땅에 묻는 의식을 치르면서 진심으로 슬퍼하는 로크를 보며 독자들은 인간의 존엄성은 어디에서 비롯하는지 다시 한 번 생각하게 된다.

"이 그림은 보이지 않아."
"이해할 수 없을 만큼 이상"한 호모 사피엔스

파괴적인 호모 사피엔스들은 절박한 상황 속에서도 서로를 돌보는 네안데르탈인의 성정과 극적으로 대비된다. 로크가 속한 공동체 일원들이 노인인 말을 대하는 태도 역시 호모 사피엔스의 지도자로 부상하는 투아미(Tuami)가 그 공동체를 이끌어 왔던 노인 말런(Marlan)을 무자비하게 살해하려고 계획하는 장면과도 극적인 대비를 이룬다. "새로운 사람"들인 호모 사피엔스들은 원시인들을 "숲 속의 악마"라고 부르며 라이쿠와 새 아기를 납치해 자신들의 목적에 맞게 도구로 이용한다.

진일보한 호모 사피엔스가 야만적인 네안데르탈인보다 더 야만적인 뒤죽박죽이 된 세상. 『상속자들』은 근대 문명이 진보하고 있다는 낙관적인 시각에 깊은 의문을 제기하고 있다. H. G. 웰스의 『세계사 대계』를 인용한 제사는 당대 낙관론을 대변하는 가장 대표적인 생각을 보여 주는 글인데, 골딩은 진화론에 입각한 네안데르탈인과 호모 사피엔스 상을 뒤집으면서 진보와 진화의 의미를 되묻는다. 골딩은 "웰스와 같은 사람들의 과학적 휴머니즘에 감정적으로 반대한다."라고 밝힌 바 있으며 "원죄"를 강조한 골딩은 "우리의 본성은 다른 사람이 가진 것을 빼앗고 싶어 하는 것이다. 한 인간이 모든 걸 가질 수 없고 같이 나누어 가져야 한다는 사실을 누군가가 가르쳐 주거나 스스로 터득해야 한다……. 역사란 원죄의 연대기에 불과하다."[2]라고 말하며 인간의 악한 면을 강조한다. 이는 기독교적인 원죄를 표명하는 입장이라기보다는 인간에 내재

---

2) Ibid., p. 134.

한 악함이 문명이 진보한다고 해서 사라지는 것이 아니라 오히려 역설적으로 인간이 진화할수록 그 악함이 더 선명하게 드러난다는 주장이다. 이러한 맥락에서 볼 때, 웰스의 주장과는 반대로 『상속자들』의 호모 사피엔스는 네안데르탈인보다 우월한 존재도, 도덕적으로 진일보한 존재도, 더 자비로운 존재도 아님을 보여 준다.

로크는 호모 사피엔스가 자신들을 파괴시키려고 한다는 사실조차도 인식하지 못할 정도로 '순수'의 세계 속에 살고 있다. 로크가 이해하기 힘들어하고 기이하게 여기면서도 동경하는 그 호모 사피엔스가 바로 우리 자신이라는 점을 깨닫는 순간 짜릿한 전율이 일어난다. 호모 사피엔스의 공격 앞에서 속수무책으로 무너지면서도 그들을 동경하는 눈빛으로 바라보는 로크의 눈은 바로 우리를 향하게 되는 것이다. 로크는 "새로운 사람들"의 악의를 느끼지 못하고 오히려 그들에게 경의를 표한다. 심지어 그들이 자신들을 해하려 쏜 화살을 보면서도 그것을 '나뭇가지'로 오독한다. 그들의 공격으로 인해 자신의 공동체가 파멸되고 있다는 인과 관계를 이해하지 못하는 로크와 그 공동체의 유인원들은 현실을 이렇게 이해한다. "말 들어. 말하지 마. 새로운 사람들이 통나무를 가져갔고 말이 죽었어. 하가 절벽 위에 있었고 새로운 남자가 절벽 위에 있었어. 하가 죽었어. 새로운 사람들이 돌출부로 왔어. 닐과 늙은 여자가 죽었어."(155쪽) 특히 라이쿠를 희생물로 삼으리라 상상도 못 하는 로크와 파가 절박한 외침으로 라이쿠를 찾아 헤맬 때 독자들은 어린 생명을 죽인 호모 사피엔스의 잔악함과 악의를 간파하고 마음이 아려 온다. 자신이 그토록 아끼는 존재의 생명을 앗아갔음에도 불구하고 로크는 이 "우월한" 존재에 찬탄한다. 로크의 무지와 독자들의 앎 사이의 간극을 뚫고 전달되는 역설이야말로 『상속자들』을 읽으며 사무쳐 오는 슬픔일 것이다. 투아미와 새로운 사람들의 악한 속성을 읽어 낼 수 있는 '순수'의 세계를 떠난 독자들은 무지한 로크의 역설적인 외침을 듣고 오히려 더 큰 부끄러움을 느끼게 된다.

순수의 세계를 찾아

로크의 시선에서 서술되던 소설의 시점은 로크 홀로 남겨져 죽음을 맞이하는 순간 갑작스럽게 전환하며 로크는 주체가 아닌 대상으로 전락한다. "붉은 생물은…… 자그마하고 허리가 굽은 낯선 생물이었다. 다리와 허벅지는 굽어 있고 다리와 팔의 바깥쪽에 곱슬곱슬한 털이 짚처럼 수북이 쌓여 있었다. 등은 높이 솟아올랐고 어깨까지 곱슬곱슬한 털로 뒤덮여 있었다. 발과 손은 넓적하고 엄지발가락은 뭔가를 꽉 움켜잡을 수 있도록 안쪽을 향해 났다."(251~253쪽) 이 흉측하고 기괴한 모습을 한 원시인이 바로 로크이다. 흥미롭게도 로크를 괴물 같은 대상으로 인식하는 이 서술은 바로 제문에서 웰스가 묘사한 네안데르탈인의 모습과 무척 닮아 있다. "우리는 네안데르탈인이 어떻게 생겼는지에 대해 아는 바가 거의 없다. 하지만 털이 과다하게 많고 추하며 아래로 처진 이마와 위와 돌출한 눈썹과 유인원 같은 목과 작은 키 때문에 추하거나 역겹고 낯선 모습을 띠었을 것으로 여겨진다." 그런데 로크의 시선에 익숙해진 독자들은 원시인의 묘사에 수긍할 수 없게 되고 그 시선의 간극에서 더한 비극성을 느끼게 된다. 로크를 괴물로 대상화하는 내러티브의 폭력적인 목소리는 마지막 장에서도 이어진다. 네안데르탈인을 공포스러운 "숲 속의 악마"로 여겨 모두 말살한 후 그 전경을 뒤로 하고 카누를 타고 떠나는 투아미와 비바니의 대화를 통해 호모 사피엔스의 무자비함과 잔인함이 강조된다. "어쩔 도리가 없었잖아?"라며 자기 합리화를 하는 호모 사피엔스의 논리는 공허한 위선으로 들린다. "그렇게 하지 않았더라면 다 죽었을 거야."(263쪽)라는 투아미의 말을 듣고 우리는 로크와 그 공동체의 소멸을 애도하게 된다.

네안데르탈인의 시선으로 바라보던 세상은 이제 호모 사피엔스의 것이 되면서 소설은 끝난다. 로크와 그 공동체는 내러티브 안에서도 뒤로 남겨지듯, 역사적으로나 은유적으로도 역사의 먼 뒤안길로 사라져 더 이상 우리의 기억에 존재하지 않는다. 하지만 이 소설은 순수세계 속에 살던 네안데르탈인이 호모 사피엔스에게 자리를 찬탈당하는 것을 애도하는 데에 그치지 않는다. "다윈의 진화론이 충분하지 않다."[3]라고

---

3) Ibid., p. 134.

단언한 골딩이 단순히 자신이 인간 본성에 대한 단죄를 내리는 것은 아니라고 말했듯이, 호모 사피엔스인 우리가 "상속자들"이라면 무엇을 상속받을 것인가 라는 문제가 남는 셈인데, 결국에 독자들은 인간이 잔악한 "새로운 사람"들의 특징뿐 아니라 네안데르탈인의 순진무구함도 상속받았다는 점을 깨닫게 된다. 골딩이 이 소설을 가장 사랑했던 이유는 로크의 순진무구함을 회복할 수 있는 인류의 진정한 '진보'에 대한 믿음의 끈을 놓지 않았기 때문이 아닐까.

2017년 3월
안지현

작가 연보

1911년   9월 19일, 영국 콘월의 작은 항구 도시 뉴키에서 태어
나 윌트셔 지방의 말보로에서 어린 시절을 보냄. 아
버지 알렉 골딩은 중등학교 교사였고, 어머니 밀드
레드는 가정주부이자 여성 참정권 운동 지지자였음.

1930년   옥스퍼드 대학에 입학해 이 년 동안 자연 과학을 공
부하다 영문학으로 전공을 바꿈.

1934년   학사 졸업하고 친구의 도움으로 맥밀런 출판사에서
첫 시집 『시집(Poems)』 출간.

1935년   솔즈베리의 비숍 워즈워스 스쿨에서 영문학과 철학
을 가르치기 시작.

1939년   화학자 앤 브룩필드와 결혼, 슬하에 두 자녀를 둠.

1940년   영국 해군에 입대, 2차 세계 대전 중 독일 전함 비스
마르크호 격침 및 노르망디 상륙 작전에 참여. 종전

후에는 글쓰기와 교직에 힘씀.

1954년 스물한 번 거절 끝에 받아들여진 원고가 1954년
에 『파리 대왕(Lord of the Flies)』이란 제목으로 출간.
『상속자들(The Inheritors)』(1955), 『핀처 마틴(Pincher
Martin)』(1956), 『자유 낙하(Free Fall)』(1959)를 잇
달아 출판, 비평가들의 호평과 대중적 인기를 누림.

1961년 소설가로서 성공하자 교편을 잡고 있던 학교를 그
만두고 미국 버지니아 주의 홀린스 칼리지에서 방
문 작가로 일 년을 보냄.

1964년 『첨탑(The Spire)』을 출판했으나, 비평가들로부터
혹평을 받자 '꿈 일지'를 기록하기 시작. 그 후 이십
년간 괴로움을 '꿈 일지'에 기록.

1967년 『피라미드(The Pyramid)』 출판.

1970년 캔터베리의 켄트 대학 총장 후보로 올랐으나 자유
당 정치인 조 그리먼드가 총장으로 선출됨.

1979년 제임스 테이트 블랙 기념상 수상.

1980년 삼부작 『땅끝까지(To the Ends of the Earth)』의 첫 번
째 작품 『통과 제의(Rites of Passage)』를 출간, 이 작
품으로 부커 상 수상. 이 삼부작은 2005년 BBC에서
드라마로 제작.

1983년 노벨 문학상 수상.

1985년 부인과 함께 콘월 주 트루로 근처에 있는 털리마 저
택으로 이사, 여생을 이곳에서 보냄.

1987년 『땅끝까지』의 두 번째 작품, 『밀집 지대(Close

Quarters)』출판.

1988년 영국 왕실에서 최하위 훈작사(Knight Bachelor)를 받음.

1989년 『땅끝까지』의 완결작『심층의 불(Fire Down Below)』 출판.

1993년 6월 19일 심부전증으로 사망. 월트셔의 작은 마을 보워초크에 묻힘. 원고로 남겨 놓은『갈라진 혀(Double Tongue)』는 사후에 출판.

세계문학전집 **347**

상속자들

1판 1쇄 펴냄 2017년 3월 17일
1판 4쇄 펴냄 2022년 8월 8일

지은이 윌리엄 골딩
옮긴이 안지현
발행인 박근섭, 박상준
펴낸곳 (주)민음사

출판등록 1966. 5. 19. (제 16-490호)
서울특별시 강남구 도산대로1길 62(신사동) 강남출판문화센터 5층 (우편번호 06027)
대표전화 02-515-2000 팩시밀리 02-515-2007
www.minumsa.com

한국어 판 ⓒ (주)민음사, 2017. Printed in Seoul, Korea

ISBN 978-89-374-6347-1 04800
ISBN 978-89-374-6000-5 (세트)

세계문학전집 목록

세계문학전집은 계속 간행됩니다.